ちくま文庫

紙の罠

都筑道夫
日下三蔵 編

JN259883

筑摩書房

目次

紙の罠

紙の罠

第一章　ここではとんびが三羽よって　あぶらげのさらいっこをする

a

血みたいに赤いアルコールが、寒暖計のガラス球《だま》のなかで、にわかに膨脹《ぼうちょう》しはじめると、人間どものなかでも、おつむに血がのぼって、思いきったことをやりだすのがいる。自分のマッチと他人の家をつかって、紙と木材の乾燥度をはかってみたり、自分のナイフと他人の下半身をつかって、婦人服と脂肪質の耐久度をはかってみたり、つまりは、心のおくに多年あたためてきた研究テーマを、公開実験してみたくなるらしい。

その男も、変なことをやっていた。新聞を読んでいるのだ。太い黒いふちの、角ばっためがねを、かけている。だから、めくらではない。とすれば、新聞を読んでいても、ふしぎはない。けれど、これ以上、折りたためない、というところまで小さくたたんで、読んでいる。混みあった電車のなかなら、それも、ふしぎはない。だが、そこはライスカレーからラーメンまで、サービスする品目の間口はひろいが、店の間口はいたってせまい大衆食堂だ。ほかには、たったひとりしか、客もいない。しかも、たたんだ新聞の前に、男は鏡を立てている。ポケット用の櫛《くし》と組みあわせて、ケースに入っていたやつだろう。革紐《かわひも》のつまみがついた、小さな細長い鏡だ。それにうつって、活字がまわれ右した記事を、熱心に読んでいる。

心配性で、世話ずきのひとが見たら、神経科の病院へ、つれていきたくなるだろう。推理ずきで、雑多な知識のもちぬしが見たら、

「こいつは、きっとハンコ屋の職人で、裏文字に馴《な》れるために、こんな読みかたをしてるんだな」

と、判断するにちがいない。おなじく、推理ぐせのもちぬしでも、古典芸能に教養ふかいひとだったら、

「この男、お軽は二階で延べ鏡で、ほんとに由良之助《ゆらのすけ》の手紙が読めたかどうか、実験してるんじゃないかしら」

と、考えたかもしれない。好奇心がつよくて、せっかちなひとが見たら、たちまち、たまらなくなって、

「なんだって、そんな読みかた、してるんです?」

と、男に声をかけるだろう。もうひとりいた客、というのは、この四番めのタイプだ

ったらしい。うす汚れたどんぶりの底に、ひとつのこったワンタンを、散蓮華《ちりれんげ》でおいかけながら、

「変ったまねを、するじゃないか。老眼にならないおまじないかい？」

と、聞いた。いっしょにここへ入ってきて、おなじテーブルにすわっているのだから、知らない仲ではないはずだ。だいいち、ふたりとも感じが似ている。新聞を読んでいるほうは、ほんのすこし年上らしい。やせかげんで、背もいくらか低い。そのかわり、顔は長めだ。かたわらの椅子《いす》に、コーヒーいろの革の上衣《うわぎ》をおいて、おなじいろの革ネクタイを黒っぽいシャツの胸に、ゆるくむすんでいる。もうひとりは、めがねをかけていない。顔のつやも、健康そうだ。オイスター・ホワイトのシャツと、黒っぽい上衣に、肩はばのひろい背の高いからだを、きっちりつつんでいる。そばの椅子には、値のはりそうな帽子が、伏せてあった。ほかには、灰褐色《はいかっしょく》の革をかぶせた太めのステッキが一本。こいつはどうも、若さとつりあいのとれないのが、帽子のわきに立てかけてある。こんなふうに数えあげると、ぜんぜん似ているところはない。だから、雰囲気《ふんいき》というやつだろう。なんとなく、このふたりには、共通点があった。

めがねの男は、鏡をたおした。なまぬるくなったビールを、ぶあついコップにつぎながら、低い声で返事する。

「老眼の心配をするほど、まだ長生きしちゃいないよ。裏がえしの字を読む、トレーニ

ングをしてるんだ。もっと前に、はじめておくべきだったんだが」

もうひとりは、ようやくすくいあげたワンタンを、いそいでのみこんで、

「ひっくりかえしに字を読んで、いったい、どんなご利益《りやく》があるんだい？」

「こんな目にあわないで、すんだろうね。一時間ばかり出足がおくれたおかげで、きみと鉢《はち》あわせしたんだからな。それがってのも、家から遠い床屋へいってて、まともにテレビを見なかったからさ」

「ちかくに、床屋がないのかい？」

「ちかくの床屋には、テレビがないんだ」

「調子が狂ってきたな。テレビがあるところへ、わざわざいって、見なかったってのは――そうか、めがねをとらなきゃならなかったからだね」

「こいつは、素通しさ。いわば、武士のたしなみだ。仕事にでるときにしか、かけてやしない。問題は、視力じゃないんだ」

「じゃあ、眠っちまったんだろう」

「大きな目をあいて、野球を見ていたよ。ニュース速報をやったのが、そのときなのさ。床屋のテレビって、うしろについてるのが多いだろう。やってもらってるやつは、鏡にうつったのを、見ることになる。したがって、ニュース速報は、字が裏がえしだ。おまけにそいつが、画面の下のほうを、おいかけられた蟹《かに》みたいに、ちょこちょこ走ってい

くんだから——」

「読めなかったってわけか。なるほどね。ぼくにも、そういう場合がありうるな。さっそく、マスターしておくことにするよ」

うなずきながら、ステッキの男は、窓に目をむけた。提供できる食いものの名が、黄いろい絵の具で、窓のガラスに、書きならべてある。そのへたくそな字のあいだから、道路のむこうがわを、のぞいたのだ。中央線の中野駅から、鍋屋横丁《なべやよこちょう》の都電通りへでる道路で、反対がわには、しもた屋が多い。

ふたりが、この店へ腰をおちつけてから、もう二時間になる。そのあいだ、一分おきぐらいに、窓のそとをのぞいていた。だから、これで百二十一回め、というわけだ。最初にふたりが入ってきたのが、午後の八時。ビールを一本とって、十五分のちに出ていった。と思うと、十分ばかりで、もどってきた。それから、二時間だ。店のおやじはまず、張りこみの刑事か、と思った。それにしては、ビールが四本、ライスカレーが二丁、コーヒーふたつ、ついさっき、ステッキがワンタンを一丁、めがねがトンカツ一丁にビール一本と、なかなか気をつかっている。

「きっと、事件記者ってやつだな」

と、おやじは、結論して、ふたりのほうは、見て見ないふりをしていた。

「夕刊には、なんにも出てないぞ」

めがねが、また鏡を見ながら、首をふった。ステッキは、窓からふりかえって、

「早版なんだろう。こっちもまだ、あらわれないよ。そのトンカツ、食わないのか？」

「あとで、釘《くぎ》と金づちを借りて、靴《くつ》の底に張りつけよう、と思ってね。しかし、お目あてがやってきても、さっきの勝負は、ご破算だぜ」

「わかったよ。だが、くるかな？　ぼくらの読みが、深すぎたんじゃなかろうね」

「かならず、くるさ。こないような相手だったら、おれたちがわりこんでいっても、金にゃならない」

どうやら、このふたり、新聞記者でもないらしい。では、なにものか？　それを、明らかにするには、時計の針を、三時間半ばかり逆にまわして、めがねの男、近藤庸三《こんどうようぞう》がなにをしていたか、観察してみる必要がある。

b

といっても、大したことはしていない。近藤庸三は、谷中初音町のアパートで、あおむけにねころがっていた。テレビに足をむけて、枕《まくら》のかわりに、ふたつ折りにした座蒲《ざぶ》団《とん》を、三枚かさねている。近藤はいつもこんな姿勢で、一日じゅうテレビをながめているのだ。

「まったく、あんたときたら、新聞を読むのと、テレビを見ることのほか、この世のな

かにすることは、なんにもないみたいだわね」

　いましがたも、細君が文句をいった。聞きなれた苦情だから、返事もきまっている。

「あたり前さ。名人ってのは、そんなにひょこひょこ、けちな仕事をしてあるくものじゃないよ」

「おんなじ名人にしても、新聞に写真がでるようなら、いいんだけど」

「おれの写真が新聞にでるときは、おれが名人でなくなったときさ」

　テレビは、ニュースの時間だった。とちゅうで、がばっと、近藤は起きあがった。ほんとに、がばっと空気の鳴る音が、聞えたような気がするくらい、いせいのいい起きあがりかただ。

　近藤は、押入れに突進した。唐紙をあけると、古新聞がつみあげてある。炊事場にいた細君が、異様な気配を感じてのぞいたときには、その新聞がばらまかれて、六畳の座敷は屑屋《くずや》のしきり場さながらだった。まんなかにつっ立った近藤は、いきなり細君に手をのばした。

「ありったけ、金をよこせ。目をまわすほど、利子をつけて、じきに返す。資本がいるんだ。すぐ出かけなきゃならない」

「だって、もう晩ご飯よ」

「めしなんか、食っていられるか。名人の乗りだすときがきたんだ。おれはひまつぶしに、新聞や、テレビを見てるわけじゃない。紙幣《さつ》を印刷する用紙が、運送ちゅうに盗まれたってニュースを、いまやったんだ」

「ああ、さっき野球のとちゅうで、そんなニュースが入ったわね」

「ちえっ、あれがそうだったのか。畜生、いよいよ、ぐずぐずしちゃいられないぞ。金、金」

「いったい、どこへいくの？」

「おれとおなじ、名人のところだよ。ちがうところは、むこうさまは新聞に出てたがね。印刷につかう銅版を彫る名人だ」

と、ひけらかした古新聞を、細君からせしめた金といっしょに、革の上衣のポケットにつっこむと、近藤庸三は、めがねをかけて、アパートをとびだした。道灌山《どうかんやま》下の電車通りで、ようやくタクシーをつかまえると、

「中野の本町だ。大急ぎ。天にも地にも、たったひとりのおふくろが、危篤《きとく》なんだ。たのむぜ」

運転手は、本気にしたらしい。だが、とちゅうで車がつかえて、かなり時間がかかった。鍋屋横丁でおりて、番地をたよりに、目的の家をさがしながら、中野駅のほうへ歩いていく。すると、むこうからも一軒一軒、表札をあおいでくる男があった。帽子で顔は見えないが、片手にステッキをついて、びっこをひいている。ズボンの右足が太く見

えるのは、ギプスをはめているのだろう。右の膝《ひざ》は、曲らない。だが、その足どりは、なかなか軽快だ。

　近藤は、舌うちした。けれど、いまさら、ひきかえすわけにはいかない。土方《ひじかた》のほうも、こっちに気がついたらしい。帽子の下で、にやにやしながら、ちかづいてきた。ふたりが立ちどまったのは、皮肉なことに目的の家のまん前だった。

「やあ、変なところであったな」

　土方利夫は、ステッキのにぎりで、帽子のふちをおしあげた。近藤は、不愛想に答えた。

「変なとこだとは、思わないがね」

「変だよ。名人が、名人の家をさがしてるところに、出くわすなんて」

「そういうときには、知らん顔して、通りすぎるもんだ。小学校でおそわらなかったのか、礼儀作法を」

「エロ写真売りのアルバイトに、いそがしくてね。学校へいくひまが、なかったんだ。ぼくも、名人に用があるのさ。ただし、悪いことの名人じゃないぜ。凹版彫刻の名人でね、これが」

「きみもニュースを聞いて、とんできた口か」

「だれの心も、変らないとさ。どうぞ、おさきに、とはいわないから、そのおつもりで」

「おれも、いわないよ。しかし、にらめっこをしてても、金にゃならない。勝負をしよう。負けたほうが、手をひくんだ」

「それもいいが、こっちは、肉体的ハンディキャップがあるんでね」

土方はステッキで、自分の右の膝をたたいた。コツンコツン、固い音がした。

「腕ずくなんて、野暮《やぼ》はいわないよ。方法は、きみにまかせる」

「しかし、勝負をしているうちに、お客さんがくると、困るな」

「もう、きちまってるかもしれないさ。そのときは、思いきりよく、あきらめりゃあいいんだ。あすこが、いいだろう」

近藤は、すぐむかいにある、大衆食堂をゆびさして、

「あすこなら、ここを見はりながら、話ができる」

c

これで、だいたい、ふたりがどんな人間か、見当がついたろう。どちらも、あまりまともでないことにかぎって、あたまの働く男らしい。

その日の午後、紙幣印刷用のすかし入りみつまた和紙が、埼玉の製紙工場から東京へ輸送ちゅうに、トラックをおそわれて、かなりの量、強奪された。そんな紙を、鼻紙に

つかうつもりで、盗むやつはいない。目的は、紙幣贋造にきまってる。この犯人は、一種の完全主義者にちがいない、と近藤は考えたのだ。本物とおなじ、すかしの入った紙をつかって、本物そっくりの紙幣をつくろう、とくわだてたにちがいない。紙幣は凹版、凸版、写真版を併用して、印刷する。紙のほかに、版をつくる人間と、印刷機と、印刷工が必要だ。犯人は、ほかのものを、もうぜんぶ揃《そろ》えているのだろうか。

「もし、まだだとしたら？」

とたんに、近藤は気がついた。本物の紙幣用紙を盗んで、にせ札をつくる話を、アメリカもののテレビ・スリラーで見たことがある。犯人もそれを見て、この犯行を思いついた、と仮定しよう。その映画では、服役ちゅうのにせ札製版のヴェテランを、紙を奪ってから、わざわざ脱獄させて、版をつくらせていた。こんどの場合は、どうするだろう。考えているうちに、思いだした。去年の暮、東朝新聞で、《名人達人》という紹介読物を連載していたなかに、あめ細工や、指相撲《ゆびずもう》の名人にまじって、凹版彫刻の名人が、とりあげられていた。それをおどかして、版をつくらせる可能性は、ないこともない。本物の紙を盗むほどの、完全主義者だ。版も完璧《かんぺき》なものを、名人につくらせたい、と思いはしないか。

「こいつは、ちょっかいをだしてみる値うちがあるな」

製版師を、さきにつれだしておいて、あとからきた犯人に、身柄を高く売りつける。

これが、近藤の考えなのだ。もちろん、犯人の仲間には、すでに製版師がいるかもしれない。あるいは、もう名人を、つれだしているかもしれない。しかし、投機としては、どっちにしても、あたるか、はずれるか、確率はフィフティ・フィフティだ。やってみる価値はある。ただ、土方みたいなやつが、わりこんでくるとは、思わなかった。

「それじゃあ、カードで勝負をつけるか」

大衆食堂へ入って、名人の家のみえる窓ぎわにすわると、土方は内ポケットから、トランプをひと組、とりだした。ポーカー・サイズで、まだ封は切ってない。

「ポーカーなんか、やってるひまはないぜ」

「わかってる。めくりなら、簡単さ」

土方の両手のあいだで、五十三枚のカードが、生きもののように、とびちがった。冴《さ》えた音を立てて、テーブルの上に、カードが伏さると、

「さあ、めくってくれ」

「ちょっと、待った」

近藤はカードをとって、くるっと扇にひらいた。裏と表をたしかめてから扇をとじると、へりをこすってみて、

「裏の模様で表がわかったり、へりの角度が、すこしずつちがってたりするのが、あるからね。油断はできない。これはまあ、大丈夫らしいな。もういちど、シャッフルしな

おしてくれ」

「いいとも」

土方は片手で、カードをとりあげた。その手のなかで、カードはふたつにわかれて、ひっくりかえった。アニュルメント、という切りかただ。それから、カードをテーブルの上で、音たかくまぜあわした。

「これで、いいか」

「よくないね」

近藤は手をのばして、カードをひっくりかえした。指さきで、さっと一枚ならびに、崩してみせる。

「さっきと、ぜんぜん順序がおなじだ。いちばん下が、スペードのエース、オールマイティ。こういうインチキな切りかたを、なんとかいったな？」

「ジョン・スカーンというアメリカの奇術師が考案したから、スカーン・シャッフルっていうんだよ。これじゃあ、だめかね。きみにまかそうか」

「帽子、かりるぞ」

椅子の上にぬいである土方の帽子を、近藤がとりあげようとすると、

「だめだよ。さわるな。こいつは、ただのシャッポじゃないんだから」

「どうして？　ホンブルグ帽ってやつだろう。珍らしいことは、珍らしいが」

「この帽子の裏は、無料《ただ》じゃ見せられない。帽子をかぶると、禿《は》げるっていうだろ？禿げてからハットしても、手おくれだからね。おまじないの刺繡《ししゅう》が、してあるんだ」

「どんな？」

「三国志の英雄、燕《えん》ぴと張飛が、丈余のひげをふりみだして、一糸まとわぬ美女を、手ごめにしてるとこさ。千円だせば、見せてやるぜ」

「そんな悪趣味なもの、見たくないよ。じゃあ、こうしようか」

近藤庸三は、でたらめにカードを二枚えらんで、さしだした。

「目をつぶって、一枚とれ」

「こりゃあ、簡単でいいや」

土方は、手をのばして、カードをとった。ハートの四だ。勝ちめはすくない。近藤はのこりのカードを、笑顔でひろげた。ところが、それはスペードの二だった。

「お気の毒さま」

土方は、コップのビールを飲みほして、立ちあがった。

「待てよ。負けた以上、邪魔はしないが、見学しててもいいだろう。どうやって、名人をつれだす気だ？」

「ひとのことまで心配してると、帽子をかぶらなくても、あたまが禿げるぜ」

d

土方は、颯爽《さつそう》とびっこをひきながら、凹版彫刻の名人、坂本剛太の家へ入っていった。だが、十分とたたないうちに、あわてて出てきた。

「どうした？　うまく、いったらしいな」

にやにやしながら、近藤が聞いた。

「畜生、あいつだ」

「あいつって、どいつだ？」

「沖田ってやつを、知ってるか」

「知らないね」

「名人を隠しとくとこを、用意しなきゃいけない、と思って、ぼくは、ここへくる前、あるところへ相談にいったんだ。そこに、沖田ってやつが、いあわした」

「きみのアイディアを盗んで、先手をうったってのか？」

「そうらしい。ほかに、考えられないよ」

「犯人がもう、手をまわしたんじゃないのか」

「そうじゃない。だれかきたら、電話してくれって、番号をおいてってる」

「なかなか、やるじゃないか。どうやって、つれだしたんだろう？」

「仕事のことで招待されて、帰りは遅くなるそうですって、細君、ちっとも怪しんでない」

「やれやれ、一時間、出おくれたばっかりに、とんびにあぶらげ、さらわれたか。どうするね、きみは？　あきらめて、帰るか」

「あきらめるもんか。まだ手はうてる」

「ちえっ、またおれとおなじことを、考えてるのか」

「だれの心も、変らないとさ。さっきの店へもどろう」

「もどって、どうするつもりだ？」

「きまってるよ。沖田のやりかたは、まだ甘い。電話番号をおいていくだけじゃ、お客に逃げられるおそれがある。そりゃ、電話はかかってくるだろうさ。だが、取引を持ちだしたら、こりゃあ邪魔が入った、と思って、利口な客は、ほかの製版師をさがすよ。沖田は資本を投下しただけで、利益を回収できないことになる」

「その通りだね」

「お客さまに、こっちからくいついていかなきゃあ、だめだ。紙幣用紙を盗んだやつをつきとめれば、ぐうともいわさないよ。相手は、こっちのいい値をだすより、手がなくなる」

「いいこと、教えてくれて、ありがとよ」

近藤は、通りを横ぎって、大衆食堂へ入っていった。

「なにをいってやがる。きみだって、おなじことを、考えたんだろう？」

土方はあとから、食堂へ入ってきた。

「まあ、そうだ。きみも沖田から、製版師をとりもどす仕事を、請負うつもりか」

「あたり前さ。ここでおめおめ、引きさがる手はないよ」

こうして悪がしこいのがふたり、場末の大衆食堂に、二時間も、とぐろを巻くことになったわけだ。もう時計を、もとに戻《もど》してもいいだろう。

土方は、また窓に顔をむけた。

「それほどのやつかな、紙幣用紙を盗んだのは？」

「用意周到で、大胆なやつにはちがいない。警察が動きだすことは、わかってるんだから、身持ちの悪い製版師なんかは、敬遠する、と思うんだ」

「それほど用意周到なら、製版師なんかも、とっくに揃えているんじゃないかな」

「いや、紙幣贋造ってのは、資本がやたらにかかるわりに、回収率の悪いもんだ。多人数ではやらない、と思う。気ごころの知れた小人数《こにんずう》で、やったとすると、まだそこまで、手はまわっていない、ということは、考えられるな」

「ちょっと、待った。だれかきたぞ。あれじゃないかな」

土方は、すばやく立ちあがった。だが、近藤のほうが早かった。店の勘定は、いつでもとびだせるように、注文のたびに払ってある。なにげなくガラス戸をあけて、道路へでると、坂本の家をにらみつけた。

カラーの高いワイシャツに、拘束衣みたいに窮屈にしたてた背広の男が、左右を見まわしてから、坂本の家の玄関にちかづいた。夜の十時をすぎて、道路は暗くなっている。近藤は、三段とびみたいな勢いで、道路をわたると、男の肩に手をかけた。

「失礼、タバコの火、貸してくれませんか」

「ああ、びっくりした」

男は、ふりかえった。まだ若い。バセドウ氏病の狐《きつね》みたいな顔をしている。

「火なんかないよ。だいいち、ぼくはいまタバコを吸ってないじゃないか」

「でも、ライター、持ってるでしょ？　三種の神器。ぐっと高級なの、持ってそうな顔してるよ、あんた」

「持ってない」

「マッチなら、持ってるでしょう？」

「持ってないんだ。マッチも、ライターも、ダイナマイトも、持ってない」

「でも、坂本さんに用はあるんでしょう？　そのことで、ちょっとお話があるんですがね。いや、ご心配なく。警察とは、関係ない。新聞記者でも、ありません」

近藤は、にこにこしながら、男の前にまわった。

「ただ、ご忠告したいことが、ありましてね。坂本さんは、留守なんですよ」

「いったい、なんだい、きみは？　ひとがだれをたずねようと、よけいなお世話じゃないか」

男はむっとした顔で、近藤をおしのけようとした。その肘《ひじ》を、近藤は下からつまみあげて、

「忠告ってものは、すなおに聞かなきゃいけないな。まあ、念晴しのために、なかへ入って、聞いてみたまえ。電話番号を教えてくれるはずだ」

近藤は、男の肘をはなしてやった。男は、片腕をなでなで、坂本の家の玄関に手をかけようとした。その肩を、こんどは太いステッキが叩《たた》いた。男は、ぎょっとして、ふりかえった。

「しかし、そこへ電話かけたって、いやしないぜ。話はかえって、めんどうになるばかりだ。ぼくたちに、相談したほうが簡単にいくよ」

土方の顔は微笑していたが、声にはすごみがあった。

「あんたたち、なにいってんだよ。おれはただ、この家にちょっと、用があって……」

男は口をとがらして、ますます狐そっくりになった。

「いいから、いいから。こっちは、ちゃんとわかってるんだ。つまり、なんだろ？　坂本さんに、お札をつくる手つだいをしてもらいたいんだろ？　もちろん、おさつといっ

たって、ご婦人のお好きなお藷《いも》のことじゃないよな」

と、近藤がいった。男の目は、また一センチほど、とびだした。

「おれ、知らないよ。変ないいがかり、つけないでくれ」

「ほんとうに知らないかどうか、科学の力でしらべてやろうか」

土方が内ポケットから、携帯ラジオのようなものをとりだした。だが、アンテナのかわりに、にょろにょろ、ひっぱりだしたのは、さきが二本にわかれたコードで、

「このさきの金具で、きみの指を二本、はさめばいいんだ。これは、アメリカ製のトランジスタ・ライデテクターでね。つまり、携帯用のうそ発見機だ。三十九ドル五十セントもするやつを、ロサンゼルスのおばさんに、買ってもらったんだから、軽がるしくつかいたくはないんだがな。強情はるんなら、機械に証明してもらうより、しょうがない」

「そうだ、そうだ。手つだうぜ。どうすりゃあ、いいんだい？」

近藤が、男の片手をつかんだ。そのひとさし指と、中指のさきに、土方は、コードのはしの金具をかぶせた。男は、大きく舌うちして、

「だから、こんな役目は、苦手だといったんだ」

e

公衆電話のボックスに、おとなが三人、入りこむのは、いかにも無理だった。若い男は、青く塗った鉄の箱に、からだをおしつけて、受話器をにぎっている。近藤と土方は首をのばして、受話器に耳をちかづけていた。

「もしもし――そちらに坂本さん、いらっしゃいましょうか」

「どなたですか、そちらは？」

と、男の声が聞きかえしてきた。バセドウ氏病の狐は、ちょっと口ごもってから、

「あの、坂本さんに、仕事をおねがいしたくて、うかがったものなんですが」

「仕事の話なら、あしたじゃ、いけませんか」

「ええ、ちょっと急いでるもんですから」

「どうして、急いでるんです？」

「それがその……」

「ざっくばらんに聞くから、そっちもざっくばらんに返事をしてくれ。顔は見えないんだから、取引が成立しなきゃ、あとくされはない。いいね？　紙を盗んだ連中だろう、あんた」

「まあ、そうだ」

「坂本は、おれがあずかってる。百万だせば、そちらへひきわたすぜ」

近藤が、いきなり送話口を手でおおって、

「高すぎる、といえよ。馬鹿だな、沖田ってやつは。百万なんて、べらぼうな値をつけて、元も子もなくす気でいやがる」

土方は、黙ってうなずいた。

「高すぎる。百万なんて、あんたに出すくらいなら、仕事をあきらめたほうが、いいくらいだ」

と、バセドウ氏病の狐がいった。

「そりゃあ、商売だからね。多少の相談には、応じるさ。いくらなら、出せる？」

と、沖田の声がいう。

「それは、相談しないと……」

「わかった。待っててやるよ。相談したまえ。ただし、あしたになると、ぼくはこの番号のところにはいないぜ。ぼくをさがして、坂本をただで手に入れようとしても、無駄だよ」

「それじゃあ、連絡のしようがないじゃないか」

「ここへ電話をかけて、『近ごろアンパンに、おへそがなくなったのは、なぜでしょう？』と、聞くんだ。そうすると、電話番号を教えてくれる。そこへかければ、ぼくがいるよ」

電話は切れた。男は、ため息をついた。

「どうだ。おれたちのいうことに、うそはなかったろ？」

と、近藤がいった。男はうなずいて、

「わかったよ。どいてくれないかな。汗だらけだ」

「まだ、だめだね。もういちど電話をかけろ。ボスのところへだ。こういう邪魔が入った、と知らせるんだよ。しかし、ここにふたり、お安い値段で、坂本をさがしだしてくる請負屋がいるってことも、わすれずにな」

「冗談じゃないよ。あんたがたに、電話番号を教えられるもんか」

「じゃあ、おれたちはそとにでる。だが、逃げようなんて気は起すなよ」

と、土方がいった。ふたりは、ボックスのそとに出て、男だけがのこった。男は、ふたりがのぞいていないのを確かめながら、ダイアルをまわした。近藤のうしろすがたが、窓にあった。こちらを見てはいない。土方のすがたは、見えなかった。

土方は曲らない右足をのばして、窮屈そうにしゃがんで、ドアによりかかっていたのだ。近藤が上から、それをのぞきこんで、

「立聞きは、紳士のすることじゃないぜ」

「そんなつもりは、ないさ。逃げられない用心だ」

と、土方はいったが、弁解にすぎない。ドアの穴から聞えてくるダイアル音の間隔を、時計の秒針で、はかっていたのだ。あとでダイアルにあたってみれば、番号がわりだせ

るはずだった。土方は立ちあがって、ボックスのドアをあけた。男は受話器を、フックにかけるところだった。

「どうだい、様子は？」

と、近藤が聞いた。

「あんたがたの値段は、いくらなんだね？」

「そうだな。入札制にしようか」

と、土方は近藤をかえりみる。

「よかろう。こんなところで、立ち話をしてもなんだから、新宿へでるか」

「あんたがたを雇うかどうか、おれがきめるわけじゃない。これから、いっしょにいってもらいたいんだが……」

と、男がいった。

「いいとも」

近藤は、うなずいた。土方がいった。

「おれの車が、このさきにとめてある。どこへでも、乗せてってやるよ」

f

お茶の水の駅にちかい喫茶店へ、ふたりはつれていかれた。十一時すぎで、もう閉店したあとだったが、狐に似た男がシャッターを叩くと、くぐり戸があいた。地下室がバアになっていて、まだ二、三人、客がのこっている。なかに若い女がひとり、まじっていた。男が階段の上から手をふると、女は立ってあがってきた。ゆかたを改造したらしいシャツブラウスの腕に、薄みどりのカーディガンをひっかけて、黒っぽいタイトスカートをはいている。

「二階のほうが、密談にはいいでしょう」

女は、ハイヒールを鳴らして、うす暗い階段をあがっていった。土方は、ステッキに両手をのせて、感心したように、見あげている。近藤もあわてて、めがねをとって見あげながら、小声でいった。

「あれは、にせ札じゃなさそうだな」

「本物も本物、たいしたもんだ」

「あら、なぜあがってこないの？」

階段の上から、女がいった。土方は、ステッキを器用につかって、一階へあがった。二階には、椅子をさかさまにのせたテーブルが、ならんでいた。

女は、椅子のひとつをテーブルからおろすと、足を組んで、すわった。近藤は、土方の肩を叩いて、手をだした。ふたりはうなずきあって、無言のまま、すばやくジャンケンをした。近藤が勝った。椅子をおろして、女の足が、いちばんよく見える位置に、席をしめる。ストッキングは、伝線病を起しかけていたが、ぴっちりつまった中身は、拝観料をはらっても、いいくらいだった。

「だいたいの話は、電話で聞いたわ」

と、女は口をきった。

「あんたが、ボスかね？」

と、近藤が聞いた。

「なんの話？」

女は、レーニンの銅像でも、やわらかくなりそうな、笑顔を見せた。

「あんたなら、苦心して、にせものをつくらなくても、本物がいくらでも、集められそうに思うがな。にせ札つくりなんて、くだらない仕事だ」

と、土方がいった。

「そうかしら。よくそういうけど、実際には、この四、五年のあいだに大がかりな紙幣贋造事件が、二、三件あったのに、みんな捕っていないのよ」

女は、足を大きく動かして、組みなおした。近藤は、気絶しそうになった。土方は首をかしげて、

「しかし、その連中、もうかったかどうか、うたがわしいもんだぜ」

「そんな話をしにきたんじゃ、ないんでしょう？」

と、女はいう。

「そりゃあ、そうだ」

と、近藤が足から視線をあげて、

「入札をはじめるか」

「待ってちょうだいよ。あんたたち、ほんとに坂本をつれてくる自信あるの？」

「あるさ」

「もちろんだ」

近藤と土方は、いっしょに答えた。

「心あたりが、あるわけ？」

「教えては、やれないがね」

「ぼくも、おなじく」

「ふたりとも、ぬけ目なさそうね」

と、女がいった。こんどは、ふたりとも答えない。

「紙、もってる？」

「トイレット・ペイパーにつかえなくても、いいならね」

土方がポケットから、手帳をだした。

「二枚いるわ。ふたりとも、落し値を書いてよ。ちゃんと署名してね」

「おれは、Aと署名しよう」

と、近藤がいった。

「じゃあ、ぼくはBか」

と、土方がいった。

「あら、名前を教えてくれないの？」

「まだ、だめだよ」

ふたりは、それぞれに数字を書いた紙を、ふたつ折りにして、女の前においた。

「坂本を横どりしたやつのいい値は、百万だったけれど、五十万までは負けると思うわ。それより、安くなけりゃあ、だめよ」

女は、紙片をとりあげながら、いった。爪《つめ》にはマニキュアが、してなかった。

「わかってるよ」

「おれもせいぜい、勉強したつもりだがね」

「こっちのは、五万円って書いてあるわ。安いわねえ。署名はB」

女は、紙片をひろげて、読みあげた。つづいて、もう一枚をひらいた。

「こっちは、もっと安いわ。一万円。冬物処分大投売りってとこね。署名はA。では、Aさんにお願いするわ。いいこと？　あとで、値あげを要求しても、だめよ」

「ああ、もちろんんだ」

g

喫茶店をでると、近藤は、土方と肩をならべた。駅のちかくの横道に、土方の車がとめてある。屋根なしのスポーツカーで、色だけはモダンなメタリック・グレイだ。けれど、型は古くて、《真昼の決闘》のゲーリイ・クーパーみたいだった。その前までくると、近藤がいった。

「おれを、新宿まで、のせてってくれないか」

「まあ、いいだろう。だが、きみがこんなに、女に甘い、とは思わなかったよ。一万円ばかりで、引きうけたら、足がでるにきまってるぞ」

「いいから、いいから。損な仕事はしないよ。心配しなさんな」

「しかし、沖田ってのは、あたまのまわりきらないところもあるが、どうして、とっぽい野郎だからな。気をつけろよ。なんなら、手を貸してやろうか」

車を走りださせながら、土方がいった。

「けっこうだよ。小学校で、自分のことは自分でせよ、と教えられた。すごく美人の先生に教わったんで、いまだにおぼえてる」

「勝手にしろ」

車は意外にスピードをあげて、水道橋の交差点を、通りすぎた。

「勝手にするさ。さっき新宿まで、とお願いしたがね。神楽坂《かぐらざか》でいいよ」

「沖田の家は、神楽坂じゃないぜ」

「じゃあ、どこだ？」

「その手にゃのらない。一万円だせば、教えてやるよ」

「出すもんか。どうせそこには、いるはずないんだ」

神楽坂で停車すると、近藤は手をふって、とびだした。土方は、車を走りださせた。近藤は、公衆電話のボックスをさがして、坂をのぼった。坂のとちゅうに、鬼灯《ほおずき》のような屋根を光らせて、ボックスが立っていた。近藤はなかへ入って、沖田が坂本の家に、のこしていった番号をまわした。ベルは鳴ったが、なかなか出ない。近藤は、辛抱づよく、待っていた。ようやく、先方の受話器があがった。

「もしもし」

ねむそうな女の声が答えると同時に、近藤は、ことばを叩きつけた。

「もしもし、すいません。子どもが、ひきつけ起したんです。まっ青になって、息をしません。こちら、吉岡です、三丁目の。先生にお願いして、すぐきてください。お願いです。なにしろ、子どもが……」

「もしもし、番号がちがうんじゃない？」

「だって、竹田先生のお宅でしょう？」

「ちがいます」

「それじゃ、どちらですか？」

「竹田じゃなくて、高原よ」

「そうですか。高原ですか。すいません」

近藤は、にやりと笑って、受話器をかけた。ボックスに備えつけの電話帳に、手をのばす。そのときだった。近藤のあたまに、地球が落ちてきた。耳が、があん、と鳴って、目の前が暗くなった。近藤は、汚れた床を抱きしめて、熱烈なキスをした。

ボックスのなかに、かすかな笑い声がひびいた。革手袋の手が、電話帳をとりあげる。やがて、かろやかな靴音《くつおと》が、すたすたと遠ざかっていった。

第二章　ここでは主要人物がＡＢＣで呼ばれボスはＦ氏と呼称されることになる

a

「こんなところに寝てると、神経痛になっちまうぜ、おっさん」

それは、神の声のように、頭上から聞えた。神さまにしては、言葉づかいが乱暴だが、下界の一般的風潮に、おしたがいになったのだろう。

喉《のど》のおくでうなってから、近藤庸三は、目をひらいた。後頭部が、ひどく痛い。さわってみると、シュークリームみたいな瘤《こぶ》ができている。見あげると、青く塗った公衆電話の鉄の箱があった。

「どうしたんだよ、おっさん」

ふりむくと、ファンキイ・ハットをかぶった若い男が、見おろしている。

「うん？　いや、なんでもない。ちょっと……殴られただけだよ」

近藤は、あたまをおさえて、立ちあがった。

「殴られた？　喧嘩《けんか》か？　よし、そう聞いちゃ、ほうっておけない。手を貸すぜ、おっさん」

「たくさんだ。受話器で、殴られただけさ」

「受話器なら、そこにちゃんとかかってるじゃないか」

「そうだよ。こいつが、手をのばそうとしたら、ひょいと身をかわして、おそいかかってきたんだ」

「ほんとか、おっさん？」

「この受話器は、やきもちやきらしいな。おれは、女のところへ、電話しようとしたんだ」

「ほんとか、おっさん？」

「ほんとだから、こんな特製の瘤が出来たんじゃないか」

「そりゃ、いけない。神楽坂怪談だな。おれも女に、電話するとこなんだ。ほかでかけよう。大事にしろよな、おっさん」

若い男は、帽子のへりをおしあげて、駈《か》けだした。近藤は、ズボンの埃《ほこり》を、はたきおとしながら、暗いガラス窓に顔をうつして、憂鬱《ゆううつ》そうにつぶやいた。

「おっさんか。そんなに、老けて見えるのかな？」

腕時計を見ると、殴られてから、まだ十分ちょっとしか、たっていない。ポケットをさぐってみたが、とられたものもなかった。

「すると、やっぱり、邪魔するためだったのか。だが、だれだろう。土方じゃあ、ないようだったが……」

朦朧《もうろう》としたあたまで、走りさる靴音を、聞いたような気がする。その靴音は、たしかびっこをひいていなかった。

近藤は、電話番号簿をひろげて、高原という姓をさがした。例の番号で、高原洋子というのがある。荻窪《おぎくぼ》の番地が、書いてあった。

「荻窪駅の近所だな」

近藤は、電話ボックスをとびだすと、タクシーをさがした。芸者町だけに、車はたくさん通るが、なかなかタクシーの空車はない。

「ちえっ、昼間は車もお荷物だが、夜ふけに動きまわるには、あったほうがいいな。この仕事がうまくいったら、スバルでも買うか。かざりに免許をとったわけじゃあ、ないんだから」

近藤は、いらいらしながら、飯田橋の駅のほうへ、歩きだした。まだ中央線の下り終電車に、間にあうかもしれない時間なのだ。

6

高原洋子、という表札をだした家は、荻窪駅の近所にはなかった。だが、小さな酒場のドアの上に、例の電話番号のプラスチック板が、貼《は》りつけてあった。最初から、そういう場合を考えていたので、近藤は、わりあい時間をかけずに、さがすことができた。このあたりの酒場は、十二時半までだから、もちろん、もう看板はひっこめてある。店のなかも、まっ暗だ。万年筆がたの懐中電灯で、電話番号をたしかめてから、ドアをしらべた。鍵穴《かぎあな》はない。内がわから、掛金でしめてあるのだ。上と下と横と、すくなくとも三か所に、掛金があるのだろう。

「こりゃあ、手間がかかるぞ。裏口があるはずだ」

となりの酒場とのあいだに、肩がつかえそうな露地がある。暗いなかへ踏みこんでいくと、柔らかなものが、靴にふれた。懐中電灯をつけて、近藤はつぶやいた。

「どういうんだい、こりゃあ?」

乾いたセメントの上に、パンティが落ちていたのだ。紙製のはきすてにするやつなら、ふしぎではないが、レースのついた黒いパンティだ。懐中電灯をかざしてみると、すこしさきにブラジァが落ちている。そのさきには、スリップが落ちている。タイトのスカートが、落ちている。バルキーセーターが、落ちている。いずれも、お値段の張りそうな品ばかりだ。

最後に、キルティングガウンが落ちていて、そこが裏口のドアだった。ドアには、鍵がかかっている。まるで火事で逃げだすときみたいに、ありったけ着こんで出てきた女が、ドアに鍵をかけたとたんに、気が変ったとしか、考えられない。そうだとすると、一枚一枚ぬいでいって、露地の口から、すっ裸でとびだしたことになる。

「まだ裸で歩く、陽気じゃないがな」

近藤は、狐《きつね》につままれたような顔から、めがねをはずした。両方のつるをしごくと、細い鉄の耳かきみたいなのが、すべりだす。錠前屋の必携品だ。これ二本で、どんな鍵でも、あけることができる。他はとにかく、自は大いにゆるす名人芸。たちまちに、ドアはあいた。まん前に、階段がある。それをのぼると、またドアがあった。鍵はかかっていない。近藤はドアをあけた。部屋が小さいことはわかったが、カーテンがしまっているので、よく見えない。

「だれかいるんだろうな」

声をかけて、近藤は身を沈めた。闇《やみ》からの襲撃に、そなえたのだ。片手で、革のネクタイをほどく。武器らしい武器は持たない主義だが、このネクタイで、五人を相手に、わたりあったことがある。五人とも、十二、三の女だったけれど。

襲撃はなかった。そのかわり、動物めいたうなり声が、聞えた。近藤は、懐中電灯をつけた。小さな光の輪のなかに、すばらしい情景が浮かびあがった。木の椅子《いす》に、裸の女がすわっているのだ。茶いろに染めた髪をみだして、口にはハンカチをおしこまれているらしい。その上を、ナイロン・ストッキングで、しばってある。ストッキングのもう片方は、足首をしばっていた。両手はうしろにまわしてあるから、なんでしばってあるかは、わからない。

「やれやれ、やっぱり遅かったか」

近藤はちかよって、さるぐつわだけ、はずしてやった。九十五センチはありそうなバストを波うたせて、女は苦しげにハンカチをはきだすと、

「こんどから、お砂糖でもふりかけておくわ。まずいったら、ありゃしない」

「電灯のスイッチは？」

「天井からぶらさがってるわ、電気なら」

近藤は手をのばして、天井の電灯をつけた。あかりがつくと、女はからだをすくめて、

「あんた、だれよ？　早くほどいて」

「ほどく前に、聞きたいことがある」

近藤は、部屋を見まわした。高原洋子にちがいない女の両手は、カーテンの紐《ひも》で、しばってあった。電話は、線が切ってある。

「あしたまで、動きがとれないようにって、電話を切ってったの」

「どんなやつだった？」

「ちょっと紳士ぶった、びっこの男よ。わりかし、いい男だったけれど。手足が自由になっても、公衆電話へはいかれないようにって、あたしを裸にしやがった。ねえ、助けるなら、早く助けてよ、なにか着るものをさがして、交番へいくんだから」

女は、足をばたつかせた。足首がしばってあるから、椅子ごと、たおれそうになった。近藤はうしろから、椅子をささえてやりながら、マリリン・モンローばりのバストを見おろして、

「そいつは、名案とはいえないな。びっこの男は、沖田のいるところを知りたがったろう？　教えてやったか」

「だって、いきなり入ってきて、なぜ近ごろアンパンには、へそがなくなったんだねって、聞くんですもの。電話番号を教えてやったら、場所も教えろって」

「教えてやったのか」

「アイスピックを、お乳の下につきつけられちゃ、教えないわけにいかないでしょ？　あたしだって、心臓は鋼鉄製じゃないんだから」

「手荒だね。あの気どり屋らしくもない。よっぽど、急いでいたんだな。教えてやったら、どうした？」

「ご覧の通りよ。鍵まで、持ってったわ。ねえ、早くほどいてったら」

「交番へいくのは、まずいぜ。きみだって、沖田がどんな男か、知らないでつきあってるわけじゃないだろう。びっこの男は、沖田を殺そうとして、居場所をさぐりにきたんだよ」

「ほんと！」

「きみのおっぱいみたいに、ほんとうだ。助けたいか」

「もちろんよ」

「じゃあ、思いだしてくれ。沖田が十時ごろ、ここにいたときのことだ。ここからどこかへ、電話しなかったか？」

「したわ。哲ちゃんのところへ」

「哲ちゃんってのは？」

「うちのバーテン。きょうは休んだの」

「哲ちゃんの家、知ってるか？」

「ええ、アパートだけど。この近所よ」

「びっこの男に教えてやった、沖田の居場所は？」

「両国のほう。ねえ、早くといて」

「そいつはいいや。おれにまかしとけよ。沖田を助けてやるから」

近藤は女の手首を、自由にしてやった。女は自分で、足のストッキングをといた。

「どうすればいいの？」

「いっしょに、きてくれ」

「この格好じゃ、いかれないわ」

「着るものは、下の露地にあるよ」

近藤はドアをあけて、階段をさししめした。女はストッキングを重ねてたたむと、お風呂へ入るときみたいに前へあてて、裸の肩をすくめながら、階段をおりていった。

「きみ、湯かげんをたしかめてから入らないと、やけどするぜ」

近藤は、笑いながら、声をかけた。

c

「車は駅のむこうがわへいかないと、ひろえないわ」

高原洋子は、バルキーセーターの具合をなおしながら、いった。

「近いっていったじゃないか。歩いていけるんだろう」

「だって、沖田のところへいくんでしょ？」

「哲ちゃんのところさ」

「それじゃあ、あのびっこが……」

と、洋子が口走る。近藤はなだめるように、

「安心しなよ。時間はまだある。沖田は哲ちゃんに、ハジキをあずけたんだ。そいつを、持っていってやらなくちゃあ……」

「そんな話、聞いてないわ」

「女に聞かせるような、話じゃないからな」

「あんた、だれなのよ？　警察のひとじゃ、ないんでしょうね？」

「沖田の友だちだよ。ぐずぐずしてると、間にあわなくなるぞ。助けたいのか、助けたくないのか」

「わかったわ。こっちよ」

女はさきに立って、歩きだした。

近藤は、後頭部へ手をやった。瘤は、まだ痛んだ。これはやっぱり、土方がこさえてくれたものらしい。しかし、おかげで、うまくいきそうだ。土方のやつ、おれが追いかけてくると思って、あわてすぎたな、と近藤は、ほくそ笑んだ。それとも、沖田を知ってるだけに、甘く見すぎたのか。こっちは、からく見すぎているのかもしれない。沖田が慎重を期して、製版師の坂本剛太を、第二の連絡場所ともちがうところへ、隠しているかどうかは、はっきりしないのだ。近藤は不安になって、

「両国のほうというのは、沖田の家か？」

「ちがうわ。やっぱり酒場。あたしの兄がやってるの。ああ、ここよ、哲ちゃんのアパ

ートは」

「よし、きみから哲ちゃんに話をしてくれ。まずいことになったから、沖田があずけたものをわたしてくれ、というんだ」

「わかったわ」

洋子は、アパートの玄関へ入った。せまい階段を、二階へのぼった。いちばん手前のドアをノックする。低い声が、答えた。

「だれだ?」

「哲ちゃん、あたしよ」

洋子も低い声でいった。近藤は女のわきに、壁を背にして立った。持ち主が、しまり屋だと見えて、廊下にはうす暗い小さな電灯が、とぼんとついているだけだ。荻窪駅を通過する貨物列車らしい地ひびきが、かすかに聞える。

「マダムか。なんだい、いまごろ?」

ドアが細目にあいて、声がちかくなった。

「沖田さんからあずかってるものが、あるでしょう?」

「どうして知ってるんだい、それを?」

「そんなこと、どうでもいいから、わたしてよ。たいへんなことになったの。早くわたして」

マダムは、ドアの隙間《すきま》に手をさしだした。哲ちゃんは、けげんそうな声で、

「だって、もう寝《ね》てるぜ」

「寝てたら、起してくれないか」

近藤は、洋子のうしろから、顔をつきだした。

「なんだい、あんたは？」

哲ちゃんは、あとへさがった。

「沖田の友だちだ。邪魔が入った。よそへ移さないと、まずいんだ。起してくれ」

近藤は部屋へ踏みこみながら、声に威圧をこめた。

六畳ひと間のアパートで、すみに蒲団《ふとん》が敷いてある。寐ていた男が、むっくりと起きあがった。

「わたしに、用かね？」

きれいにかみそりをあてた大きなあたまだ。もっとも、剃《そ》る毛はすくなかったろう。やせた老人だが、目が大きい。声も大きかった。新聞の写真で見おぼえた火星人みたいな顔に、近藤は笑いかけた。

「ああ、ぼくといっしょに、きてもらいたいんですが」

「やれやれ、寐入ばなだったのにな」

老人は、顎《あご》の骨がはずれそうな大あくびをして、立ちあがった。

「いったい、なによ、これ?」

と、マダムが口をとがらす。

「これとは、また失礼な。この人が、沖田を助ける唯一の武器なんだ。坂本さん、支度してください」

近藤は、せきたてた。坂本剛太は、ゆうゆうと敷蒲団の下から、寐おししておいたズボンをとりだした。服をきおわったとき、アパートの前に車のとまる音がした。

「きたらしいな」

近藤は、うれしそうに笑った。

「きみたちは、ここにいたまえ。心配しなくても、大丈夫だから」

と、哲ちゃんとマダムに命令して、

「いきましょう、坂本さん」

「あいよ」

老人は、意外にひょうきんな返事をして、近藤のあとからついてきた。近藤は、ゆるむ口もとをひきしめながら、階段をおりていく。土方がびっこをひきながら、片手にステッキ、片手に男の片腕をひきたてて、玄関を入ってくるのが、見えた。片腕は、トレンチコートをきた大きな男に、くっついていた。目つきの悪い顎の角ばった男だ。これが沖田だろう。

その沖田らしい大男の口から、かすかなおどろきの声があがった。

「やあ、おそろいで」

近藤は、手をふった。

土方は舌うちして、沖田の腕をはなした。沖田の顔は、半分だけ腫《は》れあがっている。

「おやおや、どうしたんです？　ふくらし粉の分量を、間ちがえたんですか。半分しか、ふくれてませんね」

と、近藤はいった。

「なんだ、きさまは！」

沖田が、噛《か》みつくようにいった。近藤は、ひとさし指を口にあてて、

「まあ、お静かに。ここで騒いだら、すべてはぶちこわしだ。それに、アパートのみなさんの安眠妨害になる」

「公衆道徳は、守らなけりゃいけないな」

土方はステッキを軸にして、くるりとからだをまわすと、思いきりよく玄関を出ていった。

近藤は坂本剛太の手をとって、

「気をつけてください。ころばないように」

と、沖田の前を通りすぎた。

d

アパートの前の道路で、土方は車によりかかっていた。月がないので、あたりは暗い。青葉のにおいが、闇にふさわしかった。つばの巻きあがった帽子を、あみだにした影法師が、気どった手つきで、あくびを叩《たた》きつぶしてから、声をかけてきた。

「送っていってやろうか」

「ご親切なことで」

と、近藤は老人をふりかえって、

「甘えることにしますか、坂本さん」

「家へ帰るのかね？」

老人は、ズボンのポケットから、やけに派手な紫いろのベレ帽をとりだして、かぶりながら、いった。

「お気の毒ですが、そうじゃないんです」

「さっきみたいに、かたい蒲団じゃないのが、あるところに願いたいな、どこかへつれていかれるなら」

このじいさん、やけにあきらめがいいな、と近藤は思った。土方は車のドアをあけて、フロントへのりこんだ。近藤は、いやにせまいバックシートに、坂本老人をのりこませ

ると、

「どこまで、送ってくれる？」

「どこまででも。ただし、東京都内にかぎるがね」

「じゃあ、道灌山《どうかんやま》までたのむか」

と、近藤がいう。坂本剛太は、中腰になって、フロントシートをのぞきながら、

「あんた、足が不自由なようだが、それで、運転できるのかね？」

「ご心配なく。オートマチック・ドライブになってます。クラッチペダルが、ないでしょう、この通り？　山田のかかしでも、こういう車を持ってりゃあ、制限つきで免許がとれるんですよ」

「なかなか、いきなもんだね。いきといえば、あんたの帽子、ホンバーグ・ハットだな。こいつをこなせるとは、うらやましい。ブリムがぜんぶあがっとるから、かぶりにくいもんだ」

「およしなさい。ほめると、つけあがりますよ。ギャングのかぶる帽子じゃないですか」

近藤がけちをつけると、老人は首をふって、

「ソフトでは、これが正式なんじゃ。日本ではホンブルグといっとるがね。くやしかったら、かぶってみなさい。あんたも、ギャングのはしくれじゃろ？」

近藤は苦笑しながら、のりこんだ。車は走りだした。アパートの玄関では、沖田が目を光らして、見送っている。それをふりかえりながら、近藤がいった。

「だいぶ、派手にやったようだな」

「急いでいたもんでね。つい、手のほうが口よりさきに、働いちまったのさ」

と、土方はいった。

「せいてはことをしそんじる、という諺《ことわざ》を知ってるかね。口や手よりも、あの大女のところでもうすこし、あたまを働かせるべきだったな」

「きみが追いかけてくるだろう、と思って、気が気じゃなかったからね」

「おかげで、こっちは楽にしごとはできたし、けっこうなヌードは拝んだし、この上、送ってもらっちゃあ、罰があたりそうだよ。殴られたのは、わすれてやるぜ」

「なんの話だかわからないが、罰はたしかにあたるかもしれないね。さっきの先生だって、まだあきらめちゃあ、いないだろうからな」

「あたまの悪いのが損をするのは、当然さ。つけてはこないようだから――」

と、近藤はもういちど、うしろをふりかえって、

「これで、あの先生とは、ご縁がきれるだろう。もちろん、ご忠告にしたがって、気をつけはするがね」

車は青梅街道へ出て、新宿へむかっていた。トップ・ダウンで走っているから、夜風

はつめたい。近藤は首をすくめながら、公衆電話の赤い屋根を前方にみとめて、口をひらいた。

「坂本さんに、電話をかけてもらわなけりゃいけないな。奥さん、心配してるでしょう」

「その配慮には、およばんよ」

と、坂本老人は首をふって、

「じつはさっき、若いのにおどかされて、電話をかけさせられた。ところで、あんたがたのどちらが、主犯かね？」

「主犯って、なんの？」

近藤は、聞きかえした。

「もちろん、にせ札つくりのさ。紙を盗んだのは、あんたがただろう」

「だったら、どうします？」

「だったら、わしは忠告したいね。にせ札つくり、というのは、わりのあわん商売だよ」

「そうかな。でも、たいがい迷宮入りになってるようじゃないですか」

と、近藤はいった。駿河台《するがだい》の喫茶店であった女の説を、無断借用したのだ。

「つかまらないからといって、わりがいい、とは限らん。いくらの札を、つくるつもりだね？」

「まあ、千円でしょうな。いちばん、つかいやすいから」

「千円札は、十枚で一万円だよ」

「そういうことに、なってるようですな、政府の意向では。残念に思ってます」

「百枚で、十万円だ。にせ札を百枚つくるのは、簡単かもしれないが、百枚つかうのはたいへんだよ。気長に、用心深く、つかわなきゃならん。いっぽう、資本のほうを考えると、十万円で、百枚のにせ札はつくれんだろうね。印刷機からそろえるとなったら、大ごとだ。にせ札は、政府がつくればとにかく、個人では採算のいちばん取りにくい犯罪だな」

老人は、大きな目を光らした。

「政府がつくったら、そいつは贋造紙幣《がんぞうしへい》といえないんじゃないですかね」

近藤は、笑いながら、いった。そっと横目で、老人を観察している。土方もバックミラーを、ちらちら、あおいでいるようだ。

「自分の国のを、刷るんじゃない。よその国のを刷って、ばらまくんだ。その国の経済を、混乱させるためにな。第二次大戦ちゅうに、ヒトラーがイギリスのポンド紙幣を、大量につくった。飛行機で、イギリスにばらまく計画だったが、けっきょく間にあわないで、つかわずじまいになった、ともいうし、一千万ポンドもイギリスに流れこんで、いまも流通している、ともいう。どっちにしても、印刷工を三百人もつかって、つくったというから、本物そっくりのものが、できたらしいな」

「そりゃあ、すごい」

「三十四年に、にせドルが日本で問題になったことがあったろう？　あのときも、共産圏の地下工作隊が、香港《ホンコン》でつくっているんだ、という説があった。ドル紙幣は表二色、裏一色で、偽造しやすいんだよ。そこへいくと、千円札は表四色、裏二色だからね。世界一むつかしいオーストリア紙幣よりは、ましだとしてもだ。金もうけのためにやるんじゃ、わりがあわんよ」

「そういうことは、ボスにいってください」

近藤は、とぼけた。まったくのところ、わりがよかろうが、悪かろうが、どうでもいいのだ。

「これからいくところに、ボスがいるのかね？」

坂本老人は、ベレ帽のぐあいを直しながら、いった。

「いや、あしたですよ、ボスにあえるのは」

と、近藤はいって、あくびをした。あしたの――いや、もうきょうになっているが、そのほうが仕事はたいへんなのだ。午前十一時に駿河台の喫茶店で、例のスポークス・ウーマンに、あうことになっている。それからの掛けひきを、よほどうまくやらないと、たったの一万で、鴨《かも》に逃げられてしまうおそれがある。土方と沖田が、邪魔を入れてこないように、算段もしなければいけない。

車が、都電の道灌山下停留所にちかづくと、近藤は、土方に声をかけた。

「このへんでいいよ。すまなかったな。実費を払おうか」

「まだ、白タクをやるほど、落ちぶれちゃいないよ」

近藤は、坂本老人をうながしておりると、土方の車が走りさるまで、道ばたに立っていた。アパートまで、つけてこられない用心だった。赤いテールライトが、闇のなかに消えてから、近藤は歩きだした。

「もうすこしです。眠いでしょう?」

「いや、年よりは眠くないもんでね。それより、あんた、悪党にしちゃ、いやに丁寧だな。きびが悪いくらいだよ」

と、元気よく坂本はいった。

「あけっぱなしに、いわないでくださいよ。夜ふけで、まわりが静かなんだから——おたくの落着きぶりのほうが、きみが悪いな、こっちには」

と、近藤は肩をすくめた。

「お客さんのなかに、若い女のひと、いないかな？　ひとりで、きてるはずなんだ」

近藤はアパートの玄関で、裏口から坂本が逃げないように、注意をけらいながら、電話をかけている。あくる日の午前十時五十五分。

「おひとりの女のかたは、大勢いらっしゃいますが——お名前、なんとおっしゃるんでしょう？」

と、喫茶店のボーイが、電話線のむこうでいう。

「かんじんの名前を、わすれちゃったんだ。きみが見て、いちばん美人だと思うひとに、Aさんをご存じですか、と聞いてみてくれ。ご存じでしたら、電話に出てくださいって。ことによると、ひとりじゃないかもしれない。ごくつまらない、目玉のとびだした狐みたいな男が、いっしょにいるかもしれないが……」

「エイさんとおっしゃるんですか、あなたさまが？」

「そうだ。たのむよ。いちばん美人だ」

「でも、どうもそういう、あやふやなことでは……」

「あやふやじゃないいじゃないか。いいから、聞いてみてくれ。文句をいうんじゃないよ。きみだって、ひとに怨《うら》まれたくはないだろ？　お店に時限爆弾でもしかけられたら、どうするんだ。フランスのＯＡＳがつかってるプラスチック爆弾ての、聞いたことないかい？」

「ちょっと、お待ちください」

ボーイはあわてて、受話器をおいた。しばらくすると、聞きおぼえのある女の声が、

「ゆうべのAさん？　どうしたの、もう約束の時間よ」

「一発で命中とは、おそれいったね。いまのボーイの審美眼を、ほめてやってください」

「どうして？」

「名前がわからないんで、いちばんきれいな女のひと、といったんだ」

「あら、お世辞がいいのね。それ、営業政策？」

「そうじゃ、ありませんよ。ところでね」

「うまく、いかなかったんでしょう？」

「お気の毒さま。うまくいったんだ。だが、そこへつれてくのは、ちょっとまずくてね。ご足労でも、上野までできてくれないかな」

「そりゃあ、いってもいいけれど……」

「広小路の《クーキー》って喫茶店へ、三十分後にいってるよ。アメ横の、ひとつ手前の通りだ」

「わかったわ」

「ちょっと、待った。金はそこでは、うけとらないぜ」

「どうしてよ？」

「ボスからじかに、いただきたいんだ。こっちは、大まけにまけたんだからね。あいだでマージンかせがれちゃ、いかにも癪《しゃく》だ」

「あたしがそんなこと、するっていうの？　失礼ね」

「生れつきの不作法さ。とにかくボスに連絡しとけよ」

近藤は電話を切って、自分の部屋へもどった。細君は、とっくにつとめに出かけている。坂本老人は、きちんと服をきて、フィルターつきのタバコを吸っていた。

「それじゃ、出かけましょうか」

「そうかね。どこへでも、つれていきなさい。わしはもう、観念している」

老人はたんねんに、灰皿でホープをつぶしてから、立ちあがった。

「あなたが協力的なんで、助かりますよ」

「まあ、わしがいかなきゃ、だれかほかのものが、つれていかれるんだろうからな」

ふたりはアパートを出て、タクシーをひろった。

f

広小路の《クーキー》という喫茶店は、店じゅうにＨＩＦＩの大音響がとどろいていて、密談をするには、つごうがよかった。

老人は、ものめずらしげに、客のまばらな店内を見まわしている。しばらくすると、ドアがあいて、ゆうべの女が入ってきた。着ているものは、ゆうべと変りがないが、昼間の光のせいか、ずっと若く見える。きょうは化粧ぬきで、口紅もぬっていない。濃い眉《まゆ》も、かいたものではなかった。そのせいも、あってだろう。ことによると、はたちにも、なっていないんじゃないか、という気が、するくらいだった。女は目ざとく近藤を見つけて、

「お待ちどおさま」

「いや、ぼくたちも、いまきたばかりさ」

「このひとが、坂本さんね」

女はカンガルー革の、凝ってはいるが、古ぼけてもいるハンドバッグをひらいて、なかをのぞいた。例の《名人達人》の切りぬきと、坂本の顔を見くらべたらしい。

「ボスにあう手はずは、ととのえてくれたろうね？」

と、近藤はいった。

「どうしても、ボスにあわなきゃいけないの？」

「さっきは、失礼なことをいったが、じつは途中が心配でね。邪魔が入るおそれがある」

「どんな邪魔？」

「たとえば、ゆうべのB君。それから、最初の誘拐者。これは、C君としておこうか。このふたりが、坂本さんを取りもどそうとしてるらしい。そうっと、いちばん奥のテーブルを見てみたまえ。新聞よんでる男がいるだろう？　あいつ、BがわかCがわか、わからないけれど、ぼくらをつけてきたことは、たしかだよ」

「それでF氏のところまで、護衛していきたいわけね」

「なんだい、F氏って？」

「みなさん、名前をおっしゃりたくないようだから、アルファベット順でいくと、新聞よんでる男がDで、あたしがミス・E、ボスはミスタ・Fでしょう」

「あんたがミスだとわかって、うれしいな。その通り、F氏のところへ無事、坂本さんをおつれしたい。つまり、アフターサービスだね」

「じゃあ、ちょっと待ってて」

「電話をかけるのか？」

「ええ。おもてへいってかけてくる」

女は、立ちあがった。

「番号を知られたくないわけか。ご念の入ったことだ。五分しか待たないぜ」

「いいわよ」

女は軽快に、店から出ていった。きっちり五分後に、また入ってきて、

「それじゃ、いきましょう」

「車があるのかい？」

「タクシーを、ひろうわ」

「そのほうが、いいな」

三人は、店をでた。近藤は、いかにも警戒するように、《クーキー》のドアをふりかえったが、だれもつづいて出てくるものはいない。奥のテーブルで、新聞を読んでいた男は、近藤よりさきに店にいた。だから、土方や沖田と、関係あるはずはなかった。広小路の通りで、女はタクシーをとめた。近藤は、女の耳にささやいた。

「逆の方向へいって、べつの車にのりかえよう」

「ええ。運転手さん、浅草へいってちょうだい」

タクシーは、走りだした。近藤はうしろの窓を、なんどもふりかえった。半分はジェスチャアだったが、半分は本気で、尾行を気にしていた。こちらに手落ちがなくとも、土方はだれかに、ミス・Eを尾行させたかもしれないからだ。空は、曇っている。きょうは、陽気が逆もどりしたようで、革の上衣も苦にならない。歩いているひとも、走っている車も、影がうすかった。やがて前方の空に、新世界の五重塔が見えだした。

「ここで、いいわ」

タクシーが、国際劇場の前へきたとき、女はいった。三人はタクシーをおりて、道路を横断した。つづいてとまった車は、なかった。近藤は手をふって、走ってきた空車をとめた。

「新橋まで」

と、女がいう。近藤は念のために、なんどかふりかえったが、つけてくる車はない。

新橋までは、だいぶ時間がかかった。都電の交差点を越えて、しばらくいったところで、女はタクシーをとめさせた。うす汚れたビルが二軒、ならんでいる。女は、さきのほうのビルの裏口へまわった。

「ここから、入りましょう」

四階建てのビルで、せまい階段をのぼっていくのは、つらかった。すくなくとも、坂本剛太にはそうだろう、と思われたのに、三階へきたときには、老人が先頭に立っていた。

「もっと、上かね？」

「ひと目をしのぶ関係上、エレベーターがつかえなくて気の毒だったけど、もうひとがんばりなの。四階よ」

と、女がいった。老人はさきに立って、階段をのぼった。四階には部屋がふたつと、エレベーターの扉《とびら》しかなかった。廊下は、うす暗い。女は右がわのドアを、三度ずつ、二回、ノックした。返事はなかったが、ドアは大きくひらいた。女はためらいなく、部屋に入った。とたんに、あっといって、立ちすくんだ。ひらいたドアのかげから、ホンバーグ帽を胸にあてて、すっと出てきたのは、土方だった。糊《のり》のきいたシャツに折目ただしい服は、きのうとおなじだが、袖口に、人間の目のかたちのカフリンクがのぞいていた。あまり趣味はよくないが、たったいま、目蓋《まぶた》からほじくりだしたみたいに、よくできている。胸から帽子をはなすと、タイタックも血走った眼球で、それが嘲笑《あざわら》うように、近藤を見あげた。

「やあ、あんまり待たせるもんじゃ、ありませんよ」

近藤は、坂本老人をうしろへかばって、戸口に立ちはだかった。

「なんだ、なんだよ。また邪魔をしにきたのかね」

「おやおや、きみも乗りこんできたのか。ぼくはこのお嬢さんと、ゆっくりお話がしたい、と思っただけさ。きみたちもなかへ入ったら、どうだい」

「あんた、どうして、ここがわかったの？」

と、女がいった。部屋のなかには、電話機をのせたテーブルがひとつ、椅子が二脚しかない。土方は、椅子のひとつを女にすすめてから、もう一脚をゆびさして、

「お年より、どうぞ」

「どうして、ここがわかったのか、ミス・Eが聞いてるんだぜ」

と、近藤がいった。土方は笑って、

「ゆうべ、坂本さんのところへきたチンピラが、ダイアルをまわすのを、秒単位ではかっておいたんだ。実験してみて、電話番号はわかった。そいつを頼りに、ここをつきとめたってわけさ」

「ふん、電話帳を一冊ぜんぶ、精読したのか。ご苦労さまでした」

「そんな、肩のこるまねはしないさ。健康には、とくに気をくばってる」

「じゃあ、局番の電話局へ押しかけて、係を脅迫したんだろう？」

「野蛮なふるまいも、やむをえざる場合のほかは、しないことにしてるよ。なにしろ係は、かわいい女の子だったからね」

「やっぱり、局へいったんじゃないか」

「逆行性健忘症の、あわれな患者をよそおってね。過去をとりもどす手がかりは、一連の電話番号だけ、いくらかけても、だれも出ない。ことによると、そこが自分の家かもしれないから、どこにある電話か、しらべてくれないか、とたのんだんだよ、涙を浮かべて」

「きざな芝居をするやつだ。警察の名をかたりゃあ、簡単なのに」

「警察とたくあんは、生まれつき、嫌《きら》いなんでね。嫌いなもののおかげは、こうむりたくない。それに、ぼくじゃあスマートすぎて、日本の刑事にゃとても見えないだろ？」

　と、土方はぬいでいた帽子を、いきにかぶりなおして見せて、

「係の女の子、たいへん同情してね。特別の処置を、こうじてくれたよ」

そのとき、電話のベルが鳴った。女は、さっと受話器をとりあげて、意味不明の返事をしていたが、とつぜん、勢いよく受話器を叩《たた》きつけると、

「あんたがたのおかげだわ。ボスは来ないとさ。あたしもお払い箱だって。坂本さんもいらないって！」

ヒステリックな声をあげた。

第三章　ここではF氏がビフテキを食い A氏はサンドイッチで我慢する

a

「ボスは来なくて、あんたはお払い箱で、坂本さんもいらないって、いったい、どういうことだい、そりゃあ？」

　あっけにとられて、近藤が聞いた。

　テーブルに腰かけている土方は、膝《ひざ》の曲らない右足で、器用に椅子《いす》をひきよせると、女のうしろに、ガクガクと押しやって、

「そんなに興奮して、おっぱいをふるわしていると、ブラジァが切れるぜ」

「ご心配には、およびません。そんなもの、最初からしてないから」

　女は憤然と、腰をおろした。だが、おろしたところは、椅子のはしっこだった。椅子は、どでん、といって、前のめりにたおれた。女は、きゃっといって、あおむけにたお

れた。ニーレングスのストッキングをはいた足が、角度三十五ぐらいにひらいて、天井をむいた。根もとに黒い布地をあしらって、見事な前衛生花になった。近藤がとびついて、女の両手をひっぱった。

「安心したよ。ぜんぜん下着をつけない主義か、と思って、あやうく目をつぶるところだった」

と、土方がいった。近藤はふりかえって、

「キャラメルを口へ入れてやらないと、お喋《しゃべ》りをやめないのかね、きみは」

と、いってから、女にむかって、

「そんなに怒らないで、説明してくれないか。いったい、F氏はなんていったんだ?」

「だから、さっきいった通りよ。ここへは来ないって」

「どうして?」

「このひとのせいよ」

女は土方をゆびさして、

「ここへ入ったのを、F氏は見てたらしいわ。まだもうひとり、変なのが、そとで見張ってるんですとさ。そんなけんのんなところには、いけないって」

「きさま、だれかアシスタントをつれてきたのか」

近藤は、土方に聞いた。

「ぼくはいつも、影法師しかつれてあるかないよ」

「まさか、ミスタ・Cじゃあるまいな」

「なるほど、あいつがCで、するとDはだれなんだ？」

「Dは端役さ。二度と登場しないだろう。したがって――」

近藤がいいかけるのを、土方はひきとって、

「このひとがミス・Eか。それで、ボスはミスタ・Fときちゃうわけだな」

土方は、テーブルから、すべりおりた。大股《おおまた》に、窓にちかよる。細目にあけて、下をのぞいた。露地のとば口に、ばんそう膏《こう》を頬《ほお》に貼《は》った沖田のすがたが見えた。

「Cさんだよ。こいつは、おれもぬかったな。苦味がきいてるようでも、どうせチョコレートみたいに、甘いもんだ、と思ってたら、ミルクぬきだったとはね。いつ、尾行されたんだろう？」

と、土方は舌うちした。近藤は女にむかって、

「とにかく、ぼくの責任じゃないわけだ。いまさら、坂本さんをつかわないなんて、いいだされちゃあ、困るよ。なんとかF氏を、くどいてくれなくちゃ」

「あんたにだって、責任はあるわ。他人のしごとに、首をつっこんだんだから。F氏をくどくなんて、できない相談よ。あたし、お払い箱になったんだもの」

女は、カンガルー革のハンドバッグから、容れものとは不似合いな、小さな乾電池の

かたちをした宣伝ライターと、新生を一本、乱暴につかみだした。タバコを、くちびるにつっこんで、ライターをカチカチやったが、どうしてもつかない。近藤がマッチをさがしていると、さっと土方の手が、ステッキをさしだした。直角に曲った握りのかどが、ぱくっとひらいて、そのなかに、ライターの火が、もえあがっていた。

「すると、きみはF氏にやとわれているだけなのかい?」

「そう」

女は、紙くさい煙といっしょに、そっけない返事を、吐きだした。

「もういちどF氏にあたって、くびを取りけしてもらうように、たのんだら? 労働組合はないのかね」

「しゃれのつもりで、こんどなにかいったら、ひっかくわよ。来月からどうやって暮すか、あたし、いま気が気じゃないんだから」

「きみほどの美人が、そんな心配すること、ないじゃないか」

「お世辞もたくさん。キャバレかバアか、そんなつとめしか、ないじゃない? あたし、男のきげんをとるのなんか、大きらいなのよ」

「とにかく、F氏に電話をかけてみろよ」

「電話番号、知ってれば、かけるわよ」

「じゃあ、あいにくいけよ。ぼくが送ってあげる」

「どこにいるか知ってれば、さっさといくわよ」

「それじゃあ、なにを知ってるんだ、きみは？」

土方は、あきれたような声をだした。近藤が、ふたりのあいだへわりこんで、

「そんな悠長な問答、してる場合じゃないぞ。だいたい、きさまにゃ開く資格はないんだ。馬をひっぱって、せっかくのビジネスを、かきまわしやがって」

と、毒づいてから、女にいった。

「お互いの利益のために、状況をくわしく、教えてくれないか。対策を考えよう、いっしょに」

「とにかく、あたしが知ってるのは、F氏の顔と名前だけ。名前は芹沢《せりざわ》っていうんだけど、偽名かもしれない。顔だって、細工してあるかもしれないしね。あたしは、きまった時間にここにきて、電話でくれる命令を、実行するだけなのよ」

「でも、さっき、電話をかけてたじゃないか。ああいった緊急連絡のときは、どうすることになってるんだ？」

「さっきは、あのひと、駿河台の喫茶店にいたの。連絡場所は、いつもそういったとこなのよ。すごく用心ぶかいんだから」

「しかも、その芹沢が、ほんとのボスかどうか、わからないわけだな」

「ほんとのボスは、あたまに足が生えてて、口が三つある宇宙人かもしれないわ」

女は、短くなった新生を床にすてて、踏みけした。

b

「しかし、なんといっても、その芹沢ってやつをさがしだすのが、目下の急務だな。人相は？」

と、近藤が聞いた。

「いつも、帽子をかぶってるわ。ソフト帽みたいの。顔はどちらかといえば、まるいほうで、めがねをかけてる。飴《あめ》いろのまんまるいふち。それから、鼻の下にひげをはやしてるわ、歯ブラシみたいなやつ」

「からだつきは？」

「背は高いほうね。かなり肥《ふと》ってる」

「どうも、印象不鮮明だな。だが、やってみるより、しかたがない」

「知恵を貸そうか」

と、土方が窓ぎわから、口をはさんだ。

「利子が高いにきまってるから、けっこうだよ。自分の小だしの知恵だけで、間にあわせる」

「だったら、早く働かせるんだね。あんまり、時間はないぜ。ミスタ・Ｆには、ほかの製版師の心あたりがあるんだろうから」

「そのくらいのことは、心得てるよ。女のくさったのみたいに、いつまでも未練がましく、邪魔をしないでくれ」

「そういわれちゃ、しかたがない。ここで二十分だけ待って、あとから出ていく」

「どこへでも、芹沢をさがしにいきたまえ。きみのあとは、つけない。ここで二十分だけ待って、あとから出ていく」

土方は、テーブルに、尻《しり》をのせた。その上にぬいであった帽子を、あみだにかぶる。ポケットから、英国タバコのソブラニイの、ひらべったいブリキの函《はこ》をぬきだして、一本くわえると、ステッキにしこんだライターで、火をつけた。

「それじゃあ、おれたちは出かけよう」

近藤は、女と坂本をうながして、ドアをあけた。老人は、いやにおとなしい、と思ったら、椅子にきちんとすわって、両手を膝に組んだまま、居眠りをしている。近藤に肩をたたかれて、ようやく顔をあげた。

「ああ、きみか。相談は、まとまったのかね」

「とにかく、出かけるんです」

せまい階段を、女をさきにして、近藤は坂本老人の腕をつかんで、おりていった。

「どこへいくんだね？　ボスはわたしに用がない、というような話だったが」

「むこうは用がなくても、こっちは用があるんです」

「ようやく事情がのみこめてきたんだが、あんたは、贋幣《がんぺい》つくりの一味じゃないようだな。といって、まともな人間ではない。つまり、ブローカー、というやつか。わしをボスへ売りこんで、いくら鞘《さや》がとれるんだね」

「このひとが落札した値段は、一万円よ」

女がふりかえって、いった。

「ほう、たったの一本かね？　そんなことで、引きあうのかいな」

「引きあわせて、見せますよ。顔つなぎには、サービスをしなくちゃね」

「もしも、わしが逃げようとしたら？」

「逃げられませんな」

近藤は、にやりと笑った。歯を見せずに微笑して、相手を強く見つめながら、目蓋《まぶた》をすぼめるようにして、片方の目がしらと鼻のあいだの皮膚を、軽くふるわせる笑いかただ。これが、なかなかむずかしい。笑った顔で、ぞっとさせるのがうまい映画俳優は、近藤にいわせると、チャールズ・ロートンとピーター・ローレ、それからリチャード・ウィドマーク、この三人にとどめをさす。三人の笑う場面の映画フィルムを、苦心して手に入れて、筋肉の動きをしさいに研究し、トレーニングを重ねたのだ。その結果、問題は笑った口もとよりも、目もとであって、三人とも眉《まゆ》がうすいために目が強調される、ということを発見し、わざわざ毛抜きで眉をまだらにするほど、苦心をした。顔面神経痛みたいだ、と細君はひやかすが、むやみに凄《すご》んでみせるより、よっぽど効果があがるはずだった。

だが、かんじんの老人は、せまい階段の足もとを気にしていたので、平気だった。近藤は裏口のドアをあけて、露地をのぞいた。沖田のすがたは、見あたらない。

「ここで、いきなりわしが逃げだしたら、どうするね？」

と、老人がいった。

「ぼくは、足が早いんです」

「じゃあ、歩いてるうちに、交番へとびこんだら？」

近藤は、ネクタイに手をやって、タイタックをはずした。波がたに刃のうねった、短剣のかたちをしている。とがった刃さきを、見せびらかしながら、

「このなかには、クラーレという猛毒がしこんである。南米土人の毒矢で有名なやつですが、ご存じありませんか。コンドデンドロンていう、忍術つかいみたいな学名の植物からとった、まあ、やにですな。こいつが体内に入ると、神経と筋のつなぎめが麻痺《まひ》して、いわば剝製《はくせい》のごとく、あいなっちまうわけです。こんな小さなものたから、たくさんは入っていないが、一人前には充分すぎるくらいだ。ところで、突っつくのは、どこにしましょう。お好みの場所を、あらかじめ、うかがっておきますよ」

と、また例の微笑を、やってみせた。こんどは、効果があったようだ。

「ほんとに、毒が入ってるのかね？」

うさん臭げに、老人は聞いた。

「あんたにモルモットになる気があるなら、実験してお目にかけますよ」

「いや、やめとこう。どうしても、逃げられんかな」

「そうらしいですね」

「あんたを買収することは、できんかな？　家へ帰れば、現金で二万ぐらいは、あると思うが」

「入札金額よりは多いが、いちどこっきりのもうけじゃね。それに、ぼくが手をひいても、B氏、C氏が、これ幸い、と出てくるだけですよ。しかも、ぐっと手荒くなるでしょうな」

三人は、都電の通りへ、出ていた。老人をまんなかに、近藤を車道よりに、一列横隊で歩いていく。坂本が、近藤の耳にささやいた。

「それじゃあ、せめて、べつの話にのってくれないかね。逃げられないのは、あきらめるとしてもだよ。永久に帰れないのは、ごめんだな。しかも、そうなりかねない、と思うんだ。そうだろう？　版ができれば、連中はわしに用がなくなる。なにからなにまで、連中のいうとおりにすれば、助けてもらえるかもしれないが、事後従犯とやらいうやつに、こっちがなりかねないだろう。さからえば、殺される。どっちにしても、ろくなことはない。で、きみに護ってもらいたいんだが……」

「そういう話なら、いつでも応じます。ただし、おあずかりするのが、命となると、ちょっとお値段が――」

「わたしは金持じゃないから、せいぜい貯金をはたいて、二十万ぐらいじゃいかんかね？　ただし、相手にわしを殺す気がなかったときは、涙金でがまんしてもらうよ」

「それでも、こっちはそれだけ、時間と神経をかけるんですから、半金はもらわないと――」

近藤が老人の耳に顔をよせて、掛けひきをしていると、うしろに変な音がした。

「あぶない！」

老人が、近藤をつきとばした。停車するかまえで、歩道ぎわへよってきた大型車が、いきなり、前のドアをあけたのだ。

ドアは近藤を、歩道に叩《たた》きつけたはずだった。一瞬の差で、近藤はとびのいた。車からおりかけた男が、あわててドアをしめた。でっかい古ぼけたデイムラーは、スピードをあげて、走りさった。

「畜生、油断もすきもありゃしない。おれを突っころがしといて、あんたとミス・Eを、かっさらうつもりだったんだぜ」

近藤はハンカチで、ひたいの冷汗をふきながらいった。女は車を見送って、

「運転してたの、芹沢だったわ。空車がくれば追いかけるんだけど、もうだめかしら」

「となりにいたのは、きっと手下だな。きみとおなじ、臨時やといかもしれないが」

「だんだん、手荒くなってきたようだね」

老人は、首をすくめた。

「そうか。手下というのは、いい線だぞ。いまのは、バセコンじゃなかったから」

と、近藤がいう。

「なによ、それ。冷蔵庫の新型?」

と、女が聞く。

「あれは、パネコン。ゆうべ、坂本さんとこへきたチンピラが、バセコンだ。狐《きつね》づらで、出目だった。だから、バセドウ氏病にかかったおコンコンさま。知ってるだろう、あの男? それを略して……」

「そのバセコンなら、知ってるわ」

「いま、どこにいるか、心あたりはないかな?」

と、女はいった。

「たしか、新宿の《モレノ》っていう喫茶店で、バーテンをやってるって、聞いたけど」

と、近藤が聞いた。

「それから、もうひとつ。さっきはB氏がいたんで、いいださなかったんだが——あの事務所の借り主は、だれだか知ってる？」

「あの部屋には、借り主なんていないわ。あのビルの管理人がやめちゃったんで、次のひとがきまるまでの一か月、あたしが臨時にたのまれてる。それを、こっちのしごとに、流用してるだけなのよ」

「あそこに、寝とまりしてるのか、きみは？　でも、なんにもなかったじゃないか」

「シュラーフザックが、おいてあるわよ。気がつかなかった？」

「なんだい、その原子力潜水艦みたいのは？」

「寝ぶくろよ。ほら、登山のときなんか、つかうじゃない。もぐりこんで、おねんねするやつ」

「ああ、スリーピングバッグってやつか」

「登山用語は、ドイツ語をつかうらしいわ。だから、シュラーフザック」

「きみは臨時やといの掛けもちを、やってたわけだな？」

　近藤が聞くと、女はけろっとうなずいて、

「ビルの持ち主が聞いたら、怒るでしょうけどね」

c

喫茶店《モレノ》は、寄席の新宿末広亭の前を、入ったところにあった。となりも、喫茶店だった。近藤はとなりのドアをゆびさして、ミス・Eにいった。

「ここへ入って、待っててくれ。おじいさまを、逃がさないようにな。きみにとっても、金づるなんだぜ、このひとは」

女は、うなずいた。坂本剛太は、ドア・ガラスに顔をうつして、ベレ帽のかぶりぐあいを直しながら、

「変なこったが、そういわれると、悪い気もちはしないな。それに、こんなきれいな娘さんとさしむかいで、お茶がのめるとはね。だれかに見られて、ばあさんの耳に入ったら、どうなるかと思うとスリルがあるよ、うん」

ふたりがドアを入るのを、見とどけてから、近藤は《モレノ》へ入った。カウンターのなかに、バセコンの顔が蝶《ちょう》ネクタイをくっつけて、漂っていた。

カウンターの前には、泊り木が四つならんでいるが、客はいない。近藤は、バセコンのまん前へ陣どった。ちょうどコーヒーを入れおわって、顔をあげたバセコンが、あっといった。

「やあ、おぼえていたね？　ゆうべは、ご苦労さま」

「な、なんの用ですか。ぼくは――ぼくはいま、勤務ちゅうなんですが」

「勤務ちゅうだと、コーヒーは入れられないのかい？　ここは、喫茶店だろう」

「ええ、そりゃあ」

「だったら、ぼくがここにすわったっていいはずだぜ」

「コーヒーをあげますか」

「もらおう。ただその前にちょっと、世間話をしようや。客へのお愛想ってこともあるから、返事ぐらいしてくれるだろうな」

　近藤は声を落して、

「芹沢は、どこにいる？」

「そ、そんなひと、知りません」

とたんに、すこしはなれたレジで、電話が鳴った。レジの女が、受話器をとりあげた。

「コンちゃん、電話よ。芹沢さんってひと」

　バセコンの顔が、灰をかぶったようになった。

「コンちゃんてのか、きみは？　あだ名だろ。だれの見る目も、かわらないね」

と、いいながら、近藤は泊り木をすべりおりて、すばやくレジの前に立った。バセコンは棒みたいに、立ちすくんでいる。近藤は、受話器をとりあげた。レンの女があわてて、手をのばした。

「あの、それは……」

「いいんだ、いいんだ。しかし、おどろいたな。この店に、きみみたいなイカス女の子がいたとは、気がつかなかったよ。リタ・モレノに似てるって、いわれたことない？　きみがいなくなったら、この店は改名しなくちゃいけないな。もしもし、芹沢さんですか。ぼくですよ」

レジの女が、けむに巻かれているあいだに、近藤は話相手を、受話器にかえていた。

「わかりませんか。ゆうべ、お年よりをお迎えにいくように、たのまれたAです。ちょっと待った。切っちゃいけません。そのことで、お話があるんです」

「その件は、もうお断りしたはずですがね」

落着いた声が、答えた。

「そんな片手落ちの話は、ありませんよ。とにかく、お目にかかりたいんですが」

「こちらは、あいたくないですな。やたらに、ひと見知りするたちだもんで」

電話は切れた。切れるまぎわに、

「はい、ルクレチアでございます」

という女の声が、かすかに聞えた。近藤は受話器をおくと、カウンターにもどって、

「気がかわった。コーヒーは、よしにする」

《モレノ》をとびだして、近藤は、となりの喫茶店へ入った。店内を見まわしたが、紫

ベレの老人と、ミス・Eは見あたらない。

「畜生、逃げられたかな。そんなはず、ないんだが」

近藤が、ウエイトレスに、聞いてみようとしたときだ。ドアにちかいテーブルに、すわっていた大がらな女が、支那服の深いスリットをあおって、立ちあがった。

「坂本さんなら、さっき出ていきましたよ」

ぎょっとして、近藤は女を見つめた。濃いグリーンの、レンズがハートがたをした、サングラスをかけている。ロリータめがね、とかいうやつだ。もとの椅子にすわりながら、女はその大きなめがねをはずした。高原洋子だった。

「どうぞ、おかけになって」

「あんたか。服をきてるから、見ちがえちゃったんだな。つまり、坂本老人とつれの娘さんは、沖田君がどこかへ、拉致《らっち》したってわけか」

「察しがいいこと」

「ひとを笑えないな。沖田はよっぽど、尾行がうまいらしいね。どこへつれてったんだ？」

「せりふが、ちがってやしない？」

「わかったよ。どうしろってんだ？」

「こっちには、ハンディキャップがあるの。ボスにちかづく方法が、ないわけよ。だから、あなたと手をつなぎたい、というんだけれど」

「ごめんだね。しごとは、ひとりでやる主義なんだ。しかし、もう時間がないから、利益折半ってことで、手を打ってもいいな」

「折半にして、いくらぐらいになるの？」

「二十万かな」

「帰って、相談してみるわ」

「しかし、それっきりになっちゃあ、困るな。保証してくれないか。女の子だけ、返せよ」

「いいでしょう。どこへ、返せばいいの？」

「目下のあの子の寝ぐらでいいよ。スリーピングバッグのおいてあるところだ。今夜十時までに、返してくれ。じゃあ、さよなら」

d

芹沢の電話のバックに、かすかに聞えたルクレチアということばは、たぶん、喫茶店かレストランの名にちがいない。電話が二台、あるいはそれ以上あって、芹沢が話しているあいだに、ほかの電話がかかってきたのを、店の女がとったのだろう。その声が、入ってきたにちがいない。ミス・Ｅに心あたりがあるか、聞いてみるつもりだったが、いなくてはしかたがない。タバコ屋の赤電話で、番号問合せにかけてみた。ルクレチアというのは、ありふれた名ではない。それでも、古代ローマの、ひとりの夫の名誉のために自殺したほうか、ルネサンスのころの、やたらに夫を取りかえたほうか、どちらのルクレチアに、あやかったのかは知らないが、この名の店は、東京じゅうに三軒あった。銀座のレストラン《ルクレチア》には、電話が三台ある。

「畜生、車代がかかって、しょうがねえや」

近藤は、ぼやきながら、それでも気がせくので、タクシーをつかまえた。芹沢と電話してから、もう十五分たっている。

「女房が、交通事故にあってね。東銀座の病院に、かつぎこまれてるんだ。なんとか、急いでくれ」

近藤は、この前の手をつかった。運転手は、それほど若くもない。年をとっても、いなかった。交通戦争をたたかいぬくだけの勇気もあり、女房の事故にうろたえている男の気もちも、わかる年ごろ、とにらんだのだ。

「いまごろは、混んでますからね。いっそパトカーにたのんで、先導してもらいましょうか」

「いや、そうまでしなくてもいい。危篤というわけじゃ、ないんだ」

東銀座まで、二十分でついた。

「ここでいい」

「こんなところに、病院がありましたかね」

「この裏なんだよ。そのレストランを通りぬけると、近道だそうだから」

近藤は車をとびだして、レストラン《ルクレチア》のドアをおした。時分どきでないので、店内はすいている。それでも、お茶をのんでいる客がいくらかいた。すみのテーブルで、大きなビフテキをくっている男がいる。あたまのてっぺんが禿《は》げた丸顔の男だ。まんまるいめがねをかけて、歯ブラシのようなひげを、鼻の下にはやしている。

近藤は、つかつかとちかづいて、そのまん前の椅子にすわった。

「失礼します。芹沢さんですね。間にあってよかった」

芹沢は肉を頰ばったまま、いよいよ丸くなった顔をあげて、近藤を見つめた。

「さっき電話で、お話したAです」

芹沢は、答えない。大きな口を、牛みたいに動かして、ゆっくり牛の肉を嚙《か》んでいる。

「ぜひお話ししたい、と思いましてね。どうも、困ったことになりました」

芹沢は、答えない。まだ肉を嚙んでいる。近藤は朝の九時に、汁かけめしを一膳《いちぜん》くったきりなのを、思いだした。そこへ、ウエイトレスが、ちかづいてきた。

「なんにいたしましょう?」

「サンドイッチとコーヒー」

「サンドイッチはハムと、エッグと野菜、ハンバーガーなどがございますが」

「なんでもいい。ボリュームがあって、早くできて——値段は大衆的ってやつが、いいね」

ウエイトレスがひきさがると、芹沢は俎《まないた》のように厚くて、でっかいビフテキにナイフを入れながら、

「よくここが、わかったね？」

「レーダーを、もってるんですよ」

「わたしは、食べるのが、なによりの楽しみでね。楽しみを、邪魔されたくないんだが……」

「ビフテキには足がないけど、人間には足がありますからね。まごまごしていると、ますます面倒なことになりますよ」

「あのじいさんには、もう用がないんだ。なんどもいった通り」

「かわりが見つかったって、いうんですか。二級品で間にあわそう、というんですか」

芹沢はフォークを、口へはこんだ。肉をのみこむまでには、ずいぶん時間がかかった。

「そうか。約束は約束だから、金を払ってくれ、というのかね。よかろう」

芹沢はナプキンで、ていねいに指さきをふいてから、内ポケットに手をいれた。

「一万円だったろう？」

ふくらんだ財布をとりだして、ジッパーをひらく。きゅるきゅる、と歯の浮くような音がした。

「いや、まだいただけません。じつはお年よりを、横どりされちまったんです。そこですよ。問題は」

近藤は、グラスの水をのもうとした。すると、芹沢が手をのばして、

「それは、わたしの水だ。きみには、ひとのもので用を足すくせが、あるようだな」

「失礼。つまり、じいさんのマネージャーになろうとしてるのは、ぼくだけじゃないんです」

「B君というのが、いたね」

「Cもいます。その第三の男が、目下、じいさんをつかんでる。ぼくが一万円いただいて、かりに手をひいたとしても、BかCが売りこみにきますよ」

ウエイトレスが、サンドイッチをはこんできた。近藤は、ひと切れつまんだ。指におされたパンのあいだで、ぷしゅうっ、とみょうな音がした。芹沢はビフテキを切って、口へ入れた。伏目になって、嚙むことに、全力をそそいでいる。しばらくして、近藤の顔を見つめながら、

「きみはこの一件に、たいへん情熱を持っているようだな。どたん場へきて、じつは刑事だ――なんて大見得を切るんじゃあ、ないだろうね?」

「そういうのは、さぞかし、いい気持ちだろう、とは思いますがね。残念ながら、おまわりとアスパラガスは、生まれつき、大きらいだ」

近藤は、土方よりモダンな表現をして、内心、得意がりながら、

「でも、もし刑事だったら、どうします？」

「どうしようもないさ。あんただって、どうしようもないだろう？　わたしがなにか、悪いことをしてるかね」

「さっき、ぼくを車のドアでプレスしようとした。それほど皺《しわ》だらけのズボンを、はいてたおぼえはないいんだが」

「ほう、証人でもあるのかね？」

「まあ、話をもとへもどしましょう。警察だって、冬眠してるわけじゃない。早いとこ準備をととのえないと、せっかく手に入れた紙を、取りもどされちゃいますよ」

「準備はしてるさ。ご心配なく」

「せっかく一流のコンディションに持っていきながら、原版だけは二流で間にあわそう、というんですか。紙が泣きますぜ」

「そりゃあ、あのじいさんをつかうに越したことはない。しかし、こう四方八方から邪魔が入っちゃね」

「そこに、ぼくの相談があるんです。どうです？　まかせませんか、邪魔を追いはらう

役を。じいさんをつれてきたあと、BとCを寄せつけないようにしてみせますよ」

「きみはなんでも、やるんだな。いくらだ？」

「三十万、といいたいところだが、まあ、はじめてのおつきあいだから、二十万に負けときましょう」

「このしごとは、やたらに資本がかかって、回収率が悪い。この上、金はかけられないな」

芹沢は、ビフテキの最後のひと切れを、口へ入れた。いままでよりも、噛むのに時間がかかった。

「資本ぜんたいからいえば、二十万は、たかが、という金額でしょうに」

「わたしがいくら美食家でも、二十万はなかなか食いきれないよ」

芹沢はグラスの水を、うまそうに飲みほした。

「いい加減に、手をひいてくれ。せっかく手に入れた紙だが、だれかに譲ってしまいたくなるよ」

「それを、お手つだいしてもいいですな。ぜったい、後くされなし。しかも、いい値で売ってみせますが」

「商売熱心だねえ、きみは」

芹沢は、飴いろぶちのまるいめがねの奥で、目をまるくしながら立ちあがって、伝票をつかんだ。

「わざわざ、きてくれたんだから、そのサンドイッチは、わたしがおごろう」

芹沢は帽子をかぶって、レジへ歩いていった。近藤はあわてて、コーヒーをがぶのみした。サンドイッチは、まだのこっている。そいつをナプキンにつつんで、ポケットに入れると、芹沢のあとを追った。歩道で追いつくと、近藤はいった。

「こんなお金のかかる道楽を、どうして、やる気になったんです?」

芹沢はふりかえって、にやりと笑った。その笑いかたには、無邪気なようでいて、なんともいえない凄みがあった。近藤苦心の笑い顔など、これにくらべたら、子どもの遊びにすぎない。

「狸《たぬき》の気もちを、想像してみたことが、あるかね?」

「狸?　あのポンポコポンの狸ですか」

「むかしよく、瀬戸物屋にあったやつさ、一升徳利をぶらさげて。もっとも、狸ばかりじゃない。狐のほうがうまいらしいが、木の葉を小判にするだろう?　あれはさぞかし、いい気もちだろう、と思ってね」

芹沢のめがねをかけた顔が、狸のように見えた。タクシーを呼びとめて、のろうとする大きな背に、近藤はいった。

「よく考えて、電話をください。今夜十時以後なら、新橋の例のビルにいます」

e

近藤は、九時半に、新橋のビルへついた。十時かっきりに、ドアがあいて、女が入ってきた。

「C君も、なかなか約束は固いんだな」

「管理人が鍵もかけずに、ビルをあけたことがわかったら、たちまちくびだわ。やんなっちゃった」

女は、ハンドバッグを、テーブルに投げだした。

「まあ、そうがっかりするな。芹沢にあったぜ。きみの首も、つなげてみせるよ」

「お礼は、つながってからいうわ。帰る前にあんたに連絡する方法、教えといてね」

「その必要なしさ。もう時間の問題だし、どうせ朝まで、いっしょにいるんだ」

「冗談じゃないわ。シュラーフザックひとつしかないのよ、ここには」

「ご心配なく。テーブルの上で、寝るよ」

「あんた、信用できないな。名前も知らないんだもの」

「きみの名前も、知らないぜ」

「友子。あんたは?」

「Aさんだよ。とにかく、今夜はここにいなきゃならない。電話がかかってくるんだ」

と、いったとたんに、テーブルの電話が、鳴りだした。

「噂《うわさ》をすれば、ベルだ。友ちゃん、出てみてくれ」

「馴れなれしく、呼ばないでよ」

「はい、友子さま」

近藤は、受話器をとって、さしだした、うけとって、友子は、小声の短い返事をしていたが、

「ええ、ほんとよ。手はずはできてるらしいわ。かわるから、直接、聞いてください」

「ボスか？」

近藤は、受話器をうけとった。芹沢の声が、おだやかに聞えてきた。

「ミスタ・Aかね。考えてみたが、きみに依頼したほうがよさそうだ、ということになってね。邪魔をとりのぞくしごとも、してもらいたい」

「けっこうです」

「じいさんを、どこへつれてきてもらうかは、あす朝、電話する。今夜はそこへ、泊ってくれ」

「そうしましょう」

「じゃあ、あした」

電話はきれた。近藤は受話器を、右手から左手へ、左手から右手へ、手玉にとりなが

ら、

「どうだい。きみの首も、つながったらしいじゃないか」

「ありがとう。あたし、くたびれたから、寝るわ」

友子は、部屋のすみにまるめてあった、防水布の寝ぶくろをひろげた。

「目をつぶって、ながめていようか」

「けっこう。このまま寝ますから」

「服が痛むぜ」

「よけいなお世話よ。油断大敵、火がぼうぼうって、いうでしょう?」

「おれはまだ、それほど燃えてやしないよ」

「燃えてから消したんじゃ、おそいわ。あかり、消してね。明るいと、寝られないたちなの」

「まだ寝るには惜しい時間だが、しかたがない」

近藤は電灯を消して、テーブルにはいあがった。窓からさしこむ光で、部屋のなかは、うす明るい。友子の寝息が、聞えだした。

「寝つきのいい子だな」

近藤も、目をつぶった。テーブルのベッドでは、背中が痛くて、なかなか寝つかれない。

「もうたくさん。そんなにたべられない」

とつぜん、友子の声がした。寝ごとらしい。近藤は微笑しながら、いつの間にかねむった。どれほど時間がたったかは、わからない。はっとして、目をひらいた。ドアがあいている。近藤は、とび起きようとした。だが、一瞬おそく、両足をつかまれて、ひきずりおろされていた。あたまが、床に衝突した。目蓋のうらに、プラネタリユウムがうつってるみたいで、ただチカチカチカチカ、かんじんのものは、なにも見えない。しかし、二本の手が、首をしめようとしていることだけは、皮膚で感じた。

第四章　ここでは近藤が廃物利用をして友子の頭に穴があきそうになる

a

近藤庸三は、その晩、すこぶる行儀よく、テーブルの上に寝ていた。いつも、礼儀正しいわけではないが、うかつに寝がえりをうつと、コンクリートの冷たい床へ、墜落するおそれがある。だから、目をとじる前に、

「窓から、朝日がさしこむまで、お前のからだは、動かないんだぞ」

と、自己暗示をあたえた。それが、そもそも失敗だった。おかげで、死体になって、棺桶《かんおけ》のなかに横たわっている夢を見た。しかも、その棺桶は、きっと葬儀屋を値ぎりたおしたせいだろう。蓋《ふた》がなくて、風がひやひや顔にあたった。そう感じたのは、音もなくドアがあいて、だれか忍びこんだときらしい。はっとして、目をひらいたときには、手おくれだった。近藤は両足をつかまれて、テーブルから容赦もなく、ひきずりおろさ

れていた。後頭部が、コンクリートと衝突する。なにがなんだか、わからなくなった。一対の革手袋が、首をしめようとしていることだけは、朧《おぼ》ろげに感じたが、どうにもできない。近藤はいさぎよく、意識をうしなった。

いつの間にか、お墓になってしまったらしい。だれかが、水をかけてくれている。そんな気がして、近藤は目をあいた。とたんに顔いちめん、冷たい水が霧になって、ふりかかった。平手で顔をぬぐってから、大きく目をあいてみると、電灯がついていて、

「あら、生きかえったわ」

友子がコップを片手に、立ちはだかっている。

「うん、ありがとう。ありがとう」

近藤は、床にうしろ手をついて、半身を起した。かたわらに、男がひとり、ころがっている。うつぶせになっているから、顔は見えない。床屋の前をとおったら、ひっぱりこまれそうな頭部と、黒い服の背と、足より細いズボンは見える。それと、馬鹿でかい靴。ずきずきするあたまをふりながら、友子にすがりつくようにして、近藤はようやく立ちあがった。

「きみが、助けてくれたのか。はじめて天然色映画を、見たときいらいの感激だよ。ありがとう。一生わすれない。きみが、ジャンヌ・ダルクみたいな美人に見えるよ。いつもなら、こんなに簡単にはやられやしないんだが、おとといの晩、殴られたところをま

た打ったもんだから……その水、くれないか」

「どうするの？」

友子がさしだしたコップの水で、ポケットのハンカチを濡《ぬ》らすと、近藤は顔をしかめながら、後頭部にあてた。

「かっかっしてるんだ、ここが。ほっとくと、火事の原因になりそうだ。しかし、見なおしたね。合気道でも、やるんじゃないのかい？　こんな男を、よくやっつけられたなあ、きみ」

「あたし、そんなお転婆に見える？」

「いまのは、悪口じゃない。賛嘆のことばだ」

と、いったとき、かたいものが、近藤の肩をかるく叩いた。

「賛嘆のことばなら、こちらにいただきたいね」

ぎょっとして、近藤はふりかえった。肩をたたいたものは、灰褐色《はいかっしょく》の革でつつんだ太いステッキだった。ステッキを床におろすと、土方利夫は、ホンバーグ帽をちょっとあげて、

「やあ、お早よう」

「なんだ、きさまか」

「命の恩人に対するあいさつにしては、すこし個性がありすぎるな」

かるが」

「きみが助けてくれたなんて、信じられない。殺す手つだいをしたってんなら、話はわ

「ぼくは、スポーツマンシップを尊重する男だ。つねに勝負は、フェアにやりたい、と思ってる。きみが刺客《しかく》におそわれるのを、黙って見ているわけには、いかない」

「ふん、きみが刺客だというこの三角野郎が、おれをおそうのを、どうやって知ったんだ。スーパーマンみたいな千里眼装置が、それにしかけてでもあるのか」

と、近藤は、土方の胸の血走った目のタイタックを、ゆびさした。

「実をいうとね。ぼくは、きみたちが出ていったあと、ここに夜までいたんだ。もしかすると、F氏から、電話がかかってくるんじゃないか、と思ってね。その目算ははずれたが、きみたちが帰ってきた。ぼくは、むかいの部屋に、隠れていたのさ。そしたら、この男がやってきた、というわけだ」

「ほんとか、その話?」

「もちろん、嘘《うそ》かもしれない。勝負には、かけひきが必要だからね。ただし、ぼくがこの男を、おとなしくさせたことは、きみが男で、ミス・Eは女であるように、厳然たる事実だよ」

「どうやら、こいつ、おとなしくしてるのが、いやになったらしいぜ」

近藤は、床にたおれている男を見つめながら、いった。男は、失恋した犬みたいに首

をふりながら、四つんばいになって、起きあがろうとしている。

「おい、だれにたのまれて、おれを殺そうとしたんだ？」

近藤は、ようやく立ちあがった男の、胸ぐらをつかんだ。土方がステッキをのばして、ふたりの胸のあいだに、さしこんだ。

「待てよ。かわいそうじゃないか」

「おれは、天理教だからね。キリストさまのいうことなんざ、聞かないよ」

「かわいそうなのは、洋服屋さ、そいつはまだ、月賦をはらって、ないかもしれない」

「よし、服をぬげ。心おきなく、ぶん殴ってやる」

近藤は、男をにらみつけた。男の顔は、三角のおむすびみたいだった。だが、にぎっていた人間が、とちゅうで、腹のへったギャングに、おそわれたらしい。三角形はだいぶいびつで、色もまっ青だった。おまけに、鼻のわきに、不格好なきずがあった。土方がまたわりこんできて、

「お仕置なら、もうすませた。こいつは、ぼくが預るよ」

「そんな権利は、ないだろう？」

「ぼくが助けてやらなかったら、いまごろ、そんな口がきけたかな、きみは？　さあ、いっしょに来い」

土方は男の腕をからんで、ドアから出ていきながら、

「あとは、しめてくれるだろうね。片手にステッキ、片手に人間、両手がふさがってるもんで」

「ああ、しめてやるよ。命を助けていただいたんだからね。そのくらいのことはしなくちゃ、義理が悪いだろう」

「では、失礼、お嬢さん」

土方はステッキで、ホンバーグ帽のつばをおしあげて、会釈をした。

近藤は、ドアを蹴《け》とばした。

b

「どうも、腑《ふ》におちないな」

近藤は、テーブルに腰をかけて、腕を組んでいる。友子が聞いた。

「ねえ、なにを考えてるのよ？　あたし、もう寝てもいいでしょ？」

「まあ、まちたまえ。いまの刺客は、だれの命令によって、ここへきたか。それが問題だよ」

「沖田という男に、たのまれてきたんじゃないの？」

「そうは、考えられないさ。あいつ、おれに同盟を申しこんできたくらいだからね。おれを殺したら、芹沢にちかづけなくなる」

「でも、あたしが芹沢の居場所を知らないといったのは、嘘だと考えたんじゃない？　あなたを案内役にするよりも、あたしのほうが安あがりですむ、と思ったんじゃあ……」

「さっきの男は、プロだぜ。殺し屋をやとえば、やっぱり金はかかる」

「あたし、眠くてしかたがないの。沖田でなけりゃあ、いまのびっこさんのお芝居だわ」

「ミスタ・Bか。じつはおれも、それを考えてたんだが、そんな芝居をして、なにか得になるのかな。待てよ」

近藤は、考えこんだ。友子は、部屋のなかを歩きまわりながら、近藤を見つめている。

「だめだな。どうしても、筋が読めない。ということは、ミスタ・Bじゃないってことだよ。となると、ほかに考えられる黒幕は……」

といいかけて、近藤は大きなくしゃみをした。

「風邪をひくわ、まだ夜明けまでは寒いんだから、寝たほうがいいわよ」

「テーブルがベッドじゃあ、寝てたって起きてたって、おんなじさ」

「かわいそうだから、シュラーフザックへ入れてあげるわ。大きいから、ふたりまでなら、寝られるの」

「女性に、やさしくしてもらえるのは、傷つけるものの唯一の余徳だな。ありがとう。

こんな感激は……」

「はじめて天然色映画を、見たときいらい？」

「いや、小学校で、女の先生に、頬《ほお》ずりしてもらったときいらいだよ」

「あんたが、さきに入ってね。からだの柔らかいものが、あとになれば、融通がきくから、ああ、上衣《うわぎ》はぬいだほうが、いいわ」

近藤は、上衣とネクタイをテーブルにおいて、スリーピングバッグにもぐりこんだ。電灯が消えると、甘ずっぱいにおいといっしょに、しなやかなからだが、すべりこんできた。服のすれあう音がこもって、うるさいくらいだ。

「背中あわせに寝るのよ、おとなしく」

「わかったよ。すこし、窮屈だな」

「がまんしなさい。そのかわり、あったかいわ。汗ばむくらい」

「痛い」

からだのむきを変えかけて、近藤は悲鳴をあげた。

「背中あわせは、むりだ。どうしても、二日つづきの重症の個所が、きみのあたまにふれる。まるで、グラインダーに、かけられてるみたいだ」

近藤は、ガサコソとむきをかえた。

「これでも、だめだね。きみの髪の毛で、窒息してしまうよ。やはり冷たいテーブルの上で、風邪をひくことにするかな」

「しょうのないひと」

友子は、からだのむきを変えた。

「でも、これじゃあ、おたがいの息が気になって、眠れないでしょ」

「こうすればいいさ」

いいおわったときには、近藤のくちびるが、友子のくちびるに重なっていた。やわらかい湿ったくちびるが、急にかたくなった。友子は喉《のど》でなにかいって、首をふりながら、男の胸を両手でおしかえした。しかし、近藤のくちびるが、あきらめずに追いつづけると、たちまち手の力はぬけた。くちびるも、やわらかくひらいた。手は男の首すじへ、すべりこんだ。からみあった舌のあいだから、意味はないが、意味のあることばよりも、男をふるい立たせる声が、かすかに漏れた。近藤の手が服の上から、なだらかな起伏を、たどりはじめると、友子は、からだをすくめて、くちびるをはなした。

「おねがい。ちょっと待ってよ。この部屋には、アイロンの用意がないの」

「さっきは、かまわないような口ぶりだったじゃないか」

「ひとりのときには、あたし、寝相はいいもの」

「武者ぶるいがでるようなことを無邪気にいうね、きみっていうひとは」

「あんたが、想像力過剰なのよ」

友子が、スリーピングバッグからぬけだすと、すぐドアに鍵《かぎ》のかかる音がした。けれど、なかなか、バッグのなかへは戻《もど》ってこない。近藤は首をだした。

もう窓には、夜あけの光がさしはじめている。テーブルからむきなおった友子は、すっかり服をぬぎすてていた。その秘めていた毛の叢立《むらだ》ちはもとより、あざやかな乳輪《にゅうりん》や、縦につぼんだ臍《ほぞ》や、下腹の脂肪のすじまで、それと見さだめられるくらい、白じらとした光が、部屋にはしのびこんでいた。他人にこしらえてもらったものけ、ハイヒールの靴だけ、というすがたで、あゆみよる友子は、服をきていたときよりも、たくましく見えた。乳房はあまり大きくないが、大胸筋と側鋸筋《そくきょ》の、ゆたかな発達ぶりのせいか、ぜんぜん貧弱な感じはしない。健康そうにくぼんだ心窩《しんか》から、下腹へかけて、皮下脂肪のつきかたも、過不足がなかった。ちかづくにつれて、くびれた胴に、くっきり残ったパンツのあとと、全身の鳥肌《とりはだ》立っているのが、奇妙ななまめかしさで、目に入った。近藤は、解剖学的な観察を、冷静につづけてはいられなくなった。そのとたん、

「首をひっこめないと、連続重傷のところを、蹴《け》とばすわよ」

という声が、ふってきた。近藤は、バッグにあわててもぐりこむと、靴をぬいだ鳥肌の足を、ひっぱりこんだ。手が逆のぼるにしたがって、ざらついた肌のなめらかになっていくのが、興奮をそそった。近藤は濃い乳輪を、指さきでまるくトレースしながら、

「きみは、かなり男を知ってるね」

「知らなかったら、男をもっと信用するわ」

「家庭小説の、せりふみたいだな」

「でも、あたし、腕っぷしもないくせに、平気で危い橋をわたってく男には、わりかし弱いの」

「怒るべきか、よろこぶべきか、わからないお世辞だね。どんな目にあっても、恢復《かいふく》力《りょく》の旺盛《おうせい》なのは、ぼくの取柄だが、それだけじゃないさ。ほうれん草をたべれば、がぜん強くなる」

「能書《のうがき》を読んだだけじゃ、薬はきかないわ」

友子は、男のくちびるを吸った。近藤は、腹がへっても、おれの胃袋に入ってるものまで、吸いあげないでくれよ、と冗談をいおうとした。けれど、くちびるがはなれない。近藤はあきらめて、薔薇《ばら》いろの消しゴムみたいになっている乳首を、指のあいだにくわえた。友子はくちびるをはなすと、軽くうめいて、汗ばんだ鼠蹊部《そけいぶ》をおしつけてきた。

いつの間にか、スリーピングバッグのなかには、梅雨のころ、うす黄いろの房になって咲き、秋には敵愾心《てきがいしん》旺盛な、ころもをつけた実になる花のむっとするにおいが、こもっていた。

c

電話のベルで、近藤は目をさました。友子は、汗ばんだからだを、男の顎《あご》の下にちぢめて、おだやかな寝息を立てている。そのまるい肩を、近藤はゆすぶった。

「電話だよ」

「あんたが出てよ。受話器をとる前に、着るものをほうってね」

近藤は笑って、スリーピングバッグから、匍《は》いだした。テーブルを見ると、質実剛健がたの肌着と黒いパンツを上にして、服がのっていた。それを、ひとまとめにほうってやってから、受話器をとりあげると、女の早口が聞えた。

「ええと……あのひと、いるかしら?」

「あのひとって、だれだろうな」

「あなたらしいわ。しゃれた革の上衣を、着ているひとでしょう、あんた?」

「もう、ちょっと暑っくるしいが、ほかのはまだ、質屋から出してないんでね」

「あたしが、だれだか、わかる?」

「聞いたことのある声だが……」

「高原洋子。こないだは、服を着てたんでわからなかったし、きょうは声だけだから、わからなかったのね」

「ああ、沖田からの伝言か」

「あたしが電話してること、沖田は知らないわ。ほんとは、無駄口いってるときじゃないの。すぐきてくれない？　いいもの、あげる。あたし、沖田と喧嘩《けんか》しちゃったのよ。だから、おじいちゃんをあげるわ」

「おれは、どこへいけばいい？」

「両国の回向院《えこういん》、知ってる？」

「東京なら、たいがいのとこは知ってるよ」

「いまから、三十分後。鼠小僧《ねずみこぞう》のお墓の前で、待ってるわ。あんたにふさわしいでしょ？」

「おれは、そんなに偉かあないが、話はわかった」

近藤は、電話をきると、急いでシャツをきた。ネクタイをしめて、上衣に腕をとおすと、皺《しわ》になったズボンを見おろしながら、

「きみを見ならえば、よかったよ。やっぱり女のほうが、先天的に世帯じみてるんだな」

「いまの電話、だれから？」

友子は服をきおわって、スリーピングバッグをまるめながら、聞いた。

「わすれたよ。ぼくは出かけるが、きみはここから、はなれちゃいけない。もし、沖田から電話がかかってきたら、いまぼくは、芹沢にあいにいってる。だから、午後また電話しろ、といってくれ。芹沢から電話があったら、ぼくはいま坂本老人を取りもどしに

いってる、といいえ。もちろん、ぼくを殺しそこなったことも、報告していいんだぜ」

「なんのことよ、それ」

友子は、眉《まゆ》をつりあげた。

「積極的サービスの手前、気がつかないことにしておきたかったんだがね。ミスタ・Bが刺客を拉致《らっち》してったことは、芹沢にいわないでいるほうが、得策だ。それから、きみはゆうべの失敗で、またくびになるだろう。しかし、責任は、きみにはないんだからね。ここをはなれずに、ぼくの指示にしたがったほうが、復職のチャンスがある。まあ、そういったことを注意したかったんで、つい口にだした。ごめんよ」

喋《しゃべ》りながら、近藤は、カンガルー革のハンドバッグを、ひらいていた。なかの財布をポケットに移して、鍵をとりだす。それを見て、友子がくってかかった。

「なにするのよ」

「ちょっと借りるだけさ。一文なしなら、どこへも逃げないだろう」

「あたしには、朝ご飯もたべさせない気？」

と、友子は頰《ほお》をふくらました。

「一日ぐらいたべなくたって、死にゃしないぜ、インドには、九十日も断食したやつがいる」

近藤はドアをあけて、鍵を投げかえした。友子は見事に、片手でうけとめた。

「ナイス・キャッチ。あんまり、ふくれるなよ。かわいい顔が、台なしだ」

近藤は、大股《おおまた》に廊下を急いだ。むかいの部屋には、あいかわらず、ひと気がない。三階、二階、一階には、ひとの気配があった。でも、近藤はだれにも見とがめられずに、裏階段をおりて、そとへとびだした。タクシーをつかまえてのりこむと、また例の手で、

「両国まで、急いでくれ。たったひとりの息子が、川へ落ちて、死にかけてるんだ」

ところが、運転手はふりかえって、近藤の顔を、しげしげと見つめた。

「あれえ、旦那《だんな》はたしか、おとといの晩だよ。天にも地にもたったひとりの、おふくろさんが死にかけてるって、中野へ駈《か》けつけた旦那じゃないかね？」

近藤は、ぎょっとしたが、たちまち、いとも悲しげな顔をつくって、

「きみだったか。あのときは、ありがとう。おかげで、死水がとれたよ。悪いことはつづくもんだねえ。ぼくは、気が狂いそうなんだ。せっかく息子が大きくなって、大学へも入れたってのに」

と、ハンカチを目にあてた。運転手は、半信半疑の顔つきだったが、それでも車をスタートさせると、すいた裏通りをえらんで、スピードをあげた。

近藤は、ほっとして、ピースをとりだした。火をつけるのに、風の入る窓をしめると、異様なにおいが、鼻をついた。ポケットに入れたままの、きのうのサンドイッチを思いだして、あわてて窓をあけた。紙ナプキンにつつんだまま、投げすてようとしたが、思

いなおして、タバコをふかした。

d

腐ったサンドイッチを、ポケットに入れたまま、回向院に入っていくと、洋子はもう、鼠小僧の墓の前で待っていた。きのうとおなじ、双心臓がたのサングラスに支那服だが、だいぶ腰のあたりに皺がよって、肉感的に見える。

「やあ、どうして沖田を、裏切る気になったんだい？」

と、近藤は聞いた。

「どうもこうも、ないわ。あのおじいちゃんが、いけないのよ。おとなしくしてないの。沖田がおどかしても、ぜんぜん平気。売りものに傷をつけると、値がさがるよって、けろりとしてるのよ」

「沖田のやつ、甘く見られたな」

近藤が笑うと、洋子はいまいましげに、

「どうしたら、静かにしてくれるんだって、いったらね。その返事が、いやらしいったら、ありゃしない。お恥ずかしい話だが、いまでも我慢していると、鼻血がでるんだ、今夜で、ふた晩めだから、夜中に鼻血が出て、とまらなくなると、困るからって……そしたら、沖田がまた、ひどいじゃない？　あたしに、相手をしてやれっていうのよ。そんな話ってある?」

「きみは激怒して、断乎、拒否したわけだね。すごいじいさんだなあ。そっちのほうも、名人なのかもしれないぜ。きみの経験のためには、教えを乞《こ》うべきじゃなかったのかな?」

「冗談じゃないわ。わしは道具にやかましいたちだから、このひとが気に入るかどうか、裸にして見せてくれ、なんていうの、我慢できると思って? それをまた、沖田のやつが、かしこまって、あたしの服をぬがそうとするもんだもの。横っつら、ひっぱたいてやったわ、思いっきり。まだ手が、しびれてるくらい」

「沖田君、心理学の勉強が足りないな。それで、坂本老人、どこにいるんだ?」

「あたしの兄の店の、二階にいるのよ。いちど連絡場所につかったところのほうが、盲点になって、かえって安全だろうからって」

「よし、案内してくれ」

「ちょうどいま、沖田はいなくて、兄だけなの。じじいはつれていってもいいけれど、約束してよ、兄には乱暴しないって、だったら、案内する」

「わかった。指きりげんまんでも、なんでもするよ」

洋子をさきに立てて、近藤は回向院を出ていった。兄のやっているバアというのは、竪川堀ぞいの露地の角にあった。下町ふうの小さな酒場だ。

「裏口から入ってね。あたし、ここで見張っているから。じいさんは、二階の奥よ」

洋子が、せまいドアをあけてくれた。近藤は、靴音《くつおと》をしのばせて、なかへ入った。左手に洗面所があって、右手は店へ通じるドア。奥に、右へのぼっていく階段があった。せまい通路は、ビールの木箱で、いっそうせまくなっている。店では、ひとの気配がした。近藤はうしろむきに、階段をあがった。階段はミシミシッ、ミシミシッと、まるで訛《なま》りのある電話交換手みたいに、靴の下でがなり立てた。店の通用口が、ばたん、とあいた。

「だれだ。洋子か？」

階段の下に、男の顔があらわれた。洋子の兄だけに、すごく大きい。若禿《わかはげ》で、あたまじゅうが、おでこみたいだ。ぎょっとして、その顔がひっこんだ。近藤は動かない。大男はすぐまた、階段の下にあらわれた。手にはアイスピックをにぎっている。それをはっきり、かまえないうちに、近藤がとびかかった。その手は、腐ったサンドイッチを、ふりかざしている。男の目をまるくした顔に、ぱさぱさになったパンと、たっぷりつめこまれて異臭を放っているサラダと肉が、にゅにゅにゅにゅにゅっ、とおしつけられた。男は喉ぶえで、変な音をあげながら、尻《しり》もちをついた。近藤はサンドイッチを、相手の目鼻口へねじこみながら、すばやくアイスピックをはたき落した。つぎに、相手のベルトをぬきとった。

「ちょっと、おとなしくしてくれればいいんだ。なんにもしないよ」

「なんにもしないことが、あるもんか」

と、大男がいった。もちろん、はっきりは聞えない。もごもごいうだけだった。

「口はきかないほうが、いい。腐ったものをのみこむと、食中毒を起すぞ」

巨体が、うめき声をあげる。両手を、うしろへねじあげて、ベルトでしばってから、近藤は洗面所のタオルをとって、パンの上から、さるぐつわをかけた。

「息をしないでいれば、楽になるよ。すぐ、おりてくるからな」

近藤は、二階へ駈けあがった。部屋はがらんとして、だれもいない。だが、奥のカーテンをあけると、ベッドの上に、坂本剛太がころがっていた。口には、円筒形のスポンジに木の柄のついた壜《びん》あらいを、横ぐわえにしている。ひもで後頭部にむすんで、さるぐつわの代役にしてあるのだ。足はナイロン・ストッキングで、いっしょにくくられていた。上半身には、大きなコーヒーの麻袋の底に、首のでる穴をあけたやつを、すっぽりかぶせられている。袋は腰のところで、しばってある。老人は、きょろっと目をむいてしきりに袋のなかで手を動かしていた。

「おやおや、たいへんな格好だな」

近藤はまず、さるぐつわをとってやった。

「わしの子どものころ、麩《ふ》を棒のまま、黒砂糖で煮た駄菓子《だがし》があったがな。ちょっとこいつに似ておるが、まだあれのほうがうまかったぞ」

老人は口をゆがめながら、それでものんきなことをいった。近藤は、足をしばったストッキングを、ほどいてやりながら、

「コーヒー袋のストレート・ジャケットとは、考えたもんですね」

「最初は、うしろ手にしばろうとしたから、いってやったんだ。手首がしびれたら、とうぶん仕事ができなくなる。わしはかまわんが、お前さんが困るだろうってね。そしたら、しばらく考えて、こいつを持ってきたんだよ」

老人は麻袋をぬいで、ベッドからおりると、両手をふって、体操のようなまねをした。

「そんなこと、やってる暇はありませんよ。さあ、逃げだしましょう」

近藤は、老人をせき立てて、階段をおりた。床でうめいている大男に、

「もうすこし、辛抱しろよ。じきだれか、帰ってくるだろうからな」

と、声をかけておいて、坂本をドアから、おしだした。そとに立っていた洋子は、老人を見ると、ロリータめがねをはずして、イーという顔をした。

「なかへ入って、兄さんを助けてやりたまえ。手はしばったが、約束どおり、ひどいことはしなかったよ」

と、洋子をドアへおしこんでから、坂本をうながして、まず千歳町の電車通りへでると、近藤は空車をさがした。ちょうど一台のタクシーが、客をおろすところだった。近

藤は運転手に、声をかけた。

「たのむよ」

おりた客が、あっといった。沖田だったのだ。近藤は、やあ、と手をあげて、

「偶然というのは、楽しいものだね。これだから、人生はやめられないよ。いずれまた、ゆっくりあおうや」

「おい、ちょっと待てよ」

「まあまあ、本所署もすぐ前だしね。ぼくら、ちょいと急いでいるから」

近藤は、老人のあとから車にのりこんで、ドアをしめた。沖田は、足もとになにもないのに、片足で蹴とばして、いかにも口惜しそうだった。

e

もとの新橋へもどって、ビルの裏階段を四階までのぼっていくと、廊下に音楽が聞えた。右がわのドアをあけてみると、テーブルの上に、小さなトランジスタ・ラジオがおいてあって、音楽はそこから流れているのだった。友子はひとりで、ツイストを踊っていた。

「なかなか、うまいじゃないか。バッグのなかに、そんなものが入っていたとは、気づかなかったな」

近藤はトランジスタ・ラジオをゆびさした。坂本剛太は、すみにおしやってある椅子《いす》に腰かけながら、

「ツイストだね。テレビでは見たが、実物ははじめてだ。楽しそうだな。わしにも教えてくれんか」

「およしなさい。腰の骨がはずれますよ」

と、老人にいってから、近藤は友子にむかって、

「いつまでのんきに、踊ってるんだよ」

「だって、じっとしてると、お腹がへったの、思いだすんですもの」

「だから、買ってきてやったじゃないか」

近藤は、かかえてきた紙づつみをテーブルにおいて、なかからアンパンやクリームパンや、牛乳の壜をとりだした。ちょうどラジオの音楽もおわった。

「ご馳走《ちそう》さま」

友子は立ったまま、クリームパンにかじりついた。片手には牛乳壜をもって、親指で器用に、紙キャップをはじきとばした。キャップは宙をとんで、牛乳で濡《ぬ》れた片面が、ベレをぬいだ老人の境界線のないひたいに、ぺたりと貼《は》りついた。

「うまい！　わしもそんな器用なことを、やってみたい、と思ってるんだが、手をとって教えてくれないかね、お嬢さん」

と、坂本はいった。

「いつか、ぼくが教えてあげますよ」

近藤は、友子にだけ見えるように、顔をしかめた。友子は、口にものを入れたまま、もごもごといった。

「沖田から、電話があったわ。いわれた通り、返事しといた。ボスは、午後三時にここへくるそうよ。それからね。ラジオのニュースで、おもしろいこと、聞いたわ」

「どんなことだい？　口のなかのものをのみこんでから、聞かしてくれ」

「奥多摩のほうで、男の死体が見つかったんですって。自殺らしいんだけれど、印刷局の紙をぬすまれたトラックのね、運転手が死ぬ前に、供述した犯人のひとりの顔にあてはまるんですってさ。犯人のひとり、と断定されたそうよ。おもしろいわね」

f

近藤は、坂本の肩を叩《たた》くと、部屋のすみにつれていって、ささやいた。

「あなたの心配は、取りこし苦労、とはいえなくなってきましたな。どうです？　ぼくをやといますか」

「うん、ニュースでいった男というのは、芹沢に殺されたのかな」

「きまってますよ。新聞によれば、紙幣用紙のトラックをおそったのは、ふたりの男だ。

運転手と警備員は、殺された。運転手のほうは、即死じゃなかったから、病院で証言している。ひとりの顔を、見てたんですね。もうひとりの顔を見られていないほうが、芹沢だとすれば、証拠になる顔には、口をきいてもらいたくない、と思うでしょう。そうじゃ、ありませんか」

「よし、たのもう。わしはきみの頭脳を、信頼しとるよ」

と、老人はいった。

「ありがとう。ただし、ぼくが引きうけたのは、あなたの命を護る、ということだけですからね。ほかの点では、もうひとりの金主のために、動きますよ」

「わかっとる。わかっとる」

「なにを、内緒ばなし、してるの?」

と、友子がそばへ寄ってきた。ふりむいてみると、テーブルの上には、からっぽの紙袋とあき壜が、のっているだけだった。

「なんだ、もう食べちゃったのか?」

「ええ。ご馳走さまでした」

と、いいながら、友子は手をさしだした。

「なんだよ、その手は?」

「お金、返して」

「ああ、あれか。そのね。いろいろ車代など、必要だったもんだから」

「なによ、これ。三千円あったのに、二千円しかないじゃない？　あたし、貸すなんていわなかったわ。なにさ。ご馳走さまなんていって、損しちゃった。すぐ返してくれないんなら、一日一割の利子つけてね」

友子がつめよったとき、ドアがあいた。入ってきたのは、芹沢だった。例のごとく帽子をかぶって、きょうはおまけに、雨傘《あまがさ》をさげている。シルク張の上物だが、たたみかたが不器用なので、ぼてぼてと野暮ったかった。

「ああ、芹沢さん。こちらが、坂本さんです。お約束の一万円、すぐください。千円札で、おねがいしますよ」

と、近藤はいった。芹沢は、坂本老人の顔を、じっと見つめていたが、黙ってうなずくと、内ポケットから、鰐革《わにがわ》の財布をとりだして、きゅるきゅる、とジッパーをあけた。近藤は、うけとった千円札の一枚を、背中にまわして、友子にふってみせた。

「なにをしてるんだね。すぐ次のしごとに、かかってもらおう」

と、芹沢はいった。

「裏口を、見張ってるやつがいる。追いかえしてくれ」

「忙しいな、こりゃあ」

近藤は、ぼやきながら、テーブルの上の紙袋を、ひとまとめにして、

「ついでに、これも棄ててきてやるよ」

と、ドアを靴のさきであけた。そのとたん、足がもつれて、近藤は芹沢にぶつかった。

「すいません。すいません」

近藤は廊下に出て、裏階段を一階までおりると、裏口にはでないで、正面玄関へ出ていった。それから、あらためて、ビルの裏へまわった。灰いろに曇った空の下に、灰いろに汚れたビルに挟《はさ》まれて、横たわっている道路には、女のバタ屋がひとり、リヤカーをひいて、歩いているだけだ。まさか、婦人警官の変装ではないだろう。気がつくと、裏通りのむこうがわに、公衆電話のボックスがあって、そこからなら、ビルの裏口が監視できそうだった。角からうかがうと、ボックスにいる男は、沖田だった。近藤は、気づかれないように、反対がわへわたって、

「沖田のやつ、尾行にかけては、なかなかだな。おれたちと張りあおうなんて、山っ気を起さずに、私立探偵でもはじめて、浮気亭主をつけまわしてりゃあ、いいんだ。それとも、あてずっぽうで、ここへきたのかな」

と、つぶやきながら、ボックスへちかづいた。しゃがんで、ドアの前へまわる。手をかける穴へ、息でふくらました紙袋をあてがうと、はたきつぶした。大きな音が、ボックスへこもった。沖田が、あっとさけんだ。近藤はドアをあけて、顔をつっこみながら、

「どうした。いま銃声が聞えたようだったけれど、大丈夫かい?」

「ふん、うしろから射つなんて、卑怯だぞ。防弾チョッキを着てきて、よかった」

「じゃあ、もう一発、正面からお見舞いするか」

近藤は、のこりの紙袋へ息を吹きこんだ。

「わかったよ。帰りゃいいんだろう、帰りゃあ。子どもの遊びの相手はできねえ。いままでは歩調をあわせて、紳士的にやってきたが、こんどからは、自己流でやるからな。おぼえとけよ」

沖田は、肩をそびやかして、立ちさっていった。近藤はしばらく見送ってから、ビルの裏口へもどった。四階へもどってみると、管理人室のドアはあかなかった。ノブをまわすと、なかから友子の声がした。

「だれ？」

「ぼくだよ。あけてくれ。邪魔ものは追っぱらった」

「駄目なのよ。鍵がないの。あたし、とじこめられちゃったらしいわ」

近藤は舌うちして、めがねをはずした。両方のつるに嵌《は》めこんである長いピンを、一本だけ手早くぬきだすと、鍵穴へつっこんだ。たちまち、ドアはあいた。部屋には、友子がいるだけだった。

「芹沢に、いっぱいくわされたか。いよいよ、あいつ、狸《たぬき》だな」

「じいさんが、便所へいきたい、といいだしたのよ。芹沢がついてった、と思ったら、いつの間にか、あたしの鍵をとってったらしいのね。そとから、鍵をかけられて……」

「化かされたねえ。正面玄関から、出てったんだな。はっはっは、おれたちゃ、馬鹿の標本みたいなもんだ」

近藤は、大声をあげて、笑った。

「笑いごっちゃあ、ないわ。あんたも、あたしも、おっぽりだされたのよ」

と、友子が走りよったときだった。

あけはなしてある窓から、なにかが空気をさいて、とびこんできた。壁のセメントが、ぴしっといって、小さな穴をつくった。紙袋のような派手な音はしなかったが、弾丸がとびこんできたのだ。消音器をつけた銃で、射ったものにちがいない。

もしも友子が動かないでいたら、あたまに穴があいて、グラマー人形の貯金箱ができあがるところだった。

第五章　ここではボスの本名がわかり　おばあさんが隠し芸を見せる

a

うす汚れたコンクリートの壁に、小さな穴があくよりさき、近藤は行動を起していた。ひきさかれた空気の、悲しげなさけびが聞えたとたん、友子をだきすくめて、窓の下にころがったのだ。

「畜生、ライフルか、大型拳銃《けんじゅう》か、とにかくマフラーをかぶせて、射ちゃがったんだ。おれたちを馬鹿の標本にしただけじゃあ、気がすまないんだな。こんどは、銃殺死体の標本にしようってのか」

近藤は、うなった。その腕のなかで、友子は、からだをすくめながら、

「いやだわ、そんなの。あたし、結婚して、子どもを八人生むまで、死にたくないの」

「きみの骨盤なら、大丈夫だ。それくらい、苦労しないで生めるよ」

近藤はうわ目づかいに、窓を見ていたので、友子の耳たぶが、電熱器みたいに赤くなったのには、気づかなかった。

「だれが射ったのかしら」

「引金をひいたのは、だれだかわからないがね。芹沢がやらせたに、きまってる。皺つきブリンナーを手中におさめて、おれも、きみも、無用の長物になったからだ。やつ、思ったとおり、完全主義者だね。それも、気ちがいじみた完全主義者だぜ」

「どこから、射ってきたの？」

「となりのビルの屋上からだな、きっと」

近藤は友子のからだを、床にうつぶせにして、その耳にささやいた。

「壁づたいに匍《は》っていって、ドアのわきにしゃがんでろ」

「まだ、射ってくる、と思う？」

「可能性は、大ありだね。あそこなら弾がとんできても、ぜったいにあたらないよ。ドアがあいても、かげになる」

「挟みうちにされたの、あたしたち？　廊下にも、だれかいるかしら」

「わからないが、用心するに越したことはない」

「あんた、ピストル持ってるの？」

「野暮なものは、持たない主義さ」

「じゃあ、ドアからピストル持ったのが入ってきたら、あたしたち、おしまいね」

友子は、心細い声をだした。耳たぶがこんどは、まっ青になっている。近藤は背中をさすってやりながら、

「心配しないで、餔っていけよ。いざとなったら、奥の手をだす」

「とびついて、それで刺すのね。毒がしこんであるとかって」

友子は、近藤の胸をゆびさした。革ネクタイのとちゅうに、波がたの短剣をかたどったタイタックがとまっている。柄には真珠、銀の刃さきから、垂れそうになっている血は、ルビイだろう。土方を笑えない悪趣味なものだが、近藤庸三の外観ちゅう、いちばん金目の品ものだ。

「がっかりさせて気の毒だけれど、あれは嘘《うそ》だよ。そんな仕組がしてあったら、うっかり満員電車にはのれないじゃないか。これは、急に高飛びしなきゃならないとき、金に換えるための取っときでね。アメリカのギャングが、ダイヤの入れ歯をしてるようなもんさ。とにかく、きみが生きのびて、子どもを八人生めることは保障するから……」

「あっ」

友子の背が、ぴくっとふるえた。

「聞えた？　足音よ……階段だわ。ねえ、あがってくるんじゃない？」

「静かに」

近藤は友子の背中を叩いて、匍っていくようにうながした。友子は、縫いぐるみの化《ば》猫《ね》よろしく、手のひらと膝《ひざ》をつかって、移動をはじめた。近藤は壁に背をつけて、肘《ひじ》をまくらに寝そべりながら、耳をすました。廊下にも、窓のそとにも、物音はしない。

近藤は、ひたいの冷汗を、手の甲でぬぐった。友子はようやく、ドアのわきにたどりつくと、膝をかかえてしゃがみこんだ。怒ったような顔が、青ざめている。最初にあったときの、男を手玉にとりそうな態度は、もうどこにも、のこってはいない。おいたをして、母親に閉めだされた女の子が、けんめいに虚勢をはってるみたいだった。近藤は元気づける意味で、片目をつぶって、笑いかけた。だが、誤解されたらしい。友子は汚れた膝のあいだへ、あわててスカートをおしこんだ。

「それだけ余裕があれば、大丈夫だ」

と、近藤はいった。壁に背をつけたまま、窓のわきに立ちあがる。慎重にからだを隠して、そとをのぞいた。ふだんの日没より早く、暗くなりかけている空の下に、目と鼻のさきのビルの屋上は、灰いろのパラペットが、つめたい横罫《おうけい》をひいているばかり。その上に、顔はおろか、鶏冠《とさか》ほどの髪の毛も、のぞいてはいない。近藤は、すばやく窓をしめると、友子のそばに走りよった。

「どうやら、標本にならないで、すみそうだ。銃声はマフラーで消せても、窓がしまってりゃ、ガラスのわれる音がする。もう射ってはこないだろうよ。あとは、廊下に怖いのがいるか、いないか……」

「出てってみる？」

「ここで、待ってたほうがいい。たぶん、いない、と思うがね」

「どうして？」

「殺す気なら、もう入ってきているころだ。芹沢のやつ、ぼくの商業道徳心を、信用する気になったのかもしれない。とすれば、さっきの弾丸は、もうあきらめろ、という意味のメッセージだったんだろう」

「あきらめるの、あんた？」

「さあね」

「あたし、だんだん癪《しゃく》にさわってきたわ。あきらめるもんですか。どっちにしたって、管理人としてのお給料をもらうまでは、あたし、ここに頑張ってなきゃならないんですもの。こんど、だれかが脅かしにきたら、喉《のど》ぶえに咬《くら》いついてやるわ」

　友子は顎の下で、こぶしをかためた。

「それじゃあ、しばらく待って、ぼくは出ていくが、ついてくるかい？」

「いくわよ、どこへ？」

「映画でも見にいこうか、と思ってね。どこかで、身の毛の弥立《よだ》つような怪奇映画、やってないかな」

「もう身の毛は、じゅうぶんに弥立ったわ。本気なの、あんた？」

「本気さ。夜がふけるまで、することはないんだ」

「どうして？」

　返事のかわりに、近藤は内ポケットから、鰐革の名刺入れをとりだして、なかの名刺を足もとへばらまいた。友子はその一枚をひろいあげて、

「なあに、鴨江重助《かもえじゅうすけ》って？

「ぼくは、そんな村会議員みたいな名前は持ってないよ。それに、鰐革の名刺入れなんかも、持ってない。これが、芹沢さんの本名さ。さっき部屋を出ていくとき、ぼくがよろけて、芹沢にぶつかったのを、おぼえていないか」

「あら、あのとき、やったの？」

　友子は、ひとさし指の関節をぜんぶ曲げて、引金をひくような格好をしてみせた。

「きみは、古風なジェスチャアを知ってるな。そう、あのとき無断借用したんだ。この鴨江重助氏が、ご帰宅になったころを見はからって、お電話をさしあげようという、わけさ」

　近藤は、友子の手から、名刺をとりあげた。のこりの名刺が、子どもの遊びのめんこみたいに、山にかさねてある上へ、かるく叩きつける。山の上になった一枚だけが、ふわっ、とひっくりかえった。

「あたしにも、やらせてよ。夜まで時間をつぶすなら、映画へいくより、このほうがいいわ」

「うまいだろう?」

「すぐあきるぜ。あきないように、ひと勝負ごとに一枚ずつ、負けたものが、着ているものをぬぐことにしよう」

「ストリップめんこなんて、聞いたこともないわ」

友子は、床の名刺をひろいあつめると、数をかぞえて、ふたつにわけた。

「さあ、勝負。サバは、なしよ」

b

近藤は、大きなくしゃみをした。天井の電灯《でんとう》が、ふるえた。近藤はパンツひとつで、ズボンをのせてあるテーブルに駈《か》けつけると、ポケットからハンカチをだして、鼻をこすりながら、

「もうやめよう。こんなはずじゃ、なかったんだがな」

友子のほうは、靴《くつ》を両方ぬがされただけだ。埃《ほこり》だらけになった名刺を、一枚ひろいあげて、

「そろそろ、電話をかけてみる?」

「服をきるまで、待ってくれよ。これからがむずかしいのに、発熱四十度なんてことになったら、困るだろ？」

「あたしがいつでも、うしろについてて、おでこに氷嚢《ひょうのう》をあてがってあげるわよ」

近藤は服をきおわると、テーブルに尻をのせて、受話器をとりあげた。

「もしもし、鴨江さんのお宅ですか。ご主人、いらっしゃる？　いまお帰りになったところ？　そりゃ、よかった。ぼくの声、わかるでしょ？　奥さんじゃないの。お手つだいさんか。あんまりいい声なんで、間ちがえちゃった。とにかく、ご主人とかわってよ」

「いい調子！」

友子が、背中を叩いた。近藤は一本指を、くちびるにあてた。

「もしもし、鴨江さんですね？　それとも、芹沢さん、と申しあげましょうか。ぼくですよ。ミスタ・Aです。おいいつけ通り、そとにいたやつは、追いはらいましたがね。ちょっと手間がかかっちまって、すいません。こんどは、なにをしましょう？」

友子は、近藤の肩にすがって、受話器に耳をよせた。

「ああ、A君か。うん、ご苦労だった」

鴨江重助は、どう返事をしたものか、思いあぐねているようだった。

「ご苦労だったな。ええっと……さしあたって、してもらうことは、ないようだ」

「すると、またあした、電話しましょうか」

「うん、まあ、とにかく——そうだな」

「でも、そんなのんきなことをいってて、いいんですかね。ミスタ・Bは、油断できない男ですよ。ミスタ・Cのほうは——そいつが、そとにいたんですけど、あたまの中身はとにかくとして、尾行にかけては天才です。それに、もう紳士的なやりかたはやめて、自己流にやる、と宣言してました。それだけに、始末がわるいですぜ、こいつは」

「そうかな。きみはかなり、心配性だね」

「そうですとも。契約の手前、そうならざるをえない。あらゆる場合を、考えなけりゃあね。ご老人を、どこへつれていったんです？　ぼくはそこへいって、約束をはたしますよ」

「その必要はない。だれもさがさない場所に、おつれしてある」

「ぼくは、電話番号だけでなく、ちゃんとお宅も知ってるんですぜ」

「どうして、わかった？」

「あなたは、いい名刺入れをお持ちですねえ。財布も鰐革だったが、それとおそろいの」

「そうか。よく動くのは舌だけか、と思ったら、指のさきも、動くんだな。名刺を持ってあるいてたのは、千慮の一失だったよ。ところで、きみだったら、どこをさがす？」

「だれもさがさない場所、というんだから、そうですね。まずお宅をさがして、いなかったら、老人の家へいってみますね」

近藤の声は自信たっぷりで、思いつきのあてずっぽうをいってるようには、友子にも聞えなかった。

「どうして？」

だいぶ手間どってから、動揺をおさえた声で、鴨江またの名、芹沢は聞きかえした。

「だれもさがさないところだし、フリーランサーの製版師である老人にとって、いちばん仕事のしやすい場所でしょう」

「なるほどねえ。そう考えるんだったら、きみにいってもらったほうが、いいかもしれないな。わたしもすぐ、あそこへいくよ」

「じゃあ、あちらで」

近藤は受話器をおいて、友子と顔を見あわせた。

「うまくいったわね。さあ、いきましょう」

と、友子は笑顔で、はずむようにいった。

「ちょっと、待てよ。きみはここにいたほうが、いいんじゃないかな。芹沢だって――鴨江か、あいつだって、簡単に降参しやしないだろう。こんどこそ、ぼくを本気で、消そうとかかるかもしれない」

「いやだわ。そんなことといって、あたしを追っぱらうつもりでしょう。ぜったいついてく。だまされやしないから」

「それなら、ついてきてもいいが、責任は持たないぞ。いざというとき、ぼくがひとりで逃げだしても、怨《うら》むんじゃないよ」

ふたりは廊下に出て、階段をおりた。一階までくると、友子は表口をゆびさして、

「あたし、シャッターに鍵かけてくるわ」

「いいとも、ここで待ってるよ」

「だめ、逃げる気でしょう」

友子は、がっちり近藤の腕に手をかけて、暗い廊下をひきずっていった。

c

青梅街道を、鍋屋横丁までくると、都電の停留所の手前で、近藤はタクシーをとめさせた。友子の手をとって、おろしてやってから、車が走りさるのを見おくって、

「じいさんの家までは、ちょっとあるがね。敵状偵察《ていさつ》をかねて、歩こうや」

「でも、ボスがいくら狂暴になったって、まさか道のまんなかで、あたしたちをおそいはしないでしょ？　まだ宵《よい》の口ですもの」

その通り、九時にはなっていないのだ。電車通りにも、中野駅へいく通りにも、通行

人が多い。だが、近藤は首をふった。

「油断は禁物さ。二階の窓から、植木鉢が落ちてくるかもしれない。薪《まき》がふってくりゃ、シラノ・ド・ベルジュラックに、あやかるわけだ。または、子どもをよけそこなった自動車が、歩道にのりあげてくるかもしれない」

「そういえば、こないだも車をつかったわね」

「とにかく、肩をならべて歩かないほうがいいな。きみがさきに立てよ」

「ふりかえったら、あんたがいなかった、なんてことになると困るわ。あたしのほうが、あとになる」

「うしろからクレーンがきて、空中につまみあげられたって、知らないぜ」

近藤は、さきに立って、歩きだした。坂本剛太の家まできたが、なにごとも起らなかった。近藤は、家のわきの露地へ入った。玄関をあけたとたんに、ナイフかなんかつきつけられて、奥多摩の林のなかへでも拉致されたんでは、間尺《ましゃく》にあわない。だから、勝手口をおとずれよう、というわけだ。

露地のなかほどに、小さな空地があって、ポンプ井戸があった。その前が、老人の家の裏口だった。見あげると、物干台が頭上にせりだしている。夜干しにしてある洗濯物が、空の暗さのせいか、ぶきみに白い。

「ごめんくださいまし」

近藤はガラス戸に、馬鹿ていねいな声をかけた。しばらくすると、音もなく戸があいた。和服すがたをあらわしたのは、白髪になりかけのばあさんだ。やせて、小がらで、ちょっとポケットに入れていけそうな感じだった。

「坂本さんの奥さんですか」

「ええ、そうですけど」

我慢してると鼻血がでる、といって、高原洋子を怒らしたのは、内輪もめさせるための嘘だったらしい。親と子ほども年下のグラマーか、脂肪のかたまりといった感じの、てかてかした大きな中年女を、想像していた近藤は、腹のなかで苦笑しながら、でも、顔は大まじめに、

「坂本さん、ご在宅でしょうか。ちょっとお目にかかりたいんですが」

「おりますけど、どなたでしょう?」

気さくな調子で、ばあさんは聞きかえした。

「ひょっとして、芹沢さんというひとが、お見えんなってませんかな? そのひとに呼ばれてきたんですが」

「それじゃ、あんた、Aさんですか」

「そうです、そうです」

「どうぞ、おあがりんなって、汚ないとこですけど」

「失礼します」

近藤と友子は、玄関のそばの六畳間に通された。長火鉢《ながひばち》の前に、芹沢こと鴨江重助ともうひとり、近藤の知らない男が待っていた。かなりの長身で、顔も長い。耳が大きくて、尖《とが》っているところは、絵にある悪魔そっくりだ。けれど、眉も、目も細くて、くちびるだけが厚い、ときては、いくら耳が頑張っても、ぜんぜん凄《すご》みはきかなかった。その顔を見たとたん、

「あら！」

と、友子が口走った。近藤はふりかえって、

「知ってるひとかい？」

「ええ、あたしの雇主のひとり――つまり、新橋のビルの持主よ」

「そして、芹沢さんの新事業の共同経営者というわけか。なるほどね。お初にお目にかかります」

近藤は、あぐらをかきながら、軽くあたまをさげた。耳だけの悪魔は、微笑とともにうなずいて、

「いやいや、わたしはただ、お手つだいをしているだけでして、ボスはめくまで芹沢さんですよ」

笑顔にも、声にも、たいへん愛嬌のある男だ。鴨江重助は、この男にも、芹沢と名の

っているらしい。ハイライトに火をつけながら、まるいめがねを、近藤にむけた。

「あんたには、まいったよ。くいついたら、はなれないところは、スッポン以上だな」

「そんなに、色は黒くないはずですがね」

「スッポンなら、雷が鳴るとはなれるというが、あんたは水爆でも落ちないことにゃあ、だめらしい。しょうがないから、手のうちをさらけだすことにしたよ」

「そのほうが、お互いのためです。追っかけっこをしてると、靴《くつ》がへりますからね」

「坂本さんの見張役は、この長井さんが、やってくれることになっていたんだ」

名は体をあらわすというが、ほんとだな、と近藤は思った。芹沢はつづけて、

「しかし、きみにかわってもらおう」

「あたし、見張役のアシスタントを志願しにきたの。ご迷惑かしら」

と、友子がいった。芹沢はため息をついて、

「アシスタントもいいが、こんどは失敗しないでもらいたいな」

「無料でいただけるなら、責任でもなんでもいただくけど、ほかのひとにも分配してあげてよ。ほんというと、あたしは、いただく筋あいないんだから。ぜんぶ、ほかのひとがやった失敗なのに、ひとり占めしちゃ悪いわ」

「わかった。わかった」

手をふる芹沢に、近藤が聞いた。

「ご老人は、どこにいます?」

「二階が、仕事部屋になってるんだ。もうこつこつ、はじめてるよ」

「ちょっと、呼んできましょう」

長井が長いからだをのばして、障子のそとへ出ていった。階段をあがっていった足音が、すぐ二人前になってもどってきた。坂本老人は、ハイティーンが着るような五色の横縞《よこじま》のポロシャツに、まっ黒なコール天のズボン、という勇ましいいでたちで、六畳に入ってきた。むかいあっている四人が、等分に見わたせる長火鉢のむこうに、ちょこんとすわると、つるつるのあたまに電灯《でんとう》を反射させながら、近藤と友子に片目をつぶってみせて、

「やっぱり、きたね。ご苦労さま」

「見張りを、このふたりに取りかえましたよ」

といいながら、芹沢は、うしろにおいてある書類かばんを膝《ひざ》の上へうつすと、近藤庸三にむかって、

「きみの役目は、坂本さんご夫婦を、ほかの邪魔ものから護《まも》ること以外に、もうひとつある。ご夫婦が、みょうな考えを起したら、反省していただくことだ。これを、お見せしてな」

かばんのなかから、自動拳銃《けんじゅう》が一丁あらわれて、近藤の膝の前へすべってきた。

二五口径のコルトだった。

「新品ですな」

近藤は、それをとりあげると、すばやく安全装置をはずして、遊底をひいてから、銃口を芹沢にむけた。だが、芹沢はいっこう平気で、

「見せるだけで、きき目がないときには、もちろん音も聞いていただこう。ただし、ほかのことにつかわれると、迷惑するからな。弾は二発だけ、わたしておくよ。まずこれが、坂本さんの分」

芹沢の手が、かばんのなかから弾を一発とりだして、近藤の前においた。つづいて、もう一発とりだすと、

「こっちは、奥さんの分だ。ただし、わたしたちが帰るまでは、装塡《そうてん》しちゃいけないよ」

「用心ぶかいな、芹沢さん。ご老人におゆるしをねがって、そこの神棚《かみだな》へでも、あげておきますかね」

近藤は笑って、引金をひいた。カチリという音がした。坂本老人が長火鉢のむこうから、中腰になって、

「本物のガンを見るのは、はじめてなんだ。ちょっと、持たしてくれんかな」

と、熱心に手をさしのべた。

d

近藤と友子を、近所のてまえは、いなかの姪《めい》が聟《むこ》をつれて遊びにきた、といっておくことにきめて、芹沢と長井は腰をあげた。

「それじゃあ、仕事場でもうすこし、打ちあわせをしてから、わたしたちは帰りますよ」

「待ってくれ。二階へいく前に、このふたりを――」

と坂本は、近藤と友子をゆびさして、ぎろりと芹沢をにらみながら、

「証人にして、もういちど約束してもらおう。版ができたら、わしの命もいっしょにわたせ、なんてことを、いいださんだろうな？」

「もちろん、そんな野蛮なことはしませんよ。報酬もさしあげるし……」

「そんなものは、いらん。もらったら、事前か、事後か、とにかく従犯とやらにされちまう。それから、もうひとつ。いまは例外としてみとめるが、わしの神聖な仕事場に、やたらに入ってきちゃ困る。ばあさん以外の人間が、そばにいると、気が散っていけないんだ」

「名人の仕事ぶりは、心得てますとも」

「きみたちもだぞ」

と、老人は近藤と友子をにらんで、

「仕事ちゅうは、便所におりたときでも、そばへはくるな。話しかけても、いかん。いいたいことがあったら、ばあさんを通じてくれ。わかったな？」

「わかりましたよ。だれかがあんたに、拳銃をつきつけてるのを見つけたら、台所で洗《せん》濯《たく》してる奥さんに、報告しましょう」

と、近藤は答えた。

「そのくらいのつもりで、けっこう。しかし、わしが話しかけたときは、すぐ返事をしないと、癇癪《かんしゃく》を起すぞ。わしはな。癇癪をひとたび起すと、二十四時間は仕事ができないんだ」

そのとき、階段の上で、細君の声がした。

「あんた、ちょっと、手を貸してくださいよ」

「なんだね、ばあさん？」

「蒲団《ふとん》をおろすんですよ、お客さんの」

「ぼくが、手つだいましょう」

近藤は、ため息を隠して、立ちあがった。しばらくのあいだは、自分が名人であることをわすれて、こちらの名人に、奉仕しなければならないのだ。

廊下へ出てみると、階段の上は、大きな蒲団ぶくろでふさがれていた。近藤はあがっていって、どうやらそいつをかつぎおろした。

「やっぱり、若いひとはちがったもんだねえ」

細君は感嘆しながら、ゆっくり階段をおりてきて、

「それは、あんたがたのつかう蒲団だから、その六畳へ入れてくださいよ」

「そうだ。きみたち、いまのうちに寝といたほうが、いいかもしれないぞ。夜中になにが起るか、わからないからな。わたしらが帰るときは、声をかけるよ」

と、長井がいった。芹沢は、坂本老人をうながして、階段をのぼっていった。長井のすがたも、二階に消えたのをたしかめてから、坂本の細君は声をひそめて、

「うちのひとに、聞きましたよ。あんたにボデガイドを、たのんだんですってね」

と、近藤にいった。

「なんのガイドですって？」

「そら、野暮《やぼ》ったくいえば、用心棒。まったく紳士づらしてたって、あの連中、なにをするかわからないんだから。お願いしますよ。あたしゃあ、うちのひとが二日いないあいだ、なんどダイヤル一一〇番をまわそう、と思ったかしれやしないんですけどねえ。よけいなことばかりしやがる、この雑巾《ぞうきん》ばばあって、いつもそうどなるの。それをくらっちゃあ、間尺にあわないから、我慢してたんですよ、ほんとうに」

細君は、蒲団ぶくろをひらきながら、喋《しゃべ》りつづけた。小さなからだからでる声がだん

だん、大きくなってくる。

「帰ってきたと思やあ、見張りがつきっきり。二階で内緒ばなしをする間しかない、ときた。買物に見せかけて、あたしが交番にいこうか、といったらね。もし気づかれて、わしが殺されてもいいのかって、あれでまだ、死んじゃ惜しい年のつもりでいるんですよ。子どもがいるわけじゃあなし、このさき何年、生きてたって、おもしろいことなんぞ、なかろうにねえ」

「そうでも、なさそう。あたし、ツイストを教えてくれって、たのまれましたわ」

蒲団を敷くのを、手つだいながら、友子がいった。

「なんでも、流行のものには、手をだしてみたいんですよ。悪いくせでねえ。おもちゃのピストルが、はやりだしたときなんかも、さっそく買ってきてさ。ガンベルトも、いっしょにですよ。そして、どうした、と思います?」

「まさか、腰につるして、おもてを歩いたわけじゃないでしょうね?」

「あたし、クルクルまわして、鞘《さや》に入れる練習を、はじめたんだ、と思うわ」

近藤と友子が、交互にいった。

「いえさ。そのガラスビンとやらを、よっぽどやりたかったらしいけど、名人としては、そんな手のふるえる原因になるようなことをするのは、不心得だからってね。かわりに、このあたしに練習しろっていうんですよ」

「したんですか、練習を?」

「あんた、ボスからピストルをあずかったね。ちょっと、貸してごらんよ」

細君は、手をだした。近藤は、弾の入っていない拳銃を、その渋うちわみたいな手にのせた。

「こういうオートマッチじゃ扱いにくいんだけど……」

と、いうと同時に、二五口径のコルトは、細君の右手から左手へとび、また右手へと飛びかえった。つづいてまた左、右、左、右と目まぐるしく往復してから、右手のひとさし指を軸にクルクルとまわって、さっと袂《たもと》のなかへ消える。と思うと、またも右手にあらわれて、ななめに宙を走り、肩を越えると、うしろへまわした左手にうけとめられて、右背面の敵をねらい、こんどは正面にもどって左の肩をとび越え、うしろの右手で左背面の敵を制し、左手にうつってまたも右肩をとび越える、といったぐあいに、ねずみ花火か水ぐるま、風見の鶏《とり》か人間衛星。さては気の狂ったロボットか、舞踏病にかかった飛蝗《ばった》のごとく、拳銃は細君の周囲をとびちがった。

やがて、階段に足音が聞えた。帽子をかぶったのと長いのとふたつの影が、ぼんやり障子にうつったと思うと、まんなかのガラスの部分に、長井の顔がのぞいた。

「じゃあ、あとをたのんだよ」

と、いわれたときにも、近藤と友子は、おばあさんの妙技に見とれて、うわの空の返事をするばかり。

「悪党どもが帰ったようだから、玄関に塩をまいて、戸じまりをしてきますよ」

細君はコルトに最後の一回転をさせて、銃身をにぎると、銃把《じゅうは》を近藤の手にのせた。

「奥さん、大したもんですねえ」

と、吐息とともに、近藤はいった。

「これまでになるのに、電球を七十二箇わりましたよ。やたらに手からすっこぬけて、天井へとんでいくんでね」

と、細君はいって、蒲団ぶくろをかかえると、廊下へ出ていった。友子は、蒲団の上につっぷして、声を殺しながら、笑いだした。

「おじいさんが、おじいさんなら、おばあさんも、おばあさんだわ——似たもの夫婦って、このことね。ああ、おかしい」

近藤も苦笑しながら、神棚から二発の弾丸をおろして、拳銃に装塡した。

また障子があいて、細君の顔がのぞいた。

「遠慮なく、横になってくださいよ。あたしゃ、三畳に寝ますからね。悪いけど、電灯はなるべく早く消して。仕事ちゅうは、ほかのひとが起きてる気配を、とてもいやがるんですよ。なあに、気配なんかわかりゃしないんで、階段の上へ出てきて、下が暗くないと、怒るだけのことですけどね。だから、話をしようと、なにをしようと、かまいません。あたしゃ、年寄りらしくもない、寝ちまうとそれっきりのほうだし、この家は普請がしっかりしてるから……じゃあ、おやすみ」

細君の顔が、ひっこんだとたん、階段のほうで、老人の声がした。

「ばあさん、茶ぐらい、入れてくれたらどうだ！」

「いま、いきますよ」

細君の足音が、二階に消える。近藤は、上衣をぬぎながら、小声でいった。

「いきなことをいうばあさんだな。おれときみとを、恋人同士だ、と思いこんじまったんだぜ。蒲団もひと組しか、敷いてくれないしね」

「あれにくらべると、あんたは無口で、あたしは唖《おし》ね」

と、友子はいって、枕《まくら》に顔をおしつけると、また笑いだした。近藤は、天井に手をのばした。

「名人のご機嫌を、そこなうといけないから、あかりを消すよ」

座敷が暗くなって、しばらくすると、玄関の戸をゆする音がした。近藤は、すばやく拳銃をにぎって、廊下にすべりでた。玄関の曇ガラスをはめた格子戸に、大きな人影がうつっている。

「どなた？」

近藤は小声で、問いかけた。返事は、聞きおぼえのあるものだった。

「わすれものしたんだよ。あけてくれないか」

「長井さんですね？」

「うん。そうだ」

「いま、あけます」

近藤は拳銃をベルトにさして、たたきにおりると、二か所についているねじこみ錠をはずした。長井が、長い顎《あご》からさきに、入ってきた。

「すまん、すまん。どうも、あわてものでいけないよ。小さなかばんなんだがね。六畳のすみのほうに、おいてあるはずだ」

「あがってみてください。芹沢さんは、どうしました？」

「中野の駅まで、いっしょだった。いくところが、まだあるとかで、急いでタクシーをひろってったよ」

長井が廊下にあがると、階段をおりてきた坂本老人と、ちょうどむきあうかたちになった。

「まだいたのか。うるさくしないでくれ、といったろう。わしに仕事をさせたいのか、させたくないのか？」

「わすれものをしましてね。すぐ帰りますよ」

長井は六畳の障子をあけて、くらい座敷へ入りこんだ。と思うと、きゃっ、という女の声がした。

「野中の一軒家じゃないんだぞ。なんて声をだすんだ」

と、老人がいった。友子の声が答えた。

「だって、このひと、あたしのお尻《しり》をなでたわ」

「すまん。かばんをさがしてるんだ」

長井の声だ。老人は座敷へ入って、

「あかりをつけたら、いいだろう?」

「そのあかりが、どこだか、わからないんです」

「ここだよ」

老人が、天井の電灯をつけると、四んばいの長井と、蒲団の上にすわっている友子が、まぶしそうに目をぱちくりさせた。とたんに、老人の声がやさしくなった。

「びっくりしたろうな。かわいそうに。痴漢はすぐ、追いはらってやる」

友子は、黒いパンツに肌着《はだぎ》ひとつで、膝小僧をきちんとそろえ、両手でたがいちがいに肩をだいて、すわっていた。長井は、座敷の奥に、小さなかばんを見つけだして、立ちあがった。

「ひどいな、痴漢とは。ほんとの間ちがいですよ。追いはらわれなくても、いま帰ります」

「そういいながらも、娘さんを見てるじゃないか。目をつぶって出ていけ。きれいな肌に、しみがつくといけない」

と、老人がいった。その腕を細君がひっぱって、

「あんたは二階に、仕事が待ってるんですよ」

「わかってるよ」

坂本老人は、階段をあがりかけながら、じろり、ふりかえった。

長井はあわてて、玄関へとびおりると、にやにやしている近藤に、

「あとをたのむよ。癪にさわるじじいだ」

と、小声でいって、格子戸をあけた。

近藤が、玄関に鍵《かぎ》をかけて、六畳へもどってみると、友子はまだ、蒲団の上にすわっていた。

「だれか侵入してきたら、その格好で、悩殺するつもりかね。どうも、身体検査の順番をまってる女学生みたいで、いけないな。長井さんから給料をもらったら、レースのついたパンティに、まっ赤なスリップでも買うんだね。現代は中身だけじゃあ、なかなかみとめてもらえないぜ。パッケージングも、たいせつだよ」

あかりを消して、あおむけになってから、近藤がいった。

「よけいなお世話だわ。ひと晩じゅう起きてなけりゃあ、いけないの？」

「そうしたほうが、良心的だろうな。なにしろ、二十万でうけあった仕事だ」

「ボスはそんなに、出すっていった？　じゃあ、ちゃんと服をきて、起きてるわ」

「もちろん、値ぎるだろうよ。こちらも、多少は負けるつもりだがね」

「半値に叩《たた》かれたとしても、あたしにはいくらくれる？」

「ついてきてもいいが、責任は持たない、と断っといたはずだぜ。自分の分は、自分で芹沢にかけあえよ」

「そんな薄情なことというんなら、寝ちゃうから。アパッチの大軍がおしよせても、起きてあげないわよ」

「けっこうだね、ぼくも寝るから。B君にしても、C君にしても、強盗のまねをしてまで、じいさんをさらっていくようなことは、しないはずだからな」

「そんなら、いいわよ」

友子は敷蒲団のまんなかへ、しっかと枕をおしつけて、

「ここからこっちへ、ちょっとでも入ってきたら、目の玉へゆびをつっこむから——だてに爪《つめ》を長くしてるんじゃ、ないのよ」

e

ぶっそうなことをいっておきながら、夜半、目をさましてみると、友子は、近藤の腕

をまくらに、やすらかな寝息を立てていた。近藤が目をさましたのは、車のとまる音がしたように、思ったからだ。何時ごろだかは、わからない。耳をすましていると、二階から老人がおりてきた。

台所で、じゃあじゃあ水をだして、眠気ざましに、顔でも洗っているのか。しばらくして、足音は二階にもどった。板戸があおられているような音が、遠く聞える。そのうちに、老人がまたおりてきた。台所で、水の音が激しい。近藤は、そっと起きなおった。友子が肌着をずりあげて、おへそをだして寝ているのが、暗いなかにほの白く見える。近藤は、毛布をかけてやってから、立ちあがって、障子をあけた。

台所へいってみると、老人がしきりに手を洗っている。近藤を見ると、ねむそうな目をしばたたいて、

「手がねばついて、うまくいかないんだ。ちょうどいい。この洗面器に水を入れて、そのタオルといっしょに、二階へ持ってきてくれないかね」

「いいですよ」

近藤は洗面器をささげて、老人のあとから二階へあがった。仕事場は思いのほか、近代的な機械などがあって、ものめずらしかった。老人は机の上をゆびさして、

「うまいもんだろう？　機械をつかって、地文を彫ってるところだ」

「大したもんですね。そっくりじゃないですか」

壁にピンでとめてある本物の千円札と、できかけの版の地模様を見くらべて、近藤は、お世辞でなくそうなった。

あくる朝は、すばらしい天気だった。近藤と友子が起きて、めしをくっていると、老人がおりてきた。おかゆを一杯たべてから、昼すぎまで起すな、といって、三畳へもぐりこんでしまった。近藤と友子は、なにもすることがない。六畳で、テレビを見ていた。十二時をすぎて、ニュースがはじまった。テレビは、旅行かばんみたいな十四インチのポータブルだ。如鱗木《じょりんもく》の長火鉢の、いまは火の入っていないのへ裁ち板をかぶせて、その上にのせてある。近藤は、あくびをしながら、ながめていた。

とつぜん、画面が動かなくなった。と思うと、どこかの住宅街の写真がうつって、アナウンサーの声がいった。

「けさ六時ごろ、練馬区貫井町の路上で、男の絞殺死体が、発見されました。所持品によって、判明した被害者の身もとは、鴨江重助さん、四十二歳……」

近藤と友子は、つっ立ちあがって、顔を見あわせた。芹沢が、殺されたのだ。

第六章　ここでは死体が留守番し
近藤は角砂糖を万引する

a

「たいへんだぞ、こりゃあ」

近藤庸三は、友子の顔から、長火鉢の上のテレビへ、視線をうつした。だが、ニュースはもう、別の話題をとりあげていた。

「どういうことになるの？」

友子は、近藤の横顔に、問いかけた。

「とにかく、じいさんを起して、教えてやろう」

「どなられたって、知らないわよ」

「大丈夫、きみを叱《しか》りはしないから」

「あたしが起すの？　じいさんの寝床にちかよるなんて、いやだなあ。勘ちがいされると、困るわ」

「蒲団へひきずりこまれそうになったら、ロープを投げてやるよ」

「心配なのは、おばあさんに見つかったときのことよ。合気道の達人だったりして、投げとばされたら、目もあてられないでしょう?」

「それなら、おばあさんに起してもらえば、いいわけだ」

近藤は障子をあけて、台所へ声をかけた。

「奥さん」

返事はない。廊下へ出て、台所をのぞいた。おばあさんは、洗濯をしている。

「奥さん」

「ああ、おどろいた。あたしのことかね。家のなかじゃあ、いつもばあさんだから、だれかほかのひとを呼んでるのか、と思いましたよ。なにか、ご用?」

「ご主人を、起していただきたいんです。緊急の場合ですからね。芹沢が、死んだんですよ。いましがたのテレビのニュースで、知ったんですが」

「おや、そうですか。そりゃまあ、よござんしたね。おじいさんにも、聞かしてやらなきゃあ」

ばあさんは、前かけで手をふいて、小走りに三畳へいった。近藤が、六畳へもどって待っていると、坂本老人は大きな目を、タイプライターみたいにパチパチさせながら、派手な赤縞《あかじま》のパジャマのまま入ってきた。

「ボスが、死んだそうだな」

「殺されたんです」

「だれに?」

「わかりませんね。けさ練馬のほうで、首をしめられて、道にたおれてるところを、発見されたんだそうですよ。警察じゃあ、強盗のしわざ、と見てるらしい」

「すると、どういうことになるのかな? まあ、わしは災難のがれしたことに、なるんだろうが……あんたがたの立場が、宙に浮いちまったね」

「そうだわ。あたしたち、これからどうする?」

友子が、近藤に聞いた。近藤が返事をしないうちに、老人は手をふって、

「なにも、すぐ出てけ、といってるんじゃないんだよ、お嬢さん。よかったら、晩めしまで遊んでいきなさい。厄落《やくおと》しだ。ばあさんは、赤飯をふかす、とかいって、張切ってるが、ご馳走させるから」

「坂本さん、そんなによろこぶのは、早いかもしれませんよ。ぼくらの仕事は、まだおしまいとは限らない。ちょっと電話を、お借りします。きみ、長井ってやつの電話番号、知らないか」

「ここに書いてあるわ」

友子はバッグから、製薬会社の宣材の小さな手帳をだすと、ページをひらいてさしだした。近藤は、ベルトからコルトをぬいて、手帳とひきかえに友子にわたした。

「ご老人夫婦が、自由行動をとらないように、よく見張ってるんだぜ」

「おやおや、長井とかいうやつがおったのを、わしはすっかりわすれてたよ。一難さってまた一難か。ばあさんや、テレビのつづきものとおんなじで、なかなか、めでたしめでたしには、ならないもんだな」

老人がぼやくのを背中に聞いて、近藤は、玄関の下駄箱の上にある電話をとった。ダイヤルをまわすと、さきの受話器は、すぐにあがった。

「もしもし、長井さんですね。わかりますか、ぼくが？　例の見張役ですよ。坂本老人の家から、かけてるんですがね」

「なにか、変ったことでもあったのか。まわりにはだれもいない。なにを話してくれても、大丈夫だ」

「芹沢さんが殺されたの、ご存じでしょうね？」

「なんだって？　きみ、冗談をいっちゃいけないな」

「テレビのおひるのニュースで、やってました。芹沢氏の本名が、鴨江重助だってことは、ご存じでしょう？」

「はっきりは、知らんな。緊急連絡の場合に、鴨江という家の電話番号は、聞いていた。

二号さんの家だろうぐらいに、思ってたんだが……」

「けさ練馬の路上で、絞殺死体になって、発見されたんですよ。それで、あなたに今後の指示を、あおぎたいんですがね」

「弱ったな。どうしたらいいのか、わしにもわからない。なにしろ、いきなりだから、あたまが混乱するばかりだ」

「二代目のボスが、そんな心細いことをいっちゃ、困りますな。とにかく、ぼくはこのまま見張りをつづけて、例のものが一日も、いや、一時間も早く完成するように、努力すればいいわけでしょう？」

「待ってくれ。こうなるとだね。その必要は、ないんじゃないかな」

「どうしてです？　警察は強盗殺人と見ているようだが、どんなひょうしに、例の紙のことが割れてくるかもしれないんですぜ。早いとこ仕事にかからないと、ふいになりかねない」

「もう、ふいになってるんだ。わたしは、紙がどこにあるか、芹沢から聞いてないんだよ」

「なんですって！　ほんとうか、そりゃあ？」

受話器を嚙《か》みくだきそうな声で、近藤はいった。長井の返事には、まったく途方にくれたようなひびきがあった。

「嘘《うそ》をいって、なんになるね。わたしゃあ、印刷屋あがりで、機械を持ってる。それだけのことで、片棒をかつがされただけなんだ」

「信じられないな」

「じつをいうと、わたしゃあ芹沢に、むかしやったあることで、しっぽをにぎられていてな。いやおうなしに、片棒をかつがせられた。あいつは用心深いやつだから、紙のありかを教えるどころか、ヒントさえ漏さなかったよ。こうなったのも、川獺《かわうそ》さまがお守りくだすって、わたしの災難を、とりのぞいてくれたのかもしれない」

「なにさまだって？」

「川獺さまだ。泥人形《どろにんぎょう》と笑うひともいるが、霊験あらたかだよ。きみも、信仰しないかね。わたしは朝晩、焼酎《しょうちゅう》をあげて拝んでる。ほんとは、若い娘の小便をまぜなきゃいけないんだが、わたしには、子どもがいないから……」

「どっちにしても、安あがりな神さまらしいですな。すると、つまり、あんたは手をひくってわけだね」

「その通りだ。きみたちの努力には、感謝するよ」

「これから、おれたちのいうことを聞いたら、感謝しなくなるぜ、きっと。芹沢は、あんたが殺したんじゃないのか、ええ？　図星だろう」

「馬鹿をいっちゃいけない。わたしには、アリバイがあるじゃないか。やつとは中野駅でわかれて、そっちへわすれものを取りにかえってる。それにやつを殺しても、一文の徳にもならない」

「そうかな。ゆすられてたそうだし、いやな仕事だったんだろう、こんどのことは？」

「そうはいっていない。わたしだって、きみが考えるほど、いくじなしではないんだ。芹沢のプランならうまくいく、と思ってた。周到すぎるくらい、隙《すき》がなかったからな」

「そうでもないぜ。おれがわりこむ隙はあった」

「それは、きみのあたまが鋭いからだ。そのきみが、わたしを疑うなんて、おかしいよ」

「こんどはお世辞か。まあ、いいよ。すると、芹沢の子分どもがクーデターを起したのかな。どう思う？」

「子分どもは、鴨江の電話番号も、教えられてないくらいだ。かなり信用してた凄腕が、ひとりいるがね」

「おれを、殺しにきたやつだな」

「そいつだって、芹沢が死んだことを、まだ知らない、と思うよ。とにかく、そういう男だったんだ、芹沢は。だれも、信用しない。自分も完全には、信用しなかったんじゃないかな。マスクをして、寝るそうだから。大事なことを、寝ごとでいっても、ほかには聞えない用心に」

「なるほどね。紙のありかを知るには、自殺して、あの世へ芹沢を追っていくより、方法はないわけか」

「わたしだって残念だが、幽霊に知りあいはいないから、あきらめるよ」

「それでは、こちらも、あきらめますかな。とにかく、見張役ひと晩分の料金、ならびに解約料は、いただけましょうね。最後までつとめて、二十万の約束だった。五万円といいたいところだが、ひと晩だけで、なにごともなかったから、一割にお負けします。二万円ください」

「そんなことをいわれても、困るよ。わたしが雇ったわけじゃあ、ないんだから」

「それじゃ、警察へいって、相談するかな」

「脅迫には、応じないぞ。証拠はなにもないんだ。それに、きみだって――」

「事後従犯になるってんですか。ところが、警察へいくのは、坂本さんなんですがね」

「わかった。二万円ぐらいなら、落したと思えば、あきらめがつく。そこからなら、新宿がいいだろう。いつか芹沢とあった喫茶店がなんとかいったな、《モレノ》か……」

「知ってますよ、その店なら」

「三時に、そこで待ってる」

b

近藤は、六畳にもどると、友子に手帳をかえして、拳銃をうけとった。

坂本剛太は、にやにやしながら、

「どうやら、あんた、失業したようだね？」

「そちらはお祝いに、お赤飯をたいてもよさそうですよ。ぼくは、退散します」

「ご苦労さまでした。わしはなんとなく、あんたが気に入った。ひまがあったら、ときどき遊びにきなさい。ばあさんや、お帰りだそうだから、玄関の履物をそろえてさしあげな」

「ちょっと待ってくださいよ、坂本さん。すぐ帰りますがね。その前に、解約料をいただかないと……」

近藤がさしだす手を、その上に美人の小人でものっかっていたみたいに、老人は、目をまるくして見つめた。

「解約料って、なんのことかな？」

「あなたの命を、護ってあげる契約だった。その料金ですよ。まさか、ただ働きさせる気じゃないでしょうね？」

「ああ、あれかね。あれなら、まだ仕事がはじまっていないんだから、解約料もなにもないだろうが」

「冗談じゃない。あんたを沖田の手から、助けてあげたのをわすれたんですか。ほら、両国で」

と、近藤は口をとがらした。

「あれは、わしのために働いてくれたんじゃあるまい？　あんときのわしゃあ、あんたの商品だった。芹沢に売りこむために、傷をつけたくない商品。そうだろうがね？　わしとの契約がはじまるのは、版ができて、贋幣《がんぺい》づくりどもに、わしが無用の長物になったとき、それからのはずだ。キャンセル料を、はらう責任はない、と思うがな」

「しかし、予約した以上――」

「そりゃまあ、あんたがほかの仕事を犠牲にして、待機していてくれたのなら、話はべつさ。だが、ちゃんと芹沢と契約した仕事を、してたんだからね。あんた、そう思いきりの悪いことじゃ、大物にはなれないよ。柄のないところに柄をすげて、というやつだな、そのいい分は。江戸っ子のするこっちゃあない。こっちだって、警察へ駈《か》けこむよ、なんて、野暮はいわずにいるんだから」

「一本やられましたね。でも、長井とちがって、ぼくにはそのおどし、ききません。ぼくがここにいるうちに、警官を呼ぶことはできないでしょう。一歩そとへ出てしまえば、ぼくがどこのだれだか、あんたがたは知らないんだ。けれど、解約料については、あんたのほうに理屈がある。すなおにあやまって、帰りますよ」

近藤は、軽くあたまをさげて、立ちあがった。老人も立ちあがって、手をさしだした。

「握手をしよう。やっぱり、あんたはスマートだ。あんたの先祖は、鼠小僧《ねずみこぞう》じゃないかね。それとも、顎のかたちが十五代目の橘屋《たちばなや》に似てるから、アルセーヌ・リュパンの落し子かな」

「こんど、系図を調べてみますよ」

近藤と握手がおわると、老人は、友子に手をもとめた。さきに立って、玄関へでたばあさんが、近藤の耳にささやいた。

「おじいさんが、あんたと握手をしたのはね。あの娘さんの手を、握りたかったからなんですよ。あんた、油断をしないようにね」

「こんご、よく注意しましょう」

近藤は、靴《くつ》をはいた。友子について、玄関へ出てきた老人が、声を低めていった。

「わしゃあ、ほんとをいうと、警察とか税務署とかは、むかしから大きらいでな。駈けこむ気はないから、よけいな神経をつかう必要はないよ。わしがのんきにかまえて、関りあいをのがれる手をうたずにいたんで、あんた、不審に思ったかもしれんがな。じつは、刷りあがったら、つかいものにならないような紙幣をつくって、やつらの鼻を、あかしてやるつもりだったんだ。わしが逃げても、だれかが版をつくる。わしなら、ぜんぶ刷りあがるまで、気がつかないようないたずらをして、盗んだ紙を台なしにすることが、できるからな。ななめにすると、聖徳太子《しょうとくたいし》がウインクする千円札なんて、愉快じゃないかね」

「長井が聞いたら、感謝するでしょう。では、失礼」

近藤はおもてへでると、友子と顔を見あわせて、

「食えないじじいだな」

「ほんとだわ。いちばんうまく立ちまわったのは、あのじいさんじゃないの、けっきょく」

「いままでのところはね」

「まだこれからが、あるっていうの？　長井にあいにいくなら、あたしもついてくわよ」

「ついてくるのは、勝手だが……」

「あたしのギャラは、あたしが交渉するわ。ご心配なく」

「そういうなら、それでもいいけど、きみの分もかわりにとってきてやるから、どこかで待ってたら、といおうとしたんだぜ、ぼくは」

「急に親切になっても、信用しないわよ」

「ぼくだって、きみを信用してるわけじゃない。ただ、わずかな無料サービスで、足手

まといがとりのぞけるなら、と思っただけさ」

c

午後三時に四分ほど遅れて、近藤と友子が、新宿二丁目の喫茶店、《モレノ》へいってみると、カウンターのなかに、バセドウ氏病の狐《きつね》の顔は、見あたらなかった。けれど、客席には長井の長い顔が、とんがり耳をおっ立てて、もう待っていた。取りひきをすませて、長井をあとにのこしたふたりが、日ざしのまぶしい街路へでたのは、三時二十分だった。

「あいつ、あんがい気前がよかったわね」

カンガルーのバッグをたたいて、友子がいった。

「きみは今月の給料に、解雇手当として給料ひと月分。それに沈黙料の色がついて、四万もとったんだから、ご機嫌はいいだろうさ」

近藤は、むずかしい顔をして、ひたいの汗をふいた。革の上衣は、いかにも暑いきょうだが、ぬぐわけにはいかない。ベルトの右腰に、コルトの二連発が、三十七グラムの重量を、たえず主張しているからだ。

「あんたも、もっと吹っかければ、よかったのに」

「いい値をだされて、文句はいえないよ。それに、考えてることがある」

「わかった。長井をつけるのね」

友子は、立ちどまった。だが、近藤は首をふって、歩きつづけた。

「それじゃ、あとでまた、ゆする気？」

追いすがって、友子がささやく。

「ほんとに、紙のありかを知らないなら、あとはきかないさ。こっちも臑《すね》もつ傷だし、証拠はないし」

「じゃあ、どうしようも、ないじゃない」

「ぼくは、あきらめの悪いたちでね」

「あきらめないで、なにをする気なのよ？」

「考えごとだ。どこかに静かで、金がかからなくて、精神統一のできるところ、ないかな？　いつもは、押入れのなかで考えるんだが、家へ帰っちまうと、出てこれないおそれがある。ふた晩も、あけたあとだからねえ」

「あら、奥さんがいるの？　がっかりだわ」

「惚《ほ》れてもむだだ、と断るべきだったかな」

「誤解しないでよ。奥さんにつかまると、出てこれないようじゃ、先生にしてもしょうがないってこと。さっきまで、あんたの弟子になろうか、と思ってたの」

「そっちも、誤解だよ。ぼくはアレルギー体質でね。女のなみだをみると、じんましんができるんだ」

「じゃあ、駅かデパートのトイレにこもって、精神統一したらいかが？」

「故障の札でもかけときゃべつだが、あんまり静かとはいえないな、あそこは」

「条件をひとつのんでくれたら、あたしの部屋を貸してあげても、いいんだけどな」

「どんな条件だい？」

「考えがまとまって、次の行動にうつるとき、あたしもひと口のせること」

「いいだろう。ただし、今回かぎりだぜ。ぼくは弟子をとらない主義なんでね。きみの部屋って、どこなんだ？」

「国電の神田駅のちかく。車でいきましょう」

友子は、こちらへくる空車をみとめて、カンガルーみたいにはねあがりながら、手をふった。

アパートは、神田駅から西北にわずかにそれて、古い木造家屋が、びっしり建てこんだ一郭にあった。建ったころには、モダンな感じだったろう。正面からあおいだ瓦屋根《かわらやね》のスロープが、まっすぐな八の字でなく、とちゅうで膝を曲げたみたいに、段のついているマンサード・スタイルだ。おなじマンサード屋根のついた破風が、前づらにふたつ突きだしている。それが、ぜんたいに右へかしいで、瓦はところどころ、じゃりっ禿《ぱげ》に落ちている。壁ときたら痣《あざ》のように、下地骨の板をあちこち露出させて、いまや、亡命貴族の末路、といった感じだ。

「きみは、骨董《こっとう》趣味があるらしいな。このへん、戦争で焼けずにすんだんだね」

感心している近藤の腕をひっぱって、

「ちょっと事情があって、正面玄関からは入れないの」

友子は、わきの露地へつれこんだ。となりは、窓のないモルタル壁だ。足もとはじめじめして、干物のにおいと便所のにおいが、ただよっている。いちばん奥の窓までくると、友子は窓わくを手さぐりした。

「ここが、出入口よ。この釘《くぎ》をぬけば、そとから窓があくように、なっているの。足場がわりに、石がおいてあるから、楽に入れるわ。あれ、変だな」

「どうした？」

小さな声で、近藤が聞く。友子も小声で、

「釘が曲っちゃってるの」

「泥坊《どろぼう》でも、入ったんじゃないか」

「黴《かび》くさいギャグだけど、泥坊が入ったんなら、なにか置いてってくれたでしょ――ちえっ、やんなっちゃった」

「前の部屋に、きみを親の仇《あだ》とつけねらってる美少年かなんか、いるのかい？」

「部屋代が、たまってるだけの話。管理人につかまると、くどくどくどくど、最低三十分は逃げだせないから——そうだわ。きょうはお金があるんだもの。こんなことする必要、なかったんだ」

「これだけ苦労したんだから、払わないでおけよ。こんごの活動には、資本がいる。きみの分まで、ぼくは持っちゃあ、やらないから」

「それだと、夜になっても、電灯がつけられないわよ」

「考えるのに、あかりはいらないさ」

「それも、そうね。ああ、ぬけたわ」

そっと窓をあけると、バッグをほうりこんでから、友子はスカートを腰まで、勇ましくたくしあげた。片っぽだけ、靴をぬぐ。それを手にぶらさげて、窓がまちを、えいやと跨《また》いだ。汚れたカーテンを、お尻《しり》であおって、半身を入れると、のこりの靴をぬいで、

「こんな要領よ。わかった?」

カーテンをあけながら、室内にむきなおったとたん、

「あっ」

「なんだ。だれか、いるじゃないか」

近藤も、眉《まゆ》をひそめた。うすぐらい四畳半の壁ぎわに、男がひとり、ワイシャツの背中を見せて、ねころがっている。友子は、両手にハイヒールを、片っぽずつにぎりしめて、立ちすくんだまま小声でいった。

「だれかしら？」

「顔を見てみろよ。せんのご亭主じゃないのか」

「そんな馬鹿な！　あのひと、札幌でバアをやってるはずだもの」

「正直に、返事させる気じゃなかったよ。よし、ぼくが見てやる」

近藤は、部屋へおどりこんで、壁ぎわへいった。男は、動かない。近藤は、きびしい顔をふりむかせて、

「窓をしめろ。カーテンも、しめたほうがいい、しめたら、ここへきてごらん」

「だれなのよ。どうして、起きないの？」

カーテンをひくと、四畳半は夜になった。近藤は、万年筆がたの懐中電灯をつけて、蝶《ちょう》ネクタイをしめた男の、歯をむきだした顔だけを照した。

「バセコンだ。死んでる」

圧しころした近藤の声に、友子は、へたへたと両膝《りょうひざ》を畳につけた。

d

友子は、催眠術をかけられたみたいに、小さな懐中電灯の光を見つめながら、おそるおそる口をひらいた。

「死んでるって、どうしてそんな？」

「息をしなくなったからだろうね。さっき《モレノ》で、こいつのことを聞いてみなくて、よかったよ。ちょっと、さわってみな」

「いやだわ。きみが悪い」

と、口ではいいながらも、友子は片手をのばすと、ワイシャツの腕にさわって、

「死後硬直?」

「全身におよんでる。やられたのは、けさか、ゆうべだな。外傷は、ないようだ。コンコンさまは、鼠《ねずみ》のてんぷらが好物だそうだから、毒をしこんだやつでも、奉納されたんだろう。窓の釘が曲ってたのは、こいつのおかげだよ。かつぎこむのに、便利なしかけを知らないやつらが、窓をこじあけたんだ」

バセコンは、死んでも目玉を、とびださせたままだった。だが、口もとは変なぐあいに硬直して、歯をむきだしているせいか、もうそれほどには狐《きつね》じみていない。近藤は、その口もとに顔をよせて、においをかいだ。

「いじの汚いのが、祟《たた》ったわけじゃないかもしれないな。左のカフスボタンが、なくなってる。ワイシャツをまくって、腕をむきだしにしたらしい」

「じゃあ、注射で?」

「犯人は、きれいずきだったのかな」

近藤は、懐中電灯を消すと、死体からはなれたところへ、あぐらをかいた。友子の声

が、暗いなかでささやいた。

「ねえ、どうすればいい？」

「ここは、きみの部屋だ。おかずの足しにするとも、剝製《はくせい》にするとも、きみしだいさ。考えごとをする場所は、ほかにさがすよ。さよなら」

「待って！」

友子のからだが、闇《やみ》に動いた。と思うと、そのあたりで、へんてこな声がした。

「ホッテントットの土人でも飼ってるのか、きみは？」

と、近藤がいった。友子は両手で、口をおさえていたらしい。返事のことば口は、調子がおかしかった。

「あんたの膝のつもりで、バセコンの顔に手をついちゃったの。ああ、いやだ」

「嚙《か》みつかれたら、すぐ注射にいったほうがいいぜ、狂犬病予防の」

近藤は、立ちあがった。

友子は、暗さに馴《な》れたらしい。こんどは間ちがいなく、近藤の手をつかんだ。

「逃げるなんて、卑怯だわ。教えてよ。あたし、なにがなんだか、わからないの」

「わかりきった話じゃないか。ここに、息をするのをめんどくさがってる人間が、ひとりいる。ここは、きみの部屋だ。よって、きみはこのことを、公務員におしえてやる義務がある。それをおこたると、罰せられるんだよ。軽犯罪法第一条、第十八号だったかな」

「でも、そんなことしたら……」

「でも、こんなことしたの、きみじゃないんだ。なにも、怖がることはない」

「そりゃあ、あたしがこのひとをぜんぜん知らなきゃ、すぐ駈《か》けこむわよ、交番へでも、国会へでも」

「そこが、つけ目さ。芹沢が死ぬ前に命令したのか、長井がだれかにやらせたのか、わからないがね。思いきったことを、やったもんだ。あきらめのいいやつなら、警察へいくよ。仏さまをしょわされたいきさつを、洗いざらいぶちまけにね。重い罪にゃあ、ならないから。つまり、甘く見られたんだ、きみは。もっと、憤慨するべきだよ」

「してるわよ。あたまから、ぽっぽ湯気が立ってるの、見えない？　でも、あきらめないわ、あたし。なんとか切りぬけて、鼻をあかしてやる手、ないかしら。あんたにだって、類のおよぼすことなんだから、手つだってよ」

「ぼくは、なんでも屋だ。手つだうどころか、まるごと引きうけるよ、ギャラしだいでね」

近藤がいうと、ゴム風船をわったみたいな、大きな舌うちを聞かせて、友子はハンドバッグのありかを、手さぐりした。

「いくら？」

「リバイバル調でいえば、きみとは枕《まくら》をかわした仲だ。安くしとくよ。一万円」

「まけてよ」

「呼吸のよさにほだされて、九千五百円だ」

「八千円。まけない気なら、あたし、大声あげて、ひとを呼ぶわ。やぶれかぶれよ。あんたにも、傍杖《そばづえ》くわしてみせるから」

「八千円で、けっこう。女の非常識ってのは、通っちまうんだから、かなわない」

近藤は、バッグをあける友子の手もとを、懐中電灯で照してやった。友子は、千円札を八枚、縦よこ十文字に四回かぞえてから、近藤の手のひらにのせた。

「バセコンはすぐ、持ってってくれるわね？」

「まだ、そとはあかるいんだぜ。大家んところへかつぎこんで、カンカンノウを踊らせるわけじゃ、ないんだからね。まず車を一台、どっかでつごうしてこなけりゃあ」

「あたしも、ついてく」

「料金を持ちにげされない用心はけっこうだけれど、コンちゃんひとりで、留守番ができるかな。淋しがって、だれかを呼ぶと、たいへんなことになるぜ」

「いままで、ひとりでいたじゃない？」

「管理人が業をにやして、荷物をさしおさえに、入ってくるかもしれない」

「あいつは、大丈夫。あたしをなんとかしたい下心なんだから、留守にはぜったい入ってこないわ。夜ばい除けに、ドアには掛金が二か所もつけてあるし」

「じゃあ、ついてきてもいいけどね。まかせた以上、差出口はごめんだよ」

「ちょっと待ってて。着がえしたいの。下着が、汗くさくなってるから」

友子は匍《は》っていって、押入れをあけた。

「着がえがあって、うらやましいよ。ぼくは、よく考えるんだ。映画やテレビや、小説でもそうだがね。追っかけのスリラーに出てくる連中、どんな美男でも、美女でもさ。そばへよったら、汗くさいはずだぜ、ありゃあ。着たきりすずめで、四日めだからな、ぼくなんぞ」

「でも、自業自得でしょ。あたしも、そうだけど」

と、友子はいって、ブラウスをぬいだ。スカートをふりおとしながら、肌着《はだぎ》をぬぎすてる。暗さをました部屋のなかに、大きな牛乳壜のようなからだが前かがみになって、黒いパンツをずりおとしたとたん、近藤はねらいを定めて、懐中電灯をつけた。しかし、友子は平然と、うしろむきになって、ゆうべの近藤のからかいに、答えるつもりなのだろう。火事場シーンの天然色フィルムで、こしらえたみたいな真紅のナイロン・パンティを、するするとはいた。

「せんのご亭主が、麻雀《マージャン》の賞品で獲得してきたウィークリイ・パンティの一枚じゃ、ないだろうね」

「あたったわ」

「あたっちゃ、いけないな。シァーロック・ホームズに、なったみたいな気がしてくる」

「これは、あたしのお金で、ちゃんと買ったのよ。デパートの特売でだけど、ぜんぜんいたんでないの」

友子は、半袖のポロシャツを、素肌にきこんだ。胸に大きく、逆立ちしてる豚の漫画がプリントしてある。近藤は笑って、

「その模様じゃあ、いたまずに特売へでるだろうね」

「こうすれば、見えないわ」

友子は黒いジャンパーをきて、胸もとまでジッパーをしめあげた。最後に、まっ黒なスラックスをはいて、ほの白い腿《もも》と、緋《ひ》いろのパンティをかくしてから、近藤の鼻さきへ手をさしだした。

「なんだい、この手は?」

「さっきの千円札、一枚かえしてよ。ヌードの見学料」

e

バセコンの死体は、押入れのなかへ隠匿して、窓から露地にぬけだすと、ふたりはラ

ッシュアワーの神田駅へいそいだ。地下鉄にのって、近藤がむかったさきは、西銀座も京橋よりにあるバーで、店の名を《バラバ》という。キリストをさしおいて恩赦になったがために、聖書にその名をとどめた悪党を、店の名につかった理由は知らない。だが、近藤はここを、土方利夫の連絡場所として、知っているのだ。夕やけ空のいろが、夏ものの生地をすずしげに飾った洋裁店のウインドウにも、虹《にじ》のようにうつっている。そのわきの階段を二階へのぼって、ドアをおすと、さいわい店には客がなかった。

「あら、しばらくですね」

一万円札で織ったみたいな凝った和服すがたを、胸から上だけ、カウンターのむこうに見せていたマダムが、笑顔をむける。

「ありがたい。おぼえていてくれましたね」

近藤は、カウンターの泊り木に腰をのせながら、

「きょうはまだ、あらわれませんか」

「四、五日、ぜんぜん、あらわれないいんですよ。こないだ電話で、油虫退治の薬をまかれたからね、なんていってたけど、そんなもの、怖がるひとじゃないのに」

「弱ったな。なんとか連絡とれませんか」

「あら、名人があのひとに、用がおありだなんて、珍らしいこと。一日いちどは、電話がありますわ」

　マダムは、ペパミントいろにマニキュアした指さきで、襟《えり》もとに見えがくれしてる鎖をたぐると、ペンダントの時計をひきだした。うすべったい時計は、向日葵《ひまわり》をかたどって、牛乳壜のキャップぐらいの大きさだ。しかし、これがキャップだとすれば、翡翠《ひすい》かなんかで壜をつくらなければ、つりあわないだろう。数字のかわりに、色ちがいの宝石が十二種、燦爛《さんらん》とならんでいる文字盤を、ながめながら、

「もう、かかってくるころなの」

　と、マダムはいった。近藤は笑顔をとりもどして、

「それじゃ、待たせてもらいますよ。なにか註文しなきゃわるいんだけれど、あいにく仕事がひかえてる。アルコールを入れちまうわけには、いかないんです」

「そんなご心配なく、どうぞ」

「すいません。でも、なにか食べるものをつくってもらえると、ありがたいんですがね――それに、コーヒーかなんか、液体のほうも」

「それじゃあ、ライブレッドのいいのがあるから、サンドイッチをつくらせますわ。そちらのお嬢さんのも？」

「ええ、たのみます」

　近藤は、泊り木をおりると、友子をうながして、すみのテーブルにすわった。友子は、バッグを膝にかかえて、口をきかない。店のなかに聞えるのは、クーラーの静かなうな

りと、カウンターのバーテンが、かすかに立てている包丁の音だけだ。壁ぎわに立っている皮膚の澄んだボーイも、電話機のそばのマダムも、まるで人形になってしまったようだった。

電話のベルが鳴らないうちに、ボーイが静かにちかづいて、ふたりのテーブルに、水のグラスと皿をおいた。皿の上には、サラミや、ブルーチーズや、キャビアや、レバペイストを、色どりよく黒い肌にのせて、うす切りのライ麦パンが、トランプをひらいたみたいに、ならんでいる。近藤は、さっそく手をだした。

「こりゃあ、うまそうだな」

友子も、おそるおそるフォークをのばす。パンのかずが半分にへっても、電話は鳴らない。

そのかわり、階段をあがってくる足音が、聞えた。ドアがあくと、

「いらっしゃいまし」

ボーイの声につづいて、聞えたのは、女の声だ。

「あの――」

といいかけて、顔をあげた近藤と視線があうと、女はことばを嚥《の》みこんで、目を見はった。きょうは支那《シナ》服でなく、下はトレアドルパンツ、上はポンチョふうの袖なし、という活潑《かっぱつ》なすがただ。でも、ハートがふたつならんだロリータめがねだけは、きのうと

おなじで、女は高原洋子だった。近藤も、ライ・サンドイッチに、宙のりをさせて、

「なんだ、きみか……変なところで、あうもんだな。まさか、きみもミスタ・ステッキに、用があるんじゃないだろうね？　だったら、留守だぜ」

「あんたでもいいんだけれど、ちょっとだけ、話を聞いてくれない？」

洋子は、近藤の返事を待たずに、となりにすわると、サングラスをはずしながら、

「こんなこと、あんたがたにたのむのは、癪《しゃく》にさわるんだけど、あたしじゃどうにもならないの。おねがい」

と、早口でいって、ぐいぐい膝をおしつけてきた。

近藤は、口へ入れた最後のサンドイッチが、喉《のど》につかえそうになったのを、あわてて水でながしこんで、

「なんだか、さっぱりわからないな。とにかく、きのうはありがとう」

「そうよ。あんたには、ひとつ貸しがあるんだから、ぜひとも聞いてね」

洋子は、香水のにおいを濃くただよわせて、近藤の耳に口をよせると、声を落した。

「沖田を、助けてもらいたいの。ほっとくと、殺されてしまうのよ。おねがい」

f

「失礼いたします」

ボーイが、コーヒーをはこんできた。近藤は、洋子に聞いた。

「あんたの分を、追加しようか」

「なんにも、喉へは通らないわ」

洋子は首をふって、もどかしげに、ボーイの手もとを見つめた。

サンドイッチの皿を片づけて、ボーイがテーブルをはなれると、近藤は声をひくめて、

「殺されるって、だれに？」

「みんなが、ちょっかいだしてるでしょう？　あの一味によ。聞かせたくない話だけど、一味の罠《わな》に、まんまとひっかかっちゃったの。あのひと、かっとなると、あたまが働かなくなっちゃうのね、まるっきり」

「よくない傾向だな」

と、近藤は顔をしかめた。

「かっとなった原因ってのが、ほら、きのうの一件よ。いわば、あたしの責任じゃない？」

「沖田がわるいんだって、きみ、きのうはいってたぜ」

「こうなると、話はべつだわ。つれてかれた場所はわかってるんだけど、あたしひとりじゃ、どうにもならないの」

「兄さんがいるじゃないか」

「ゆうべ、ひどい下痢をしてね。いまは起きてるけど、ぜんぜん頼りにならないのよ」

腐ったサンドイッチを思いだして、ほころんでくる口もとを、近藤はコーヒーカップで、あわてて隠した。けれど、まだなにも入れてないのに、すぐ気づいて、角砂糖入れの蓋《ふた》をとった。

「それに、むこうには手ごわそうなのが、ふたりもついてるのよ。ひとりは、鼻のわきに傷があって――」

「顔が三角の野郎かい？」

コーヒーに角砂糖をふたつ落しながら、近藤が聞く。

洋子は、大きくうなずいた。

近藤は、銀のクリーム・ピッチャーをとりあげて、

「それで、あわれな沖田がとらわれている場所は？」

「遠いのよ。板橋のはずれで、もう埼玉県じゃないかしら。朝霞《あさか》のちかくなの。地図を書くわ」

「あとでいいよ」

「助けてくれるのね？　ああ、よかった。あたし、どうしていいか、わからなくなって――警察へいくわけにも、いかないでしょ？　ここのことは聞いていたから、思いあまって――」

と、いいかける洋子を手で制して、近藤は、考えることが書いてでもあるように、壁をねめあげた。壁には、きれいな貝と七いろの飾り玉でつくったアフリカ土人の魔よけの面が、カラー写真の額とならんで、かかっている。クラシックカーの王様、といわれるデューセンバーグの、スピードスターというスポーツカーの写真だ。エキゾーストパイプが四本、そとがわに露出したその真紅の車体をながめて、近藤は、ここへきた目的を思いだした。

「きみ、車を持ってるか？　ぜいたくはいわない。走りさえすりゃ、いいんだが」

「ええ。とめられないといけないから、両国へおいてきたけど——もともと、兄の車なの」

「そいつを、つかわせてくれれば、話にのってやってもいいな」

近藤は、角砂糖入れに指を入れながら、いった。膝にひろげた紙ナプキンに、もう九つばかり角砂糖がのっている。それを、ひとつ増やしたとたん、カウンターで電話が鳴った。マダムが受話器をとりあげて、すこし小声の受けこたえをしてから、

「お待ちかねの電話ですよ、名人」

近藤は、紙ナプキンにつつんだ角砂糖を、ポケットにしのばせて、立ちあがった。象《ぞう》牙《げ》いろの受話器をうけとって、耳にあてると、

「やあ、《バラバ》においでとは、どういう風の吹きまわしかね」

と、土方の声が、屈託なさそうに聞えてきた。近藤もさりげない声で、いった。

「ちょっと、通りかかったんで、よっただけさ。その後、どうしたかと思ってね。でも、急用ができたんで、帰りかけてたんだ」

「そりゃあ、間にあってよかった。なにか、話があるそうじゃないか」

「大したことじゃない。芹沢が死んだことを、もし知らないでいたら、耳に入れといてさしあげたくてね」

「ありがとう。もう聞いたよ。したがって、そんなニュースだけじゃ、ぼくは手をひかないね」

「どういう意味だろう？」

「ぼくごときにまで、気をつかっていただいて、かたじけない、という意味さ」

「こちらこそ、痛みいるね。じゃあ、また――切らずにマダムにお返しするよ、この電話」

近藤は受話器を、マダムの手にわたして、

「ええと、サンドイッチとコーヒーは、いくらかな？」

「ご心配なく。このひとに背負わせますわ」

と、右手の受話器を左手でゆびさして、マダムがいう。近藤は千円札を一枚、カウンターにのせて、

「それじゃあ、こんど彼にあったとき、大きな顔ができなくなるよ」

「そうおっしゃるなら……これ、お返しです」

魔法みたいに、百円硬貨が四枚、千円札の上にならんだ。近藤は、友子と洋子をうながして、ドアをあけた。その背に、受話器をかるく持ったまま、マダムが声をかける。

「みなさん、お仕事の片がついたら、商売ぬきで集りません？　ブリッジでもやりましょうよ」

「なんて、儲《もう》けをのこらず奪りあげる気じゃないかな、マダム？」

近藤はふりかえって、いった。

往来へでると、ちょうど通りかかったタクシーを、洋子がとめた。ネオンが盛大にかがやきだした大通りを、東両国にむかって車が走りだすと、友子は、近藤の耳に、口をよせた。

「いやなマダムね。和服に、時計のペンダントなんかしてさ。サンドイッチがおいしかっただけに、癪《しゃく》にさわるわ。あたしのこと、お嬢さんだって」

「だいぶ、敵意を持ったらしいね。でも、美人だろう？」

「ふん、あれがミスタ・Bの恋人？」

「パトロンヌってとこだろうね。どのていどの関係か、よくわからないんだ。あのバーの屋上に温室があって、金のなる木が茂ってるんだ、という説もある」

「あんなのとつきあってるから、気障《きざ》になったのね、ミスタ・Bは。さっと、そうよ。角砂糖なんて、けちなんじゃないもの、失敬してくればよかったのに」

「なんだ、見てたのか」

近藤は、苦笑した。友子はジャンパーの下に、手をつっこんで、

「あたしは、ほら」

ひっぱりだしたのは、にぎりの部分に、凝った彫刻のしてあるフォークが一本。

g

高原洋子の兄の車は、五七年のシボレーだった。ひどく汚れて、店のわきの道路にとめてある。洋子は、小さなハンドバッグから、キイをとりだして、

「やつらのあとを、これでつけてったの。もうガソリンを入れなきゃ、だめだわ。このさきのガソリン・スタンドへいって、兄の名前をいえば――」

「わかった」

近藤はうけとったキイで、シボレーのドアをあけると、友子にいった。

「きみは、このなかで、待っててくれないか。このひとと、ちょっと話があるんだ」

「でも、いいの？　こんなことしてて」

友子は、不服そうな顔つきだ。

「差出口は、しないはずだったろう？」

近藤は、友子を車へおしこんでから、洋子をうながして、通用口のドアに手をかけた。

「二階の部屋は、あいてるかい？　地図を書いてもらわなけりゃならないし、聞いておきたいこともある」

「ええ、あいてるわ」

とたんに、内がわからドアがあいた。近藤は、紫いろの服をきた大男と、顔をつきあわした。禿《は》げあがったひたいが、さっと服よりも紫ばんで、

「畜生、いまマスクをしてくるからな。待ってろ。こんどこそ、勝負をつけてやる」

「いいのよ、兄さん。このひとに沖田のことを、たのんだんだから」

洋子はさきに立って、せまい廊下を入っていった。二階へあがると、大女は、小さなデスクの前の椅子《いす》にかけて、万年筆をとりあげた。キャップをはずして下へむけると、軸にかいてある水着の女が、裸になるボールペンだ。

ほかには椅子がないので、近藤は、おくのカーテンをあけた。ベッドに腰をかけると、

「さっそくだけれども、きめるものを、きめておこうじゃないか」

「きめるものって？」

「まさか、ただ働きさせる気じゃないだろうね。きみだって、沖田にくっついてあるいてるんだから、おれたちの商売は、知ってるはずだぜ」

「お金をとる気？」

洋子は椅子から、ころげおちそうになった。

「あたり前さ。沖田は死にかけてるんだろ？　病気なら、医者にかけるところだ。いい医者にかけるほど、金もかかるってものさ。なにしろ、人間ひとりの命を助けようってんだからね」

「わかったわ。いくらなの？」

「坂本老人のボデガイドを――」

「ボデイガードでしょ？」

「ばあさんの口調が、うつったんだよ。あの場合は、二十万だったがね。こっちは、いわば内輪のとりひきだから、半値にまけとこう」

「半値って？」

「ご婦人は、数字につよいはずだがな。二十万円の半分は、十万円さ」

「そんなお金、ないわ」

洋子は椅子から立ちあがると、哀願の表情で、近藤の肩にすがりついた。

「そんな残酷なこといわないで、早く助けにいってよ。ねえ、おねがい。三万円ぐらいなら、あとでなんとかするからさあ」

「こういう金はあとになると、払いたくなくなるものさ」

「いま五千円ぐらいしか、ないんですもの。ほら」

洋子は片手をテーブルにのばして、バッグから五千円札を一枚、ひっぱりだした。それを、細長くしごいて、近藤の胸ポケットにおしこみながら、

「いまは、これだけで勘弁してよ。恩にきるわ。あなたのほかは、頼るひとがないの」

「きみの香水は、刺激的すぎるな」

近藤の目の前で、トレアドルパンツの腰が、変なくねりかたをした。香水のにおいが、ますますちかづいて、

「いってくれるわね？　うれしい」

洋子のくちびるが、おもちゃの鉄砲から発射された赤いゴムの吸盤みたいに、近藤の顔へとんできた。近藤はそのショックと、胸にかかってきた乳房の重量をうけとめかねて、あおむけにたおれた。くたびれたベッドが、鯨の背中のようにゆれる。すこぶる、技巧にとんだ接吻《せっぷん》だった。ズボンにさした拳銃《けんじゅう》が、腰にあたって痛いのも、たちまち感じなくなった。酸素を補給するために、洋子がつかの間、くちびるをはなしたとき、

「どうして、こんなに女に持てるんだろう」

といおうとしたが、舌がしびれて、動かないくらいだった。深呼吸もしないうちに、近藤のくちびるは、またふさがれた。洋子の手は、首すじや胸や脇腹を、マッサージするみたいに、やわらかな弾力で、匍いまわっている。近藤は、窒息しそうになって、よ

く動く洋子のからだを、両手でおしかえした。左手が、熱いくらい汗ばんだ皮膚へ、じかにふれた。右手には、ナイロン繊維らしい、しっとりとなめらかな感触があった。

いつの間に、どう間ちがって、そんなことになったものか、トレアドルパンツはわきのジッパーがひらいて、腿のなかばまでずりさがっていた。近藤の左手は、ふてぎわな盲腸手術のあとが、ななめにはねあがっている脇腹へ、右手は、水いろのごく幅のせまいナイロン・パンティに、さわっていたのだ。もっとも、それがわかったのは、いきなり戸口で、

「なにしてるのよ。ひとを待たせといて」

という声があがって、洋子の上半身が、近藤をはなれたからだった。

「つまり、その……地図を書いてもらうとこなんだ」

と、近藤はいった。

「そう、パンティに書いてもらうの。そんなら、マジックインク、買ってきてあげるわ」

友子は憤然として、階段をおりていった。

第七章　ここでは角砂糖の用途がわかり近藤は三度めの気絶をおこなう

a

近藤は、シボレーのドアをあけた。シートにからだをすべりこませると、紙ナプキンに洋子がヌードペンで書いた略図を、これ見よがしにハンドルの上へひろげる。

「この陽気でしょ。バセコンが腐りだして、となりの部屋へ臭《にお》いやしないか。あたし、気が気じゃないのよ。となりのおかみさん、ものすごく鼻がきくんですもの。アパートじゅうのご飯のおかずが、いながらにして匂《にお》いでわかる、というくらいなんだから」

友子が口をとがらして、文句をいった。

「心配ご無用。あんなに、しゃっちょこ張ってるうちは、腐りゃしないよ。それに、まだ八時だ。もっと夜がふけなきゃあ、バセコンをはこびだしたところで、始末のしようがないじゃないか。時間を考えあわせて、わざとのんびりしてたんだぜ、ぼくは」

「だったら、どうぞ。もういちど二階へあがって、時間をつぶしたらいいわ。あたしは、ここで待ってます。あんな女とは、口をききたくないもの」

近藤は返事をしないで、シボレーを走りださせた。ガソリン・スタンドによってから、神田へむかって走りだすと、友子はまた口をひらいた。

「口紅ときたら、子どもの塗り絵みたいに、くちびるの二倍ぐらい、はみださせてあるし、アイシャドウは、セルロイドの光線よけをつけてるみたいだし、気が知れないわ、まったく」

「ひとには、それぞれ信念があるものさ」

「あれが、信念なの？　ミスタ・Cが殺されかけてるってのに、あなたを誘惑するのが」

「ぼくが、助けにいくのを渋ってみせたから、奥の手をだしたつもりなのさ、あれは。おとといの晩の――きのうの朝か。きみの気持と、おなじようなもんだ」

「あたしは……そんなつもりじゃなかったわ」

「すると、きみは、ぼくに惚《ほ》れたってことになるぜ。いいのかい？」

友子は、返事につまった。ハンドバッグから、新生を一本だして、乾電池をかたどった宣伝ライターを、カチカチ鳴らした。けれど、つかない。舌うちして、バッグに投げこんだ。近藤は、ハンドルから右手をはなして、カー・ライターのスイッチを入れてやってから、その手を友子の腰にまわした。

「そうか。わかった。それで、やきもちをやいたんだね。安心したまえ。ぼくはあんなアウト・ドア・タイプの大女より、ライターでも手帳でも、宣伝にもらったものを活用するようなタイプに、弱いんだから」

「あのときは、あんたが好きだったわ。でも、いまは大っ嫌《きら》い。手をひっこめないと、刺しころすわよ」

友子の左手は、フォークをにぎって、近藤の脇腹に、つきつけていた。

「せっかくついたライターの火が、消えちゃうぜ。その灰皿のわきに、とびだしたのがそうだ。ちょっと買物を思いだしたから、この横丁へとめるよ。さっき通りすぎた店に、グラインダーを売ってたようだ」

近藤は、車からとびだしていったが、五分とたたないうちに戻《もど》ってくると、友子の膝に、大小ふたつのつつみをおいた。

「なによ、これ？」

「小さいつつみの中身は、やすりが一本、ほかにサンドペイパーだ。いますぐ、はじめなくてもいいがね。埼玉県へつくまでに、これをつかって、フォークのさきを尖《とが》らしておいてくれ」

「尖らして、どうするの？」

「むこうには、怖いのがふたりも、いるって話だ。武装も核兵器まではとにかく、いちおう、ととのってるにちがいない。こっちは、F氏のかたみのコルトだけ。七連発でも、弾は二発しかない、ときてる。だから、武器の足しにするのさ」

「心細いはなしね」

「乏しい武器でたたかう、というのは、日本の伝統にもかなってるじゃないか」

「精神力で、おぎなえっていうの？」

「いいや、あたまの働きさ」

「こっちの大きなつつみは？」

「邪魔だろう。うしろへ、ほうりこんどけよ。研磨材料店のとなりに、ちょうど古着屋があったんでね。帽子とレインコートを、買ったんだ」

「帽子なんぞかぶると、早く禿げるわよ。ミスタ・Bも、いまに後悔する、と思うんだ」

「やつはちゃんと、おまじないをしてるそうだ。見たわけじゃないがね。それに、ぼくがかぶるんじゃないよ、そのシャッポは。つかい道は、じきわかる」

　シボレーは、友子のアパートのわきにとまった。ふたりは、露路から窓を経由して、部屋へ入った。バセコンは、押入れのなかで、あいかわらず固くなっていた。畳の上へひっぱりだすと、近藤は、車からかかえてきたつつみをひろげて、まず帽子をかぶせた。

「こうすりゃ、顔が見えないだろう？　車の窓をのぞかれても、どうにかごまかせる」

「大丈夫かしら。いまはまっ暗だから、帽子なしでも顔は見えないけれど」

「大胆に、しかも、落着いて。これが、秘訣《ひけつ》さ。となりにまわったきみが、話しかけたり、タバコを吸わせてやったりすれば、だらしのない酔っぱらいだ、としか思わないよ、ひとは」

「じゃあ、シートにすわらせていく気？」

「だから、レインコートをきせて、車へかつぎこめるように、手足を折りまげるんだ。きみも手つだってくれ」

近藤は、死体の肩に手をかけた。友子もこわごわ、手をのばした。とたんに、死体の口から、しゃっくりみたいな声がもれた。友子は、近藤にしがみついた。

「生き、生き、生きてるわよ、これ」

「落着いて！　怖がっちゃあ、いけない。生きかえってくれりゃ、大助かりじゃないか。でも、いまのは動かしたひょうしに、歯のあいだから、ガスかなんかが、漏れただけだよ」

b

板橋のはずれまでくると、近藤は林のなかの小道へ、車を入れた。友子を見張りに立たせて、うしろのトランクをあける。そのなかへ、帽子とレインコートをぬがせてから、バセコンの死体をおしこんだ。ふたたび、車が走りだすと、近藤のとなりへ席をうつした友子が、フォークにやすりをかけながら、いった。

「いまの林のなかへ、棄てちゃえば、よかったのに」

「タイヤの跡から、足がついたりしたら、めんどうじゃないか。もっといい場所が、あるはずだよ」

「どこかへ穴でも掘って、埋めるの？」

「手が汚れるね。シャベルは、ないんだぜ。こんなものしかない」

近藤はハンドルから、片手をはなした。その手で、シートから持ちあげて見せたのは、一本の金てこだった。

「どこにあったの、それ？」

「トランクのなかに、ころがってたんだがね。ほかに細い針金の束もあったから、なにかつかえるかと思って、だしといたよ。これ一本で、バセコンのお墓を掘るとなると、たいへんだよ」

「わかったわ。それを針金でくくりつけて、錘《おもり》にするんでしょう？　川へ沈めるつもりね？」

「ちがった。沖田を助けだしたら、かわりにバセコンをおいてくる気さ。つまり、製造元へ返品するわけだな」

「やっぱり、くろうとの考えはちがったもんだわ。ねえ、こんなことでいいかしら」

友子はサンドペイパーから、フォークをはなして、かざしてみせた。車内灯は消してあったが、ダッシボードのほのあかりに、尖った歯がするどく光った。

「いいだろう。きみは、それとやすりを持ってろ。そのやすり、重いやつを選んどいたから、棍棒《こんぼう》のかわりになる。もう敵陣に、だいぶちかづいたはずだぞ」

近藤は、ライトを上むきにした。もう埼玉県へ、入ったらしい。長い道が、ライトにくっきり、浮かびあがった。電灯《でんとう》のかずがすくなくなって、まっすぐつづいた道は、空といっしょになるあたりだけ、いやに明るい。月のおそい空は、星でいっぱいだ。その空と地上とのさかい目が、地震計のグラフみたいに不規則にひくまってきたのは、高い建物がなくなったかわりに、木立がふえはじめたせいか。道の両がわにも、埃《ほこり》をかぶった並木がある。ライトをあびると、それが銀粉を吹きかけたように、かえって美しい。

車の量は、思ったほど多くない。

「どうして、バセコンは殺されたのかしらね？　あたしを懲らしめる道具に、死体がひとそろい、入り用だったからじゃないでしょうねえ。いくらなんでも、それじゃあ、気の毒だわ」

膝の上で、フォークとやすりをにぎりしめながら、友子がいう。

「もちろん、順序は逆さ。死体がひとそろいできあがったから、きみを懲らしめる道具につかったんだ。奥多摩でみつかった男とおなじように、バセコンも、よけいなことを見すぎたからだよ、きっと。だから、ボスが死ぬ前に註文して、製造させたんだな、このびっくり人形は」

と、親指を立てた片手をふって、近藤は肩ごしに、リアウインドウをさししめしながら、

「ことによると、こいつ、トラック襲撃に参加したのかもしれないぜ。紙幣用紙をはこんださきを、知ったが因果、身のおわり、というやつじゃないかな」

「だとすると、ねえ、あたしたちの目的地、倉庫みたいなところだっていってたでしょう、あの女？　そこが、紙のかくし場所なんじゃないかしら」

「きみから請負ったしごとに、車が入り用だったというだけで、ぼくがこんな危険なことを、ひきうけるはずはないじゃないか」

「じゃあ、あんたも、そう思ったの？」

「思った。ただし、高原洋子が、ぼくに嘘《うそ》をついてる、という前提のもとにだがね、沖田は新橋の長井ビルを見張ってて、逆にとっつかまった、と女はいってる。だが、そうじゃなくって、長井ビルからだれかが出ていったのを、沖田と洋子が、この車でつけたのかもしれない。これからいくところまで、つけていった。だれかは、倉庫に入ってい

沖田だけがおりて、様子をうかがう。ところが、残念、とっつかまった。洋子はあわてて、逃げだした。けれど、沖田を見すててはおけない。思いあぐねて、ミスタ・Bに、相談することにした」

「そんな想像をする理由があるの、なにか?」

友子が聞くと、近藤はダッシボードから、灰皿をひきだして、

「見えないかな。ハンドルよりに、口紅のついた吸殻《すいがら》があるだろう? そっちの吸殻には、ついていない。その呆《あき》れるばかり短いのは、きみがさっき吸ったやつだ。ぼくがいうのは、その下のさ。どれも、新しいね。だから、洋子が運転して——」

「あたしんとこに、沖田がすわってたんじゃあ、ないかっていうの?」

「もちろん、吸殻だけじゃあ、確証にはならない。両国さして逃げかえるとちゅう、救援資金の不足を感じて、白タク稼《かせ》ぎをしたのかもしれないしね。けれども、沖田のつかまったのが新橋じゃあ、あんまり希望は持てないからな。つい、嘘だ、と思いたくなってくる。捕虜をわざわざ、紙のかくし場所につれてくことはないもの」

「でも、嘘をつかなきゃならない理由が、洋子にあるのかしら」

「大ありだよ。ぼくの想像どおり、とすれば、救助隊の出動を見こして、敵は警戒を厳重にしてるわけだろう? そんなこと、はっきりいったら、だれだって尻ごみするじゃないか」

と、近藤がいう。その横顔を、まじまじ見ながら、友子は大げさに肩をすぼめた。

「呆れたわ。頰っぺたいちめんに口紅を移されながら、あんた、そんなことを考えてたの？」

c

道の舗装がずさんになって、車はしばしば尻をはねあげる。心細げに、友子がいった。

「こんな遠くへきちまって、いいのかしら」

近藤は、紙ナプキンの地図をひろげて、

「病院の立看板があって、そのさきを右へ曲るんだ」

「あれじゃない？」

友子が、立看板を見つけた。右へ曲ると、雑木林のあいだに、道はせまくなっていく。

「この車で、いけるのかしら」

「大丈夫だよ。高原洋子は、この車であとをつけたんだからね」

砂利道は泥にかわって、凸凹がひどくなるばかりだ。車は電気マッサージ機に化けたみたいに、ゆれつづけた。小さな川がある。橋をわたった。友子がいった。

「道がちがうんじゃ、ないのかな？　地図だと、曲ってすぐみたいよ」

近藤は、返事をしない。右がわに、ひくい藪《やぶ》がつづいた。ところどころに、白くかたまっているのは、小手毬《こでまり》の花らしい。そのむこうに、どこかの会社の建設予定地か、野球場なのだろう。クリンプ網塀《あみべい》が、長ながと見える。藪のはずれの十字路を、左へ曲った。道はまばらな松林のあいだを、だらだらとくだっている。近藤は、松のあいだへうしろむきにのりあげて、車をとめた。ライトを消しても、あたりはそれほど暗くない。のぼりはじめたのだろう、月が。

近藤は、死体のカモフラージにつかった帽子をかぶると、車からおりた。左わきに針金の束と金てこを、レインコートにつつんでかかえている。

「この林の、むこうがわのはずだ。ちょっと、偵察《ていさつ》してみよう。見張りが立ってると、いけないからね。足もとに気をつけて、ころんでも声は立てるなよ」

「わかったわ。車のドアに、鍵《かぎ》をかけなくていいの?」

「まさか、こんなところに、自動車泥坊《どろぼう》は出没しないよ。鍵をかけると、逃げだすときに、めんどうだ」

近藤は、さきに立って、松のあいだをすすんだ。地面はだんだん、爪《つま》さきあがりになって、とつぜん目の前から、じゃまな枝葉がなくなった。松林はそこで崖《がけ》になって、といっても、たかだか、三メートルちょっとぐらいの高さしかないが、その下はひろい空地だ。

崖よりに、木造家屋がひとつ、建っている。屋根はトタン張だが、いかにも頑丈《がんじょう》そうなつくりで、たしかに倉庫といった感じだ。こちらにむいた羽目板には、ひとつも窓があいていない。ただ、すみの屋根びさしの下から、ブリキの煙突がひとつ、ななめに突きだしている。その下のほうに一枚板のドアがあって、そこと崖とのあいだに、ロビンソン・クルーソーが建てた電話ボックスみたいなものがあるのは、いなかでいう外後架《そとごうか》――屋外便所にちがいない。倉庫としても、倉庫番がすみこめるようになっているのだろう。

空地は建物のむこうに、ずっとひろがって、その大半を、大きな矩形に有刺鉄線でかこってある。いずれは工場でも建つらしいが、いまはボール箱をひろげたのや、むしろを雨よけにして積みあげたドラム罐《かん》のほかには、シートをかぶった機械のたぐいが、かこいのなかを占領している。電灯らしい光は、どこにもない。だが、月あかりで、ひと通りのことは見わたせる。崖のはじにしゃがみこんで、観察している近藤に、うしろから友子の声がささやいた。

「だれも、いないんじゃない？」

「そんなことはないな。見ろよ」

近藤も小声でいって、目の下をゆびさした。

友子がのぞくと、自動車の屋根が、大人国の弁当箱みたいに見えた。

「デイムラーだぜ。新橋で、ぼくをプレスしようとした車だ。倉庫のなかには、かならずだれかいるよ」

「窓のないのが、癪《しゃく》にさわるわね」

「むこっかわへまわれば、窓のひとつぐらいはあるだろうよ、きっと」

「おりてみる?」

ささやきかける友子の手をひっぱりながら、近藤は、松のあいだへひきさがって、

「その前に、打ちあわせをしておこう。あの道が、のぼり坂になって、車をとめたところへでるんだぜ。逃げるときは、あっちからだ。下へおりたら、まず倉庫のなかの様子をさぐる。それがすんだら、ちょっとぼくは、あの車にいたずらをするからね」

「どんないたずら?」

「万一の用心に、あいつを手なずけておきたいんだ。きみの嫌いなマダムのところで、ぼくが角砂糖を、すこしばかり失敬したの、おぼえてるだろう?」

「だって、馬じゃあるまいし、砂糖で車がいうこときくもんですか」

「馬とおなじさ。何馬力って、いうくらいでね。ボンネットをあけて、潤滑油のなかに、角砂糖をほうりこんでおけば、だよ。万一、ぼくたちが逃げたあと、やつらがあの車で追いかけてきても、たちまちクランク・シャフトが焼きついちまう。分解修理いがい動かす手はない、ということになるんだ」

「ほんと?」

と、半信半疑の顔で、友子は聞いた。

「ほんとうさ。砂糖がなけりゃあ、トロロこんぶでもいいんだ。ガソリンへ入れるほうが、ボンネットをあけずにすむから、ほうりこむのは簡単なんだがね。角砂糖は、十箇しかない。うまくシリンダーが焼きつくかどうか、自信がないんだ。潤滑油なら、これだけでじゅうぶんだから」

「そんなにめんどうくさいんなら、イグニションっていうの？　あの鍵をさしこむ穴へ、チューインガムをつめるとか、なんとかしたほうが、手っとり早いんじゃない？」

「ドアをこじあけるより、ボンネットをあけるほうが、簡単だよ。それに、イグニション・キイがつかえなくたって、車は動くんだ。セルモーターが手動式のやつならね。あの年式のデイムラーはどうなってたか、おぼえてないけれど――チューインガムのでも、タバコのでも、とにかく、銀紙をメインスイッチの裏っかわへ貼《は》りつけりゃあ、走れるんだよ」

「やっぱりだめか、しろうとの発言は」

「だいいち、ただ動かなくするだけなら、砂糖もトロロこんぶもいりゃしない。ボンネットをあけたら、ディストリビューター――つまり、配電器だね。その蓋《ふた》をとって、なかにあるローター――配電子ってやつを、はずしちまえば、いいんだ。でも、それじゃあ、動かないってことが、のったとたんにわかっちまう。はじめから、がっかりさせちゃ、気の毒だろう? すこしは、走らせてやらなきゃあ。砂糖をつかうのは、敵に対する甘い思いやりってとこかな」

「けっきょく、意地悪なんじゃない? けれど、そのほうが、たしかに痛快だわね。そんな深慮遠謀、知らなかったもんだから、軽蔑《けいべつ》したようなことといっちゃって、ごめんなさい」

「罰として、教えてもらいたいね。きみは、鼻のわきに傷のある男を、知ってるんだろう? こないだ、ぼくの刺客《しかく》になった三角野郎さ」

「ええ、小野崎っていうの。顔をあわしたのは、あのときが二度めだけれど、芹沢のはなしだと、殺しのエキスパートだそうよ」

「皮手袋の感触を、喉《のど》になつかしく思いだすな」

近藤は、首すじを大げさになでてから、その手を友子の肩にかけて、

「じゃあ、こうしよう。いいかい?」

d

レインコートを尻《しり》に敷いて、まず友子が崖をすべりおりた。近藤が見おろしていると、友子はなかなか立ちあがらない。これっぱかしの高さだから、まさか尾骶骨《びていこつ》を打ったわけではないだろう。間もなく、立ちあがったところを見ると、耳をすましていたにちが

いない。レインコートをかかえると、羽目板づたいに倉庫をまわって、反対がわをのぞいた。こちらをふりかえって、手をふっている。

近藤は、手をふってこたえてから、崖をすべりおりた。羽目板づたいに、倉庫をまわっていく。反対がわには、両びらきの板戸があった。トラックが入れるくらい大きな戸で、左がわに、小さなくぐり戸がついている。その大戸のならびに、横ながの窓が電灯《でんとう》にあかるんでいて、友子がしきりにのぞいていた。

靴音《くつおと》をしのばせて、ちかづいてみると、すみの窓ガラスが一枚われている。間にあわせの修理に、板が二枚うちつけてあった。その板の隙間《すきま》に、友子は顔をおしつけている。これならば、月あかりでこちらの影が、窓ガラスにうつる心配はない。近藤がちかづくと、友子は隙間をゆびさしてから、場所をゆずって、窓の下にしゃがんだ。近藤はうなずいて、板のあいだに目をあてる。

倉庫のなかには、ブリキの笠《かさ》をつけた電灯が、天井からひくくさがって、ともっていた。その下に、白木の大きなテーブルがおいてある。テーブルのまんなかには花札がちらばって、手前のはじにはレバーアクションのライフル銃が一丁、むこうのはじには、おしゃもじみたいな黒いものがのっている。棒状のゴム製で、さきのふくらみに鉛を入れたブラックジャックだ。むかいあって、コイコイをやっているひとりは小野崎で、いつかとおなじ黒い服。といたネクタイを首にかけて、ワイシャツの襟《えり》を大きく、くつろげている。もうひとりは、腫《は》れぼったい顔つきの、まっ黒に日やけした男だった。赤いポロシャツをきて、からだつきは頑丈そうだが、あまり背は高くない。

正面と、うすぐらい左右には、木箱やボール箱が、高く積みあげてあって、便所へでるドアはぜんぜん見えない。沖田のすがたも、見えなかった。とつぜんすぐちかくで、羽目板を蹴《け》とばす音がした。小野崎と黒い顔の男が、こちらをむいた。近藤は首をすくめた。

「すこし、おとなしくできねえのかよ」

黒い男が、黒いブラックジャックの皮ひもに手首をとおして、柄をにぎると、立ちあがった。羽目板のすぐむこうで、みょうな声がした。赤いポロシャツの腕が、ブラックジャックをふりあげて、かすれた声を張った。

「首の骨をたたき折ってやろうか。そうすりゃあ、手間がはぶけるんだからな。いつも手ごころすると思うと、大間ちがいだぜ」

「雲助みたいな脅しかた、するなよ。ここへおつれしろ。勝負のじゃましないように、おれがお願いしてみるから」

ガスライターの炎を長くだして、ピースに火をつけながら、小野崎がいった。腫れぼったい顔が、ちかづいてくる。近藤は窓の下に、からだをすくめた。間をおいて、板のあいだをのぞいてみると、小野崎の足もとに、沖田がころがされていた。髪の毛がくしゃくしゃに乱れて、口には電気屋のつかう絶縁テープが、二重三重に里ぐろと貼りつけてある。そのまわりが、鼻血でまっ赤だ。

「こちらさん、水虫がかゆいんで、足をばたつかせてるんじゃあ、ねぇのかな。靴をぬがして、さしあげなよ。靴下もだぜ」

と、小野崎がいった。黒い男が、ブラックジャックを手首にぶらさげたまま、沖田の足を持ちあげる。膝《ひざ》の下を、ぐるぐる巻にしばっている赤茶けたゴムは、自転車のタイヤのチューブらしい。

「趣味のいい靴下を、はいてるね。おっと片っぽだけ、ぬがせりゃいいんだ。風呂へ入るひまがないほど、忙しいとみえて、足のうらは汚ねえな。だから、水虫がはびこるんだぜ」

といいながら、小野崎はガスライターの火をつけて、

「Cさんよ。ちょっと荒療治だがね。水虫は、ひろがらないうちに焼いちまうのが、いちばんいいそうだ。やってやろうか。そしたら、静かにしてくれるだろ？」

テープの下で、沖田の声がうめいた。赤いポロシャツの腕に、足を持ちあげられたまま、上半身でもがいている。その腕のところにも、赤茶けたゴムが巻きついていた。小野崎は、左手のタバコをくちびるにはさんで、テーブルのはじから、絶縁テープの黒い大きな輪をとりあげた。それを、左の中指にかけて、くるくるまわしながら、

「それでも、静かにしてもらえないなら、こいつをつかうぜ。ブラックジャックが骨をくだく音ってのは、あまり聞きたい気の起らねえもんだ。そこへいくと、こいつはきれいごとさ。すこし切りとって、ぺたりんこと鼻の穴へ貼りつけりゃあ――あちちちちっ！」

小野崎が、とびあがった。

音たかく、椅子《いす》がたおれる。ガスライターと絶縁テープが、テーブルの上におどって、カタカタ鳴った。外国映画のギャングを気どって、口にタバコをぶらさげたまま喋《しゃべ》っていたものだから、くちびるを歪《ゆが》めたひょうしに、くつろげたシャツのなかへ、ぽろり、火のついたピースが落ちこんだのだ。

絶縁テープの黒い輪は、笑いがとまらない、といった格好で、くるくるとテーブルから落ちて、どこまでもコンクリートの床をころげていった。

e

近藤は、そのさわぎのうちに、しゃがんでいる友子の耳へ、早口にささやきかけた。肩をたたいて、窓をはなれる。倉庫のうらへまわると、デイムラーにちかづいて、

「ちょっとあけて、小野崎さん。あたしよ。友子よ。ねえ、急用があるの」

と、友子がいう声と、大戸をゆする音を聞いてから、ボンネットを持ちあげた。

ポケットから、紙ナプキンのつつみをとりだす、なかの角砂糖を、紙についた粉までのこさず、オイルキャップに落しこむ。もとの通りにあとしまつして、近藤は車をはなれた。くぐり戸のあく音と、小野崎の声が聞えて、友子はもう、倉庫のなかへ入ったらしい。

近藤は、崖下においてあった金てこと、針金の束をかかえて、裏口へしのびよった。ドアはあかない。鍵穴がないから、内がわに掛金がついているのだ。めがねのつるから、ピンをぬきとる。ドアの隙間にさしこんで、下から上へ走らすと、手ごたえがあった。音をたてない用心に、掛金を浮かしたままドアをひく。ピンであやしながら、掛金を落した。ひらいた隙間に、

「ほんとよ。そりゃあ、あたし、長井さんから退職金はもらったわ。でも、まだボスには忠誠をつくす義務がある、と思って、駈《か》けつけてきたの」

と、友子のまくしたてる声が大きくなった。近藤は、にやにやしながら、めがねのつるにピンをしまって、ドアに手をかける。建てつけが、ひどく悪い。このままひっぱったら、とてつもない音がしそうだ。つかえたところを金てこで、そっとこじった。内がわはハガキ大の土間で、おままごとをするようなガス台と流しが、左右にある。一段高く三畳敷の小部屋があって、天井がつかえそうなのは、列車の寝台みたいに、上にも一段か、もう二段、寝られるところがあるのだろう。倉庫とのしきりは、カーテン一枚ら

しい。いまはすみにしぼってあって、左がわに積みあげた紙箱が、壁のかわりをしている。

そのむこうから、

「ボスはあたしを、お払い箱にしてから死んだわけじゃ、ないじゃない？　信じてくれなきゃ、くれないでもいいけどさ。あたしはまだ、仲間のひとりのつもりでいるのよ。でなきゃあ、こんなところまで、すっとんでくるわけ、ないでしょう？」

と、友子の早口が聞えた。近藤はガス台のわきをまわって、紙箱のかげに入ると、針金の束をほぐしはじめた。

「そりゃあ、そうかもしれねえな」

相撲《すもう》の解説者みたいな声は、黒い顔の男だ。友子の声が、それにつづいた。

「ほんとに聞いたのよ。地下鉄の新橋駅で、こいつの女とミスタ・Aが相談してるとこ」

近藤は、ほぐした針金のはしを、金てこにむすびつけた。小野崎の声が聞える。

「そうすると、あの野郎、おっつけここへつくころだ、というんだな？　あんた、きょう自分のアパートから、出てきたのかい？　おべべが変ってるようだが……」

「アパートへは、帰れない事情があるの。これは友だちんとこで、借りたのよ。このジャンパー、男ものなのがわからない？　なんだって、そんなこと聞くのさあ」

「べつに、理由はないがね」

「そんなに、のんびりしてるときじゃないわよ。あたし、車をひろうのに手間どったから、間にあわないんじゃないかって、やきもきしながら、駈けつけたのに」

友子がいうのを聞きながら、近藤は紙箱のへりに、金てこをしっかりさしこんだ。小野崎の声がいっている。

「まさか、ここの前までタクシーを、のりつけたんじゃあるまいな、あんた」

「そのくらいの用心はしたわよ。ひょっとすると、ここが例の紙のかくし場所じゃないかって、考えたから。車の音、聞えなかったでしょう？　遠くでおりて、歩いてきたわ。だから、よけいに心配したのよ。やつの車は、どこにも見あたらなかったけど」

「用心はよかったが、その心配はご無用だったよ。紙なんぞ、もうここにはないさ。話はわかった。念のために、まわりを見といたほうが、いいかもしれないな。黒ちゃん、ちょっと見てきてくれ」

「おれひとりでか。ハジキもねえのによ」

赤いポロシャツの男は、黒ちゃん、と呼ばれているらしい。絞めころされるような声で、心細いことをいった。

「びくびくするなよ。じゃあ、おれが見てくる。この女には、まだ気をゆるすんじゃねえぞ」

小野崎の声につづいて、テーブルがカタンと鳴ったのは、ライフル銃をとりあげたのだろう。黒ちゃんは、ほっとした声で、

「ああ、大丈夫だとも」

くぐり戸が、音を立てた。近藤はあわてて、ガス台のわきをまわると、そっとドアの掛金をかけた。紙箱のところへもどって、帽子をぬぐと、金てこにかぶせる。三畳間の柱に針金をまわして、ゆっくりほぐしながら、積みあげた木箱と板壁のあいだへ、入っていった。隙間はからだを横にして、どうやら歩けるくらいだ。箱の山のあいだにも、ところどころ、せまい通路ができていた。その前を横ぎるときに、気をつけないと見とがめられる。といって、あんまりあわてると、針金をひっぱるおそれがある。柱を軸にして、ひっぱられた針金は、紙箱のへりにさした金てこを、ななめにたおすように、しかけてある。金てこが斜めになると、箱のあいだの通路には、帽子がひょいと、顔をだしたように見えるのだ。

それが、とちゅうで出てしまっては、なんにもならない。念入りに針金をのばしながら、足もとにも注意して、横あるきしていくと、ふたつめの通路に、絶縁テープの輪がころがっていた。苦労してひろいあげると、ポケットに入れる。光のさしこむなかを、さっと横ぎったとたん、くぐり戸のあく音がした。小野崎がもどってきたのだ。

「いまのところ、怪しい気配はないいな」

「でも、心配だわ。ここ、裏口はないの？」

と、友子がいう。近藤は、いちばん奥の通路まできて、立ちどまった。壁ぞいに曲って、もっとさきまでいけば、帽子がでたとき、小野崎のまうしろに飛びだせる。だが、もう針金がない。黒ちゃんの声が聞えた。

「便所へでるドアがあるよ。この見当だ」

「そこからもう忍びこんで、かくれてるんじゃない？　あのかげあたりに」

と、打ちあわせ通り、友子がいった。それをきっかけに、針金をひかなければならない。けれど、まだ準備ができていないのだ。せまい空間では、右手で針金をひきながら、右腰の拳銃を左手でぬくことは、とうていできない。近藤はあせって、通路に一歩ふみだした。とたんに足もとから、積みあげた箱の上へ、さっとなにかが走った。

近藤の急な身うごきが、そこらに潜伏していた鼠《ねずみ》を、おびやかしたらしい。それも、大きなやつと見えて、木箱から紙箱へ逃げさる足音が、とほうもなく轟《とどろ》きわたった。

f

鼠の足音が紙箱のほうへ移って、ひびきわたるのといっしょに、五つのことが起っていた。近藤が、針金をひっぱる。紙箱のあいだの通路に帽子がのぞく。友子がさけぶ。

「あすこにいる！」

とっくにそっちをむいていた小野崎が、マーリン・ゴールデン三九A、ショート・ライフル二十六連発のレバーをあおる。近藤が木箱のあいだを、拳銃《けんじゆう》かまえて飛びだしていく。この五つの動きが、まったく同時に起ってライフルの連射音がしずまったとき、小野崎の背には近藤の拳銃が、黒ちゃんの背には友子のフォークが、つきつけられていた。

「銃をテーブルにおけ、小野崎」

近藤はひとが変ったみたいに、腹にこたえる声をだした。友子は、ほっと息をつくと、いきなり黒ちゃんの後頭部を、重いやすりでひっぱたいた。黒ちゃんは、なんにもいわずに、まっ黒な顔を床にたたきつけた。小野崎は舌うちして、ライフルをテーブルにのせた。

「よし、右手を上にあげろ。右手だけだぞ。左手はうしろへまわすんだ」

近藤は、コルトを右手に持ちかえて、ポケットから絶縁テープをとりだした。その折りまげて浮かしてあるはじっこを、小野崎の左手にあてがいながら、

「これを、つまむんだ。そうだ。おれがひっぱるから、力をぬくなよ。しっかり、つまんでろ。そら、はがれた。うまいぞ。手首へひと巻。ついでにふた巻。よしきた。こんどは、右手だ。ゆっくりおろして、うしろへまわせ。そうじゃない。不器用だな。左手に重ねるんだ」

小野崎は、うしろにまわした両の手首を、絶縁テープでしばりあげられながら、友子をにらみつけた。

「畜生、やっぱり、嘘《うそ》をついてやがったな」

歯がみする音が、聞えそうな声だ。友子は、黒ちゃんの背中に腰をおろして、沖田のいましめをほどいている。ふりかえると、舌をだした。

「嘘なんか、つかないわ。ちゃんとA氏は裏口から、しのびこんでたじゃないのよ」

「そうだよ。そうだとも。彼女は、嘘はついていない。かんじんの的がうしろから出てきたのが、お気の毒だっただけさ」

と、近藤はいって、テーブルのすみから、鋏《はさみ》をとりあげた。絶縁テープを切ってから、右手に拳銃を持ったまま、両手で椅子をつかむと、

「さあて、順序が逆になったが、すわらしてやるぞ。前かがみになれ。背中は曲げるな。お尻をもっと、つんだすんだよ。いいか、ちょっと痛いが我慢しろよ」

腕と背中のあいだへ、椅子の背もたれを、無理やりおしこんだ。小野崎はうめいて、近藤に助けられながら、どうやらすわった。手足が自由になった沖田は、口からはがした絶縁テープを、あおむけにした黒ちゃんの口へ、ていねいに貼りなおしている。

「箱のかげへまわって、針金をあつめてきてくれないか」

と、友子にいいつけてから、近藤は、テーブルの上の銃をとって、のこっている二二

口径の弾をはじきだした。沖田はタイヤのチューブで、自分がやられた通りに、黒ちゃんをしばりあげている。それがすむと、ブラックジャックを借用して、小野崎にちかづいた。小野崎は足をあげて、蹴《け》ろうとした。その膝へブラックジャックが、はげしい音を立てた。

「やい、さっきはよくも、ひとを馬鹿にしやがったな」

沖田の声は、調子がおかしい。片手で、口のまわりを揉《も》みながら、膝の痛みに歪んでいる小野崎の顔を、ブラックジャックでかるく叩《たた》いた。

「どうだ。こいつで、その大きなつらを、三角にしてやろうか」

「とっくに三角になってるよ。まあ、あんまりいじめなさんな」

と、近藤がいう。沖田は、絶縁テープに手をのばして、

「助けてくれたのは、感謝するがね。さしずはうけない。この野郎、殺したいくらいなんだ」

友子が針金をまとめて、金てこと帽子もいっしょに持ってきた。その針金で、近藤は小野崎の胸と足を、椅子に固定する作業をはじめた。沖田は、絶縁テープを縦よこ十文字に、小野崎の口へ貼りつけて、

「どうだ。もう一丁、サービスしてやろうか。あっちの野郎は顔がまっ黒けで、おもしろくなかったがよ。おめえの顔は、貼りがいがあらあ。遠慮するなって。ぺたりんこと

貼ってやるぜ、鼻の穴へ」

「もう、よせよ。ぐずぐずしていて、また邪魔が入るといけない。早いとこ、することをすまして、逃げだそう。沖田、車から――」

椅子のうしろにしゃがんだまま、近藤がいった。沖田はその背に、

「車できたのか。どこにある？」

「洋子さんのを、借りてきたんだ。松林のわきに、とめてある」

「おれが運転するよ。キイをくれ」

「さしっぱなしにしておいた。しかし、まだ――」

近藤は、立ちあがろうとした。そのとたん、後頭部に天井がふってきた。天井でなくて、ブラックジャックらしい、と気づいたときには、友子の悲鳴といっしょに、世界がみるみる遠ざかっていった。この事件に首をつっこんでから、三度めの気絶を、近藤はものの見事に、おこなってみせた。

g

こんどもまた、お墓になって、水をかけられているような気がした。条件反射、というやつだろう。目をひらくと、はたして友子の顔が、すぐ上った。

「しっかりしてよ。もっと、水をかける？」

「もう、けっこうだよ。沖田のしわざだな」

「車をぶんどって、逃げてったらしいわ」

「やつの車みたいなもんだ。怒るのは、すじちがいさ」

「でも、こんな恩知らずなはなしって、あるかしら。命をせっかく、助けてやったのに。あたしたち、どうやって帰るのよ」

「そうか。そいつを思案しなきゃいけなかったな」

近藤はテーブルにつかまって、顔をしかめながら、立ちあがった。

「だいじょぶ?」

と、心細そうな声で、友子が聞いた。

「大丈夫だ。おんなじとこばかり、殴られたもんだから、胼胝《たこ》になったらしい。おやおや、ひどいことになってるな。これ、みんな沖田がやったのか?」

小野崎の椅子は、木箱のきわへおしつけてあった。あおむけになった三角の顔は、口半分が腫れあがって、五角になっている。窓の下の黒ちゃんは、もともと腫れぼったい顔なので、あまり目立たないが、たしかに前より、デフォルメされているようだ。

「そうよ。まるで、ヒステリイの発作みたいだったわ。ふたりとも、死んじゃいないけど、お目めはとうぶん、あきそうもないわね」

「きみがご無事で、なによりだ。おめでとう」

「あたし、箱のかげに逃げこんだの。出てきてみたら、もう沖田はいなかった。そんなことより、ねえ、どうやって帰るつもり？　崖下の車は動かないし……とんだ深謀遠慮だったわね」

「遠慮ぶかいのは、生れつきさ」

「気がききすぎて、間がぬけることがあるのね、あんたみたいなひとでも」

「しめた。あすこに自転車があるぞ。きみ、のれるんだろう？」

近藤は、大戸のわきをゆびさした。木箱のかげに、自転車が二台、立てかけてあるらしい。それが、ハンドルだけ見えたのだ。

「がっかりさせて気の毒だけど、あれはだめ。どっちも、タイヤをはずしてあるの。タイヤはそばにころがってるけど、チューブがあそこで、ふさがってるでしょう？」

と、友子は黒ちゃんをゆびさして、

「あれを、なにかと取りかえてみたところで、やっぱりだめ、パンクだらけよ。沖田がころげまわったせいね、きっと。修理する道具はないし……」

「ぼくがねんねしてるあいだに、だいぶ調べたらしいな。まさか負傷兵を見すてて、退却するつもりだったんじゃ、なかろうね？」

「そうかもしれないわよ。こんなところに、長居は無用だもの」

「薄情だなあ。きみから請負ったしごとは、見事にしとげてやったのに。ぼくはさっきから、必死に笑いをこらえてるんだぜ。あたまに、ひびくからね。考えてみろよ。沖田のやつ、女のところへ帰って、トランクをあけたら、仰天するぞ。洋子なんぞは、死体を見て、五体をふるわすこったろう」

「それだけ舌が動けば、大丈夫そうね。あきらめて、歩きましょう」

友子は、床から帽子をとりあげて、近藤のあたまにかぶせた。近藤は、緊箍呪《きんこじゅ》の金輪《かなわ》をかぶせられた孫悟空《そんごくう》みたいに、しぶい顔をして、

「待てよ。この靴、買ったばかりで、あと六年は持たしたいんだ。日本軍の自転車部隊はタイヤなしで、シンガポールへ進撃したそうだぜ」

テーブルについていた手を、ようやく持ちあげると、夢遊病者のような足どりで、大戸にすすんだ。ハンドルに両手をかけて、自転車を一台、ガランガランひきだすと、

「これでも、歩くよりはましだよ。川越街道まで出れば、まだ車があるだろう。トラックをとめたっていい」

「あたしは自信があるけれど、あんたをのせてくれるかしらね」

近藤は、上衣のポケットから、コルト二連発をだしてみせて、

「沖田のやつ、こいつをおいてってくれたよ。自殺用のつもりかな」

「ライフルの弾と、金てこは持っていったわ。それから、レインコートも。汚れた服をカモフラージするためでしょうね、きっと」

「いざとなったら、これで脅して、トラックをとめるさ。きみ、自転車にのれるね？」

「そりゃあ、アルバイトで大きな荷物をはこんだことだって、あるけれど」

「安心した。ぼくをうしろへ、のっけてってくれよ。じつは、子どものころから苦手でね、自転車だけはどうも。乳母車にのるのは、うまかったんだが」

「あなたにも、できないことがあるのがわかって、愉快ですけどね。ただじゃ、いやよ。あたし、ちゃんと知ってんだから。高原洋子に、あんた、五千円払わしたでしょう。あれ、半分くれれば、のせてってあげる」

「半分は、ひどいな」

「あなたの感化ね」

友子が、ひらひら片手をさしだす。近藤は胸ポケットから、洋子がいれてくれた紙幣を、しぶしぶとりだした。

「いま、こまかいのがないんだが」

「あたしがあげたのから三枚だせば、こちらに五百円札がありましてよ」

「なんてこった！」

近藤は、いきなり紙幣を、床にたたきつけた。いったん、コンクリートにあたって、ふわっと舞いあがる紙片に、友子は手を泳がせながら、

「聖徳太子に、やつあたりすることないじゃない？　あんたらしくないわ」

「たしかに、本物だったんだが――そうか、あのキスのときだ。畜生！」

ようやくつかまえた紙片を、友子は見つめた。聖徳太子が、いやに目じりをさげている。五千円、とあるべき文字が、五千回、となっている。裏をかえすと、まんなかに、正面きった大股びらき《グラン・テカール》のポーズで、あたまをかかえた女の写真――いわずとしれた除草ずみでないヌードで、下に一行、小さくならんだ活字を読むと、『一年間にそんなにできるの？』

第八章

ここでは盗まれた紙の所在がわかり
主要人物たちがそこに顔をそろえる

a

砂利道に金輪の音を、ジャカランジャカランひびかせて、タイヤなしの自転車はすすんでいく。友子がスラックスをはちきらせて、懸命にこげばこぐほど、車輪の音は後頭部を刺激する。月はあっても、目さきは闇《やみ》だ。ペダルの動きに調子をあわせて、近藤庸三は、うめきつづけた。このままでは、四度めの気絶を、はやばやとやることに、なるかもしれない。

友子の腰にしがみついて、歯を噛《か》みしめていると、ようやく病院の立看板のあるところまできて、道はいくらか、ましになった。そのかわり、金輪のころがる音は、前よりも、かしましい。でも、近藤は、ほっと息をついた。

「ずいぶん、うなってたけど、大丈夫？」

と、友子が聞く。近藤は帽子をぬいで、さわやかな夜風に後頭部を洗いながら、

「まだ、口はきけるよ。かつての自転車部隊を思いやれば、あたまがさがるばかりだね。やっぱり、ジープでとばすほうに加わりたいな、ぼくは」

「川越街道まではまだだいぶあるわよ。美容体操のつもりで、頑張《がんば》れないことはないけど、かえって足が太くなっちゃうんじゃ、ないかしら」

「罪ほろぼしに、ぼくがすりこ木でマッサージしてやるよ、暇になってから」

「この道だって、車が通りそうなもんだけどね」

「望みは、なさそうだ」

と、近藤は筋肉をあやしながら、首をねじまげてみて、

「蛍火《ほたるび》ほどの光も、見あたらない。なんだか、変な気がしてきたぜ。アンドロメダのかなたから、自動車を常食とする宇宙人が襲来してさ。あっという間に東京じゅうを、漁《あさ》りつくしちゃったんじゃないだろうな、まさか」

「前からなら、一台きたみたいよ」

「なるほど、乗用車らしいね。あれに逆もどりをさせるには、拳銃をちらつかせるより、まず手がないだろう。気の毒だな」

「千円ぐらいお礼すれば、なんとかなるわよ。空車が見つかるとこまでで、いいんだもの」

「その千円、きみが出してくれるのか」

「もちろん、あんた。だいたい、あたしにはよ、沖田を助けにきて、こんな苦労する義理なんか、ぜんぜんないんだから。とにかく、おりましょ」

と、いいあっているうちにも、ヘッドライトはちかづいてくる。ダービーのホームストレッチに、だんぜん他をひきはなして、鼻の差をあらそいながら、奔馬性結核で同時にたおれた二頭の馬の陰火のごとく、ヘッドライトはぐんぐん迫った。月の光に、やがて、コンバータブルの車体が見えはじめる。近藤は道路を横ぎりながら、つぶやいた。

「どこかで、見たような車だな」

「おんなじ車は、いくらだってあるわよ。あれ、オープンカーね」

自転車をガランガランおして、道のまんなかへでながら、友子が片手をふりまわす。ヘッドライトを、ふたりにあびせて、車はとまった。左ハンドルのむこうに、背の高い影が、立ちあがった。

「ふたりとも、無事だったな。Cさんはどうした？」

「あら、B氏だわ」

友子は、とんきょうな声をあげた。屋根をたたんだメタリック・グレイの車体は埃《ほこり》をあびて、それは土方利夫の、《真昼の決闘》のゲーリイ・クーパーを思わせるあの愛車だったのだ。ドアに手をかけて、近藤が聞いた。

「なんだって、こんなところを走ってるんだ」

「ピントのはずれた質問、するなよ。きみたちを応援にきたんだ。《バラバ》のマダムは地獄耳でね。Cさんの彼女ときみとの話を聞いて、ぼくに教えてくれたのさ」

「嘘つけ。聞えたはずはないんだ。そうか、あのマダム、読唇術《どくしんじゅつ》ができるんだな」

「ぼくの職業上の秘密に、属するからね。明言はしないよ。各テーブルに盗聴マイクが、しかけてあったのかもしれないぜ」

「そんなスペースはなかった、と思うがな」

「きみはうといね、科学の進歩に。いまやアメリカには、トランジスタ盗聴器のメーカーが、一ダースもあるんだぜ。腕時計がたのマイクで、二、三百メートルさきまで、送信できるのがある。専門の盗聴屋なんてのが、職業として成立しはじめてるくらいだ。壁に、アフリカ土人のお面がかかってたろう？　マッチ箱ぐらいの盗聴器なら、あのなかにしかけられる。新書判の本ぐらいの大きさで、厚さ三センチ。連続百二十時間、録音できるものもある。デューセンバーグの額のうしろに、そいつが隠してあったのかもしれない。なにしろ、ブラパットの盗聴マイクまであるんだから、油断はできないよ、きみ」

「しかし、信じられないな。きみが加勢にきてくれた、ということがさ。殺し屋どもの応援に、駈《か》けつけたんじゃないのか。それならば、話はわかるが、手遅れだ。ふたりとも、のびてるよ」

「やれやれ、罠《わな》におちた近藤勇を、助けにいく鞍馬天狗《くらまてんぐ》、といった気もちで、車をとばしてきたのにな。わかっては、もらえないか。遅くなったのは、Cさんの彼女をさがして、場所を聞きだすのに、手間どったからだよ。やつは、どこにいる？」

「ひどいやつだ、あいつは。危険をおかして、救いだしてやったのに、さきに車で逃げちまやがった」

「その青銅期の自転車は、そういうわけだったのか。しかし、きみのことだ。高原洋子に、それだけのものは、払わせたんだろう？」

「よくあるじゃない？　うらがエロ写真のおもちゃのお札。あれをつかまされたんだから、大笑いでしょ」

　近藤がとめるひまなく、すっぱぬいて、友子は自転車を、道ばたにたおした。

「さっそく、のせていただくわ」

「足のわるいぼくが運転しやすいように、この車、改造してあるんだ。うしろの席に皺《しわ》よせがいって、若い娘さんには窮屈かもしれない。ぼくのわきに、のりたまえ」

　右のドアをひらいて、土方がいう。友子は、フロントグリルを指さきではじいて、反対がわへまわりながら、

「ペダルふみ美容体操で、贅肉《ぜいにく》はとれた、と思うんだけどな」

近藤は念のために、自転車のハンドルとサドルをぬぐって、指紋を消してから、ひらりバックシートにとびこんだ。その反動が後頭部にきて、思わず声をあげる。土方はにやにやしながら、ふりかえって、

「無事とわかれば、商売がたきだ。ぼくは忙しい。板橋までしか、送ってやらないよ。まだ二時前だから、タクシーは、すぐひろえるだろう」

b

あくる日は、朝から空模様がくずれて、午後五時には、もう暗くなっていた。友子は、アパートのドアをあけて、天井の電灯をつけた。たまっていた部屋代を——といっても、ひと月ぶんだけでごまかしたのだが、とにかく払って、堂々とドアから入れるようになったのだ。電灯がつくと、友子の頰《ほお》は、焚火《たきび》のそばにおいた徳利みたいに、てらてら光っていた。部屋のなかを見まわして、セルロイドの風呂桶《おけ》をほうりだすと、

「あらっ」

と、立ちすくんだ。敷いてあった夜具がなくなっている。買ってきたばかりの氷枕もない。かけてあった毛布も、ないのだ。近くの銭湯へ出かけたときには、氷枕にあたまをあて、毛布をかけて、すやすや眠っていた近藤も、どこにもすがたが見あたらない。あわてて、窓をあけてみた。部屋のすみの座蒲団《ざぶとん》まで、ひっくりかえしてみたが、どこ

にもいない。

「逃げたのかしら。でも、逃げだす動機なんて、ないはずだわ」

つぶやきながら、ハンドバッグが気になって、友子は、押入れの前へ膝をついた。母親の形見のバッグをひらいてみたが、金はある。即席ラーメンの懸賞であたったトランジスタ・ラジオも、ちゃんとある。電気屋でもらったライターも、なくなっていない。薬局でもらった手帳も、入っていた。新生の紙袋にも、間ちがいなく一本、まだタバコがのこっている。ほっとして、立ちあがったとたん、友子の口は、急にしまりがなくなった。

押入れの上段に、夜具が積みあげてある。その上に、二本の足が、天井をななめに蹴あげる格好で、のっていたのだ。友子は、襖《ふすま》を二枚いっぺんにひいて、反対がわをあけた。折りたたんだ毛布を敷いて、あたまの下に氷枕、足を高くした近藤が、窮屈そうに入っていた。両手を腹にくんで、かっと目を見ひらいている。

友子は、ふるえだした。おそるおそる手をのばして、胸にさわった。すると、近藤は天井をにらんだまま、

「邪魔をしないでくれ」

「ああ、おどろいた。死んでるのか、と思ったわ。こんなとこで、なにしてるのよ」

「考えごとだ」

「そんな格好で?」

「すべての液体は、低きにあつまる。逆さまになればなるほど、あたまの血のめぐりも、よくなるはずだろう?」

「あんまり、ひと騒がせなことしないでよ。考えごとなら、なにも押入れのなかなんぞでしなくったって、いいでしょう?」

「暗いせまい場所のほうが、脳神経の統一がとりやすいんだ。いま大事なとこなんだから、ぼくが自発的に匍《は》いだすまで、そっとしておいてくれないか」

「晩ご飯にするつもりで、コロッケ、買ってきたんだけど、食べないの?」

「考えがまとまってから、ご馳走になるよ。早く唐紙、しめてくれ」

「鼠が邪魔しにきたら、助けてあげるわ。あたし、猫《ねこ》の鳴きまね、うまいんだから」

友子は、襖をしめながら、いった。それから、三時間と十二分のちに、近藤が襖をあけてみると、部屋のなかは、まっ暗になっていた。近藤は、押入れからおりて、畳を手さぐりした。その手が、やわらかい耳にさわった。友子は寝がえりをうってから、ミャウーン、グルグルグルと喉《のど》を鳴らした。

「なるほど、じょうずだな。でも、鼠じゃない。ぼくだよ。寝てたのか?」

「建てつけが、悪いでしょ。あかりがさしこんで、邪魔んなっちゃいけない、と思ったの。電気を消して、じっとしてたら、寝ちゃったらしいわ」

友子は、ふらふら立ちあがると、のびをした手で、電灯をつけた。ちゃぶ台に茶碗《ちゃわん》がならんで、小さなお釜《かま》にふきんがかかっている。近藤は、その前にすわって、

「おかげで、すっかり見とおしがついた、めしを食わしてもらおうか。すぐ、でかけなきゃならない」

「あたしもまだ、たべてないのよ。それで、どんなことが見とおせたの？」

「土方がなぜ、芹沢の死んだことを知っていたのか。なぜ、ぼくが知らせてやったのを、掛けひきのごとく受けとったのか。なぜ、あんなに遅れて応援にきたか。沖田がなぜ、ぼくにブラックジャックを味あわせたのか。そのほか、もろもろのことさ。ところで、コロッケとやらが、見あたらないね」

茶碗と箸《はし》をとりあげながら、近藤がいった。友子は、部屋のすみへとんでいって、

「あら、いけない！　まだお湯の道具といっしょに、ここへ入れたまんまだわ」

セルロイドの桶《おけ》から、濡《ぬ》れたタオルを、つまみあげた。酒屋からもらったものか、洋酒会社の宣材で、東郷青児えがく黒靴下だけのヌードが、でかでかと染めだしてある。同性の身で、これを銭湯にもっていく勇気と質実の精神に、ひそかな敬意を、近藤ははらった。

「あらあら、濡れちゃって、ぐにゃぐにゃ……それにシャボンのにおいがついてるけれど、もったいないから、食べてね」

と、友子はいった。近藤はおそれをなして、

「いや、考えてみると、ぐずぐずしてはいられないんだ。やつら、警察が鴨江ごろしを深くほじくらないうちに、紙のかくし場所を変えるかもしれない。お茶漬《ちゃづけ》いっぱいで、とびだそう」

「紙のありかまで、推理できたの？　でも、お湯がわいてないわ」

「じゃあ、水かけめしで、我慢するよ」

近藤は、いさぎよく茶碗をさしだした。

c

中央線の下り電車を、中野駅でおりると、南口通りを歩きだしてから、近藤は友子をふりかえって、手をさしだした。その手に友子は、四角な紙づつみをのせた。デパートの包装紙でつつんで、きれいにリボンがかけてある。チョコレート・ボンボンの函《はこ》でも出てきそうだが、じつは、コルト・オートマチック二五口径で、鉛のボンボンがとびだすことになっている。

友子は、きょうもジャンパーにスラックスで、バッグは持っていない。近藤も、両手はいつでも働かせられるように、あけておく主義だ。といって、拳銃《けんじゅう》をベルトにさして国電にのるのは、おだやかでない。だから、こうして、友子が持ってきた。非能率的な

携帯法だが、こういう危険な機械に、能率をあげさせせられる時間でも、場所でもないから、かまわない。

近藤は、紙づつみをうけとると、腋《わき》の下にはさんで、友子と肩をならべながら、いった。

「きみは、無理やりくっついてきたんだからね。ぼくのたのみを、きく義務があるぜ」

「そんな義務、ないと思うけど、なんにもさせてもらえないより、ましだわ。なにをすれば、いいの？　これから、ブリンナーじいさんのところへいくんでしょ。また、つれだすつもり？」

「そうじゃない。いるかいないか、たしかめるだけだ。通りかかったからよってみた、という口実で、いいだろう」

「いたら、どうするの？」

「じいさんのよろこびそうな話でも、適当にして、おいとまするんだね。ツイストを教えてやっても、いいぜ。お茶ぐらい、ご馳走してくれるだろうよ。あすこのお茶は、うまかった。二百グラム、四百円ぐらいのやつだな、ありゃあ」

「そのお値段も、たしかめてくるわ。いなかったら、どうする？」

「なんとかごまかして、すぐ出てこいよ。ぼくは、そばの公衆電話のボックスのとこで、待ってるから」

「おじいさんに就職の世話を、あつかましいけど、たのみにきた、ということにするわ。あたしの仕事がなくなったこと、ご夫婦ともご存じのわけだし、こっちにしたって、まんざら口実だけじゃない問題だもの。じいさんがいなけりゃ、簡単に切りあげて、出てこれるでしょ。遊びにきた、と思われて、おばあさんに、ひきとめられてさ。こんどは、鉄瓶《てつびん》スピンかなんか見せられて、煮湯でもかぶったら、災難だから」

「そういうときにそなえて、傷害保険に入っとくべきだよ。まあ、口実はきみにまかせる」

坂本剛太の家がちかづくと、ふたりは離ればなれになった。友子が声をかけながら、玄関の格子戸をあけて、なかに入ってしまうと、近藤は、電話ボックスのかげから、大《おお》股《また》にわきの露地へ入っていった。坂本の勝手口は、暗かった。

露地のつづきが、すこし食いちがって、ひとつさきの通りへ、ぬけているのをたしかめてから、近藤は、物干台をあおいだ。台所の屋根の上に組んでから、それほどの年月は、たっていないのだろう。木のいろも、まだ白っぽく、闇《やみ》に浮かんで、頑丈《がんじょう》そうな物干台だ。雨気をふくんだ空の重さを、警戒してか、夜干しの洗濯物は、見あたらない。そのかわり、まだすこし、暑苦しい感じのレックス・ベゴニアの鉢植が、おしゃれな殿様がえるの傘《かさ》みたいな縞模様《しまもよう》の葉を見せて、おきっぱなしにしてある。

暗いなかで、それが見えた、ということは、物干台がそれほど高くない、ということだ。よくよくの用のときには、なんとかよじのぼって、坂本剛太に面会を強要することも、できるだろう。名人のしごと場に入るガラス戸には、雨戸がしまっている。

　老人がいて、話しこんでるようだったら、これさいわいに、おいていくつもりだったが、通りへもどってみると、友子は電話ボックスのそばで、きょろきょろ、あたりを見まわしていた。近藤は手まねきをして、都電通りへむかった。追いついてきて、友子がいった。

「じいさん、留守だったわ。気分転換に温泉へいったんですって。うらやましい話ね。あたしなんか、いきたいなって、考えただけで――」

「気分が転換するか」

「財布が癲癇《てんかん》を起すわ」

「どこの温泉へいったか、聞いたろうね」

「小さなボストンに着がえだけつめて、いつも黙ってでかけるんだって。いったさきから、電話がかかってくるまで、どこへいったか、いつごろ帰るか、ぜんぜん、わからないらしいわ」

「そんなことだろう、と思ったよ。もういちどだけ、忠告するがね。きみはもう、帰ったほうがいいな。次の目的地は、いかないさきから、危険信号がついてるって、わかってるとこなんだぜ」

て、

近藤は、都電通りに立ちどまって、ボリス・カーロフみたいな顔をしてみせた。けれど、友子には、胃が痛いのを我慢してる顔ぐらいにしか、見えなかったらしい。スラックスの足をひろげて、ジャンパーの胸を張ると、にぎりこぶしにした両手を肩にかまえて、

「足手まといにならないように、こういう格好をしてきたんじゃないの。子どものじぶん、体操の先生になろう、と思ってたくらいでね。ハードルでも、平行棒でも、自信あるのよ」

「じゃあ、万一のときには、ぼくをおぶって、敵の死骸《しがい》をとびこえ、とびこえ、逃げてくれ。ただし、とびこえられる死骸のほうになったとしても、ぼくを怨《うら》むなよ」

近藤は手をあげっぱなしで、からのタクシーをさがした。友子が聞いた。

「目的地って、いったい、どこなのよ」

「紙のあるとこだ。早くかけつけないと、紙切虫に荒らされちまう。土方と、沖田と、すばしっこいのが二ひきもいるんだ、紙切虫は」

ようやく、空車が何台もつづいてきた。いちばん威勢のよさそうな運転手を、近藤はえらんだ。車もま新しいベレルで、ディーゼルエンジンの音は耳にさわったが、腰をおちつけないうちに走りだしたいきおいは、たのもしかった。近藤は、フロントシートにつかまりながら、大声でいった。

「新橋駅へ急いでくれ。このひとの許婚者《いいなずけ》が、ほかの女と駈けおちしようとしている。新橋の駅で、つかまえたいんだ」

「運転手さん、おねがいよ。なんとか、間にあうようにしてね」

めんくらった顔も見せずに、友子がバックミラーへ手をあわす。運転手も大声で、

「でも、三十分はかかりますぜ。なんとか、短縮してみますがね」

「どうにか、間にあうわ。頑張《がんば》ってよ」

「そのかわり、しっかりつかまって、口はきかないほうがいいですぜ。舌を嚙《か》むといけないから」

新橋についたときは、駅の時計が十時半をすぎようとしていた。時計の下は、人間の渦《うず》だ。駅は蜂《はち》の巣みたいに、出入りが激しい。考えてみると、きょうは土曜日だ。そのせいで、ひと足が多いのだろう、と思いながら、近藤は駅をはなれた。友子が、のぼせた顔つきで、ついてくる。まだ、足もとが揺れているようだ。駅前には白タクがたむろして、遠出の客を待ちかまえている。文句なしに、のせてくれるタクシーをひろいあてるのが、ほんとに嘘《うそ》をつかないひとを見つけだすより、むずかしい時間——深夜のラッシュアワーが、そろそろ、はじまろうとしているのだ。

だが、長井ビルのちかくまでくると、さすがに通行はまばらだった。銀座の空のあかるさが、かえって、ぶきみに見えるくらいだ。近藤は紙づつみをやぶって、革の上衣の

ポケットに、拳銃を移した。リボンと包装紙を、通りすがりのごみ箱に投げこんでから、ビルにちかづく。窓には、あかりひとつない、玄関のシャッターも、裏口のドアも、完全にしまっている。

「鍵《かぎ》は長井に、返しちまったんだっけな」

ハンカチをあてがって、ノブをにぎったまま、近藤が聞いた。

「ええ、くびになったんですもの。でも、あなたなら、すぐあけられるでしょう?」

「もちろんさ。まわりを、見張っててくれ」

近藤は、ドアに耳をあてた。なんの物音もしない。めがねのつるから、ピンをぬいて、鍵穴へさしこんだ。

「あいたぞ。入ったら、口をきくなよ」

近藤は、友子をひきよせると、その腰にいきなり手をまわした。

「お祝いのキスは、成功するまで、おあずけよ」

と、友子がおしかえそうとすると、

「これを、持っててもらいたいだけさ」

近藤はポケットの拳銃を、友子のスラックスの右ヒップへ、さしこんだ。

「痛いわ」

「我慢しろよ。ぼくは、右とおなじに左手がつかえる。いつでも、ぼくの左がわにくっついていてくれ」

　近藤は、友子の手をひいて、ビルへ入った。暗い階段を、ゆっくり、のぼっていく。踊り場へくるごとに、耳をすました。だが、物音はしない。四階まで、たどりついた。見ると、廊下がほのあかるい。ドアのひとつに、あかりがさしているのだ。友子がいた部屋とは、反対がわのドアだった。

　近藤は、友子の手をにぎりしめた。意味がわかったと見えて、友子はにぎりかえした。ふたりは壁に身をよせて、あかるいドア・ガラスにちかづいた。近藤は、手にハンカチを巻いて、ノブをつかんだ。鍵は、かかっていない。近藤は、いきなりドアをあけはなった。

d

　カーテンをたらした部屋のなかで、ふたりの男が、ふりかえった。近藤は、ほどけたハンカチをふって、笑いながら、いった。

「やあ、今晩は、遅くまで、たいへんですな」

「あら、長井さんに、おじいさんまで、いるじゃない。ここで、なにしてるの？」

　と、友子がいった。

　オーバオールをきこんだ長井が、悪魔のような耳を、ぴくりと動かす。坂本老人は、

ベレをぬいで、ブリンナーあたまをふいた。だが、ふたりとも、口をきかない。かわりに、近藤が口をひらいて、

「贋幣《がんぺい》つくりの相談をしてたに、きまってるじゃないか。盗んだ紙は、そこにある」

と、部屋のすみをゆびさした。テント布をかけた四角い山が、なるほどそこにある。

「よくわかったな」

と、長井がいった。

「死んだ芹沢が、ぼくをだしぬこう、としたおかげさ。ぼくが、下で見張ってるやつを、追いはらってるあいだに、坂本さんもろとも、消えてしまった。あの早業には、おそれいったよ。はじめは、正面玄関から出ていったんで、裏口から入ったぼくの目をのがれたんだろう、と考えた。だが、その手だと、ぼくが早くもどってくれば、階段で出くわす危険が多分にあったわけだ。用心ぶかい芹沢が、そんな危険をおかすはずはない。ところが、この部屋をつかえば、わけはないんだ。むかいの部屋に入ったぼくを、ライフルで足どめしておいて――」

「じゃあ、あのときの足音。廊下で聞えたあれが……」

と、近藤の左わきに、よりそっている友子がいった。

「芹沢と坂本さんの足音だったのさ。となりのビルから、威嚇射撃したのは、小野崎だよ」

と、近藤は、オーバオールで着ぶくれた長井を、足から顔へ、見あげていって、

「あのときは、このビルの持ち主が一枚嚙んでいるとは、思いませんでしたからね、長井さん。うまくごまかされちまったけど、知識がいろいろ、豊富になってきたでしょう。それらを総合、推理して、紙もここにある、と結論したんです」

「それを目でたしかめるために、わざわざお越しくだすったのかね。ご苦労さまだね。そんなに見たけりゃ、シートをあげて、見てもいいぜ」

「いいえ、ご忠告にあがったんですよ、ぼくは。印刷関係、製紙工場関係の不良退職者を、さかんに警察が洗ってるそうだ。推理から直感へ、走高跳をやるぼくらとちがって、スローモーションですがね。組織の力は、馬鹿にできない。鴨江重助氏のことだって、きょうの夕刊でみると、まだ前科者の手口をしらべてる段階らしいが……いますよ、刑事のなかに、ひとりぐらいは。流しの強盗殺人で、おとなの男を殺すのに、絞殺ってのはちょっとおかしい、なんてことを、考えてるのが」

「なんのことだか、さっぱりわからないな。警察は馬鹿にならないから、どうしろ、というんだね」

「ここらで、死体の製造はやめにして、紙幣の製造にとりかかるべきだ。それには、ぼくをコンサルタントに、おやといなさい——ということなんですよ、はっきりいえばね」

「あたしを、そのアシスタントにするの、おわすれなく」

と、友子がいった。長井は長い顔をかしげて、悪魔みたいに尖《とが》った耳のさきを、右手でひっぱりながら、

「コンサルタント、というと、お目つけ役みたいなもんだな。間にあってるよ」

「安全保障も、ひきうけます」

「それも、間にあってるよ。ふりかえってみれば、わかるだろう」

「そんな手には、のりませんよ。おわかりのはずですがね、ぼくを追いかえすと、どういうことになるか」

「べつに、追いかえしはしないさ。わたしが隙《すき》をみて、拳銃でもとりだしゃしないか、心配してるんだね。じゃあ、こうやって、いっしょにまわれ右をしよう」

長井はひろげた両手を、お相撲《すもう》人形みたいに、肩のところへ立てた。近藤とむかいあったまま、横歩きをはじめる。ふたりのあいだには、テーブルがあった。長井がそれを、まわりきるかきらないうちに、近藤の目は、戸口からつきでたライフルの銃身に気づいた。両手をおろしながら、長井がいった。

「こんどは、きみたちが、手をあげる番だ」

ゴールデン三九Aをかまえて入ってきたのは、ガーゼと包帯とばんそう膏《こう》で、顔の三分の二が見えないけれど、小野崎だ。三角の顔が、ななめに巻いた包帯で、五角になっ

ている。白いあたまに、黒い服のそのすがたは、リングで殴りころされた拳闘選手の、グローブだけをはずした片手が、からだをはなれて、化けてでたみたいに、殺気立って見えた。

つづいてドアから、入ってきたものがある。右足をひきずりながら、小野崎のななめ横まできて、太いステッキにもたれかかると、左手で帽子をとった。友子は、目をまるくした。近藤は、肩のところにあげた両手で、にぎにぎの挨拶を送りながら、

「やっぱり、きみが食いこんでいたのか」

「早いもの勝だからね。いまごろ顔をだしたって、遅いよ。安全保障は、小野崎君ひとりでじゅうぶんだ」

ホンバーグ帽をもった手を、ステッキに重ねながら、土方がいう。

「ゆうべは、あれから、こいつを助けにひきかえしたんだな」

「その包帯は、ぼくがしてやったんだ。近ごろ小野崎君とは、すっかり意気投合してね。きみの入りこむ余地は、もうないよ。お目つけ役には、ぼくがひかえてる。この通り、いくつも目を光らしてね」

土方は、大きな目のカフリンクを、袖口にのぞかせながら、血走った目のタイタックをゆびさした。小野崎が近藤をおそった晩にも、土方は、この悪趣味なアクセサリをつけていた。近藤は、あの晩の土方のことばを思いだして、うなずいた。

「きみはこの部屋に入ったことが、あるんだったな。そのとき、紙に気づいたわけか」

「あのときは、あかりをつけるわけに、いかなかったからね。ぜんぜん、気がつかなかった。大笑いさ、猫《ねこ》の年にうまれてりゃあ、もっと有利な契約ができたんだが」

「おしゃべりは、それくらいにしてもらおうか」

と、長井はオーバオールのポケットから、ゆっくりと右手をだして、

「小野崎、こいつらが、妙なおもちゃを持ってやしないか、しらべてみろ」

その手には、リボルバーの拳銃が、近藤をねらっていた。銃身の短いスナブノーズで、早ぬき、早射ちができるように、トリガーガードの前のほうが、削りおとしてある。近距離で一発くらったら、ぜったいに助からない。

e

「すごいねえ。銃器の密輸もやってるのかい、あんたがたは？　ぼくにも一丁、わけてくれないかな」

近藤は、片手をさしだした。

「うるせえ。手をおろすな」

小野崎がライフルをかかえて、ちかづいた。馴《な》れた手つきで、近藤の服をなでまわす。

「なにも持ってないよ。ポケットを、裏がえしてみせようか。虱《しらみ》を射つための拳銃が、

縫目にかくしてあるかもしれないぜ」

　近藤は、また手をおろしかけた。

「だまってろ。手をおろすなっていってるのが、わからねえのか。壁ぎわにさがって、おとなしくしてろ」

　小野崎は、近藤の胸をつきとばしておいて、友子に手をのばした。

「なにするのよ。いやらしい」

「うぬぼれるな。おめえのおっぱいなんぞに、興味はねえや。なにも持ってませんぜ、ボス」

　小野崎は、あとへさがった。ゴールデン三九A二十六連発を、かまえなおす。その顔を、あげたままの手でゆびさしながら、近藤がいった。

「このライフルマンは、芹沢にやとわれてたはずだが、いまはあんたの部下なのかね、長井さん。それとも、最初から、あんたの部下だったのかな」

「そんなこと、どっちだっていいだろう。むこうをむいて、おとなしくしてろ。お嬢さんもだ」

　と、長井がいう。近藤は、うしろむきになって、壁に手をつきながら、

「この手、おろしちゃいけないかな？　ぼくは、まだ死にたくない。この娘さんも、結婚して子どもを八人うむまで、死にたくないそうだ。だから、変なまねはしないよ」

それに答えて、戸口から、

「そうだな。かわってみなさんに、手をあげていただこうか。もちろん、あぶない花火は棄《す》ててからだぜ」

と、いったものがある。小野崎は、ふりむこうとした。とたんに、ものすごい剣幕で、

「動くな。おれはそっちのふたりとちがって、お上品ぶるのはきらいなんだ。遠慮なく、どてっ腹にトンネルをあけるぞ。手をあげろったら」

戸口をふさいでいるのは、沖田だった。無精髭《ぶしようひげ》がのびて、けわしさの増した顔には三か所ばかり、ばんそう膏が貼《は》ってある。右手には、駐留軍から闇《やみ》に流れたものだろう。古びてはいるが、オートマチックの四五口径が、手にあまるほどの偉容を見せていた。

長井はため息をついて、リボルバーをテーブルにおいた。小野崎も舌うちしながら、ライフルを床において、手をあげた。沖田は、近藤と土方にむかって、

「おい、その三人の手を、ネクタイかベルトで、しばりあげろ」

「やれやれ、これで役者がそろったわけか。フィナーレの台本に、変更があったようですな」

近藤は長井の前に立つと、オーバオールのベルトをほどいてから、ジッパーを腰までひらいて、

「手をおろしても、いいですよ。ズボンの線に指をあてて、さあ、気をつけ!」

号令をかけてから、両手ぐるみ、からだをオーバオールでつつむと、ジッパーをひきあげて、ベルトをきつくむすんだ。からっぽの両袖は、うしろで厳重にしばって、

「足のある達磨《だるま》さんが、一丁あがったよ」

土方も、小野崎のネクタイをほどいて、うしろ手にしばりあげたところだった。

坂本老人は、ネクタイをしめていない。友子がベルトに手をかけると、老人は尻《しり》ごみして、

「やめてくれ。わしに恥をかかせる気か」

「だって、しょうがないでしょう?」

友子は、ベルトをひきぬいて、うしろへまわった。だぶついたズボンが、ずりおちかけるのを、老人は、がに股《また》になってふせいだ。ま新しい六尺のさがりが、翩翻《へんぽん》とひるがえっている。

「さすがは、昔かたぎの名人だ。いさぎよく、白旗をかかげてるぜ」

と、近藤がいった。

沖田は、軍用拳銃をかまえたまま、

「しばられた三人は、窓ぎわへいって、むこうむきに立つんだ」

と、いってから、上衣の右袖が手首にかぶさるのを、うるさそうにたくしあげた。

《ウエスト・サイド・ストーリイ》のジョージ・チャキリスをきどった紫いろの派手な

上衣だが、袖も裾《すそ》も、だぶだぶだ。きのうの服は汚れたので、洋子の兄のを借りたものらしい。

「いわれた通りに、したほうがいいよ。あの先生は、幼稚園に入ったとき、保姆《ほぼ》さんの態度が気にくわないって、池へほうりこんだくらいの猛者《もさ》なんだから」

近藤は、三人の背中をおした。沖田は足をのばして、床のライフルをひきよせながら、

「そっちの三人も、誤解するなよ。きみたちを、助けにきたわけじゃないんだ。そっちの壁ぎわに、立ってもらおう。むこうをむくのを、わすれずにな」

「ひどいね、そりゃあ。ぼくは、ゆうべのお返しをしてくれるんだ、と思ってたのに」

と、近藤がいった。

「なにをいやがる。車んなかへ、死体なんぞ入れときゃあがって。あれの始末に、すっかり時間をくっちまった。ほんとなら、もっと早くここへこれたんだぞ」

沖田は靴《くつ》のさきで、ライフルを廊下へ蹴《け》りだしてから、テーブルにちかづいて、長井の拳銃をとりあげた。壁に両手をつきながら、近藤がいった。

「おかげで、いちばん、いい役がつとめられたんだ。邪険にすると、罰があたるぜ」

「お説教なら、もっとためになるのを聞かしてくれよ」

と、沖田は、リボルバーを長井たちに、オートマチックを近藤たちにむけて、

「たとえば、ボスがだれで、どういうことになっているんだか、さっぱりわからねえ。

おれは執念ぶかく、このビルを見張ってただけだからね。だれでもいいから、事務のひきつぎをしてもらいたいな」

f

近藤は、汚れた壁を見つめたまま、口をひらいた。

「じゃあ、説明してやろう。坂本さんは、知ってるな。小野崎とも、おなじみのはずだ。そっちのオーバオールの旦那《だんな》は、いちばん働きものみたいだが、目下は二代目のボスさ。長井さんといって、このビルの持ち主でもある」

「初代のボスは、どこにいる？」

「あの世にいるよ。芹沢といったが、めがねと髭をとりのぞくと、鴨江重助になる。長井と坂本が共謀して、殺したんだ」

「でたらめ、いうな。わしには、アリバイがある。きみがそれを証明できるの、わすれたのか」

　坂本老人が、ズボンのずりおちるのもかまわずに、わめいた。

「黙ってろ！」

　と、軍用拳銃をふりまわして、沖田がいったときだ。

「黙っているのは、そっちのほうだ。ハジキをすてろ」

うしろで、また声がした。近藤はため息をついて、

「やれやれ、逆転逆転、また逆転か。どういう態勢になったか、拝見してもいいでしょうな？」

ふりむくと、戸口に五人ばかり、手配写真むきの顔が、重なりあっている。沖田の背に、ライフルをつきつけているのは、包帯の白さがひときわ目立つ黒ちゃんだ。沖田は舌うちして、拳銃を二丁ともテーブルにおいた。黒ちゃん以下、四人がどやどや入ってきて、長井たちの自由を、ただちに取りもどした。

「お前たちの食いものにされるほど、甘くはないんだ。みんな、一列にならべ。びっこもだ」

と、長井がいった。近藤たちが整列すると、小野崎は沖田にちかづいて、

「さっきはよ、いいかっこしてみせてくれたな。ゆうべのといっしょに、割りましをつけて、礼をするぜ」

と、リボルバーを、さか手にふりあげた。長井が手をのばして、それをとめた。

「むだに、時間をつかうな。こいつらを、地下室へつれていけ。おい、びっこさん、ステッキをもらおう」

「こいつをわたすと、地下室へいくのに、おんぶしてもらわなけりゃならないぜ」

と、土方はいった。

「それじゃあいいが、変なまねはするなよ。いちばんあとから、いくんだ。女が最初で、つぎはお前」

　長井は、沖田をゆびさしてから、その指を、近藤にむけて、

「つぎが、お前だよ。ひとりずつ銃をもって、わきへつけ。逃げようとしたら、かまわないからな。ロープを通して、ひっぱっていけるように、腹に穴をあけてやれよ」

「そいつは、いいや。さあ、順番にならんだ、ならんだ。いいか、前へすすめ！」

　と、黒ちゃんが、はしゃいだ声をあげた。四人は友子を先頭に、地下室へおりていった。階段をおりきったまん前に、〈立入禁止〉と書いたドアがある。そのドアを、ゴールデン三九Aが腕にもどって、うれしそうな顔の小野崎が、でっかい靴で蹴りあけた。

「ここが、きみたちの逝去《せいきよ》の地だ。くつろいでくれ。このドアは、鉄だからね。体あたりしても、肩の骨を折るのが関の山だよ」

　と、長井がいった。六畳敷ぐらいのひろさだが、コンクリートの天井と壁のほかには、ほとんどなにもない。天井からさがっている電灯と、ドアのわきにそれを点滅するスイッチ。その上の天井ちかくに、温度計のたぐいか、電話のダイアルほどのまるいものが、蓋《ふた》をかぶって、ついているだけだ。

「きみたちは、他人のことに首をつっこみすぎたよ。自業自得とあきらめて、やすらかに死ぬんだな。声量に自信があって、ターザンみたいに吼《ほ》えられるとしても、どこへも

聞えはしない。なにしろ、大蔵省じゃあ、一分間百回転、ずれは百分の二ミリ、という優秀な紙幣印刷機を、西独のジオリー社からとりよせて、千円札のつくりなおしを、計画してるっていうからね。こっちもぐずぐず、きみたちの相手は、していられないんだ」

と、長井は、壁を平手で叩《たた》きながらいった。天井をあおいで、近藤がいう。

「どうやって、殺すんだ？　釣《つり》天井のようには、見えないがね。どっかから、水がどっと流れこんできて、部屋ぜんたいが、金魚鉢になるのかな」

「それなら、安心だ。ぼくの腕時計は、ゾディアックの完全防水だからね」

と、土方がいった。

沖田は、長井をにらみつけて、

「飢え死だけは、ごめんだぜ」

「そんな気の長いこと、するはずないよ。きょうは土曜日だからいいとしても、月曜の朝までには、ぼくたちの死体を、始末しなきゃならないはずだ。このビルを借りてる連中がぜんぶ、ぐるだなんてことは、ありえないからな」

と、近藤がいった。長井は、長い鼻に皺《しわ》をよせて、嘲笑《あざわら》いながら、

「そうさ。手っとり早く、やってやる。ドアをしめて、鍵穴からガスを送りこむんだ。ちょっと苦しいかもしれないが、じき気持よくねむれるよ」

「鍵穴をふさげば、ガスは入ってこないわ」

と、友子がいった。

「ご注意、ありがとう。だから、こうするんだよ。おい、まだかね?」

長井は、ドアをふりかえった。戸口にいた坂本老人がうなずいて、

「ああ、持ってきたようだ」

いったん部屋を出ていった五人の男が、それぞれ麻縄《あさなわ》の束をかかえて、もどってきた。

小野崎が、ライフルをかまえて、指揮をとる。五人の男は馴れた手順で、近藤たちをうしろ手にしばりあげた上、足までしばって、床にころがした。

「痛い。痛いよ。ぼくは、蒲柳《ほりゅう》の質なんだからね。お手やわらかに、たのみたいな」

土方が、悲鳴をあげる。

五人のうち、漏斗《じょうご》みたいにあたまの鉢《はち》がひらいて、ちぢれっ毛のひとりが、おもしろ半分、ステッキを縄の結びめにつっこんで、ねじあげたからだ。床にころがされてから、黒ちゃんに腹をふんづけられて、沖田もさけんだ。

「畜生、おぼえてやがれ!」

「もういいだろう。みんな、そとへでろ。ガス管の用意は、できてるな」

と、長井がいった。

第九章　ここでは土方が秘密を公開し　エレベーターが死刑台になる

a

坂本と長井が、まず部屋を出ていった。つぎに黒ちゃんたち五人が、馬鹿みたいに笑いながら、そとにでた。最後に、ライフルのレバーに手をかけながら、小野崎が戸口にさがった。

「もう、どうしようもないぜ。あきらめて、死ぬんだな。おれは、寺の小僧だったことがあるんでね。いまでもお経を、すこしおぼえてる。お前たちがくたばったら、あげてやるよ」

鉄のドアは、しまりかけた。

友子は肘《ひじ》を力に、上半身をもちあげて、だんだん、細くなっていく隙間を見つめながら、

「ちえっ、こうなるとわかってたら、天ぷらそばとお寿司をたべて、インスタントでないコーヒーをのんどくんだったな。お腹をへらした幽霊になるなんて、ぜんぜん、いかさないわ」

ため息をつくと、肘の力をぬいて、天井を見あげた。とたんに、しまりかけたドアが隙間をひろげて、坂本剛太のかがやかしいあたまが、つんでた。

「わしゃ、聞くのをわすれとったよ。どうも、気になるんでな。まだ、あんたの名前を知らないが、Aさんや――」

「教えませんよ。ぼくは無名戦士として、ロマンチックに死にたいんでね」

と、近藤はいった。老人は首をふって、

「名前なんぞ、どうでもいいんだがね。わしの聞きたいのは、さっきあんた、芹沢を殺したのは長井さんとわしだ、といったろう？」

「ああ、いった。あてずっぽで、いったわけじゃない。根拠があるんだ」

「その根拠とやらが、聞きたいんだ。どうも、気になってな。どうだれ、長井さん？」

坂本は、いったん首をひっこめて、

「あんた、気にならんかな。あいつが、なにを考えておるのか」

と、廊下で声をあげた。

「聞いてみても、いいな。時間はまだ、たっぷりあるんだから。おい、椅子《いす》を持ってこい」

長井の声が聞えると、こんどはドアが大きくあいた。五人の手下が、細長いベンチをふたつ、部屋のなかへはこびこんだ。ふたつつなげて、壁ぎわにおく。そのまんなかに、長井と坂本がすわった。両わきにわかれて、手下がすわった。いちばんドアにちかいはしに、ゴールデン三九Aをかまえて、小野崎がすわった。長井が口をひらいて、

「それじゃ、お話をうけたまわろうか。なるたけ退屈しないように、おもしろくやってもらいたいな、先生」

「ころがったまま、話はできないよ。壁によりかからせて、くれないかな」

と、近藤はいった。土方が近藤のほうに、顔をねじむけた。鼻へずりおちかける帽子の下で、片目をつぶった。なにかやる気か、と聞いたのだ。近藤は、首をふった。いまなにかやっても、失敗するだけだ、という返事だ。

「よし、かかえ起してやれ」

長井にいわれて、黒ちゃんと漏斗あたまが、近藤の肩をつかんで、壁へよりかからせた。

「ありがとう——では、諸君、わたしの最後の講義を、はじめる」

近藤の顔は、めがねがずりおちかけて、万年助教授みたいだった。大きな咳《せき》ばらいをして、ベンチの八人の顔を見わたす。

「その大きな泣きぼくろのあるの。きみだよ。左から二番めだ。ガムを嚙みながら、講義を聞くのは、不謹慎だぜ。吐きだしたまえ。吐きださないなら、わたしは講義をやめたいね」

「教授先生のいうことは、聞いてやれよ」

と、長井がいった。泣きぼくろは、ベンチの下へ、ガムをほきだした。

近藤は、満足げにうなずいて、

「ありがとう。わたしは、諸君が独自な立場で、経済問題を研究しているところへ、前ぶれなしにやってきた。いわば、押しかけ教授である。諸君は、迷惑らしい顔もせず、よくわたしの話に、耳をかたむけてくれた。いま教壇を去るにあたって、そのことを深く感謝します」

「どういたしまして」

老人が、あたまをさげた。

「まぶしいから、あたまをあげなさい。わたしの最後の講義は、経済学とはやや縁がない。むしろ、犯罪学の分野にぞくする題目だ。そして、数学的でもあるのだが、芹沢こと鴨江重助を、坂本ならびに長井の両名が、殺害しえたかどうか。そのプロバビリティを、考察してみたい」

「待ってました。たっぷり！」

坂本が、娘義太夫でも聞くみたいな調子で、声をかけた。

b

近藤は、両手をうしろにまわしたまま、壁によりかかって、足首をしばられた両足を、前に投げだしている。その横に、ころがっている沖田が、ふいに声をあげた。

「やめろ、やめろ！　おもしろくもねえ。殺すんなら、早く殺せよ。おのぞみ通り、ぐうともいわずに死んでやらあ！」

「うるさい。先生のお邪魔だぞ」

と、長井がいった。小野崎がライフルをかまえて、立ちあがった。

「先生、なんなら講義がはじまる前に、こいつだけ腹に鉛をつめこんで、おとなしくさせますぜ」

「いや、聴講生はひとりでも多いほうが、張りあいがある。このひとも、わたしがたのめば、静かにしてくれるでしょう。ねえ、きみ、聞いてくれるね？」

近藤は、女性的なつくり声でいった。沖田は鼻のさきで、ふんといって、目をつぶった。

「では、諸君、まず事実からはじめよう。芹沢こと鴨江重助は、きのうイキ死体となって、発見された」

「へえ、生きてる死体なんて、はじめて聞いたぜ。あの大将、あれであんがい、器用だったんだな」

と、黒ちゃんが顎《あご》をなでた。近藤はからだを上下させて、苦笑しながら、

「生きてりゃあ、死体とはいわない。生き体だ」

「裸なら裸体だ。服をきてりゃ着体で、めしを食ってりゃ食い体。寝てれば寝体さ。よく、おぼえとけ」

と、沖田がいった。立ちあがろうとする小野崎を、近藤は目で制して、

「静粛に。遺棄死体、つまり遺し棄《す》てられた死体として、鴨江重助氏は、練馬区の路上で発見された。死因は絞殺、首をなにかでしめて、殺されたのである。所持品から、財布だけがなくなっていたので、警察は、強盗殺人、と見ている。しかし、警察は鴨江が、紙幣印刷用の和紙をぬすんだ犯人、とは知らない。それを知っているわたしのほうが、この事件を考察するには、有利ということになる。そこで、わたしは、鴨江重助殺害犯人を、長井、坂本の両名として、話をすすめたい」

「そりゃ、無茶だな、先生。いきなり、そう飛躍しちゃいけない」

と、長井がいった。

近藤は首をふって、

「しかし、ぼくに要求されているのは、あんたがたふたりが、鴨江を殺せたかどうか、

証明しろってことなんですよ。だから、あんたがたふたりが、犯人だ、という前提に立たなきゃ、話に時間がかかってしかたがない」

「まあ、いいさ、長井さん。なにも、話だ。聞いてやろうじゃ、ないですか」

と、坂本がいった。長井がうなずいたとたん、近藤はだしぬけに聞いた。

「長井さん、あんた、車を持ってますか?」

「ああ、持ってるよ。デイムラーの古いのと国産車だ。デイムラーのほうは、故障ちゅうだがね」

近藤はうつむいて、こみあげる笑いをこらえてから、ことばをついだ。

「それでは、講義にもどります。わたしとここにいる友子さんが、鴨江重助のすがたを最後に見たのは、一昨夜の午後十一時ちかく、中野の坂本さんの家においてでありました。長井さんといっしょに帰っていくところを、見たわけです」

「まさか、わたしが自分の車にのせて、そのなかで殺したなんて、いうんじゃないだろうな? あのときは車を持ってなかったし、十一時は宵《よい》の口だ。しかも、人通りのかなりある通りだぜ。大格闘をやってりゃ、うけあい、黒山の人だかりができる。そりゃあ、テレビ映画のロケと、間ちがえるやつもいるだろうさ。けれども、印象にのこることは、たしかだね」

と、長井がいった。近藤は、また首をふって、

「いや、問題はほんとに帰っていったか、どうかということなんだ。あんたがたは、二階にいた。ふたりが、おりてきた。障子に、影がうつる。ガラスにあんたの顔が出て、あとを頼んだよ、といった。鴨江は、口をきいたわけじゃない。ぼくらが見たのは、影だけだ」

「変なことを、いうなよ。影だけじゃなく、ガラス越しに、からだも見えたはずだぜ」

「服とかばんだけです。顔は見えなかった。坂本さんが、鴨江の上衣をきて、かばんを持って帽子をかぶってたのかも、しれないでしょう?」

「ほほう。すると――鴨江重助はどこへいった、というんだね?」

と、老人が聞いた。

「二階で死んでたんじゃ、ないですかね?」

「その死体がふわふわと、練馬まで飛んでったのか?」

と、長井が嘲笑う。

「あんたが、車で運んだんでしょう? あんたは、鴨江とは駅前でわかれた、と称して、わすれ物をとりにきたね。じつは鴨江の服をきた坂本さんは、すぐ勝手口へまわって、ばあさんがわざとガタピシ、玄関をしめてるあいだに、家へ入ったんだ。あの台所の戸は、あまり音がしないから、ぼくたちは気づかない。あんたが友子さんに、悲鳴をあげさせると、文句をいいながら、二階からおりてくる。ずっと仕事をしてたように、ぼくたちは思ったわけです。あんたは家へ帰って、夜がふけてから車にのってやってくる。ぼくは見張り役としての責任上、熟睡はしてなかったから、車の音を聞いてますよ」

「家の前に、とまったのかね？」

と、坂本が聞いた。

「いいえ、裏通りです。だから、それほど気にとめなかった。しかし、その車は、二階からおろした死体を積みこんで、練馬へ棄てにいったんだ。坂本老の仕事部屋から、物干へでられますからね」

「老でけっこうだがな。老というくらいで、わしゃ体力がない。ばあさんが二階から、蒲団《ふとん》ぶくろをおろすのさえ手つだってやれんのだ。あんたも見て、知っとるじゃろ」

「その蒲団ぶくろですよ。奥さんが二階へ持ってっといた蒲団ぶくろへ、鴨江の死体を入れて、物干からぶらさげたんでしょう？」

「無理だねえ。鴨江さんはふとりぎみで、いかにも重そうだった。ぶらさげることも、かかえることも、わしにゃあ、できない相談だな」

「坂本さん、あんたがやったなんて、いってない。長井さんが、死体をおろしたんだ」

「わたしがか？　そりゃまあ、坂本さんより力はあるから、おろせないことはないがね。裏口から、物干へよじのぼるような器用なまねは、わたしにゃできないな。サーカスにいたことはないんだ」

と、長井は手をふった。

「曲芸をやったなんて、いってませんよ。階段をあがって、二階へいったんです。夜なかに坂本さんは、二回、手を洗いにおりてきた。水音がジャアジャア、聞えました。その水音が、曲者《くせもの》でね。音でごまかして、台所の戸をあける。いくらすべりのいい戸でも、夜ふけにゃ音がひびきますからねえ。さて、坂本さんがそとへでる。長井さんが、なかへ入る。長井さんは二階へいって、蒲団ぶくろに入った鴨江の死体を、物干から吊りおろす。下では坂本さんが、ぶつかって音がしないように、気をつけている。死体は無事、地上に達する。そこで、長井さんは階段をおりて、台所へいった。水音ジャアジャア、ガラス戸スルスル。そのあいだに、長井さんが出て、坂本さんが入る。そこへぼくが、様子をみに起きてきた、というわけです。まさに、危機一髪でしたね」

「あんとき、わしゃあ、あんたに洗面器を、二階へはこんでもらったな。つくりかけの版を、見せてあげたじゃないか。鴨江を殺したり、変装して外出したり、夜なかにそとへでたり入ったりしてたんじゃあ、とても、ひと晩であそこまでは、できゃあせんよ」

と、坂本はうそぶいた。近藤は目をつぶって、ゆっくり首をふりながら、

「そこが、大問題です。たしかにね。そのために、ぼくは確信が持てなかった。しかし、なぜ坂本老と長井氏が、がぜん手をくんで、鴨江に対してクーデターを起したか。それを考えているうちに、ひとつの仮説が生まれたんですよ。坂本の狸《たぬき》じじい――」

「こんどは、狸じじいか。わしが徳川家康公と、おなじ呼びかたをされた、と知ったら、あの世でおやじが喜ぶだろうな。おやじは旗本も旗本、小身ながら、瓦解《がかい》のときには公方《くぼう》さまといっしょに、駿府《すんぷ》へいったくらいの忠義者だったからね」

と、坂本剛太はすましている。

「ことによると、ずっと前から、版をつくっていたんじゃないか。鴨江とおなじように、木の葉を小判にする夢にとり憑《つ》かれていたんじゃないか。それほど激しくなくても、自分の腕なら本物とおなじ版がつくれる、という自信で、おもしろ半分、版をつくっていたんじゃないか。これが、仮説ですよ」

「それで、最後の講義もおしまいかね?」

と、長井がいった。近藤はうなずいて、

「もうすこし時間があれば、証拠でうらづけてご覧に入れるんですがね。仮説でよければ、もうひとつ、ありますよ。芹沢こと鴨江が殺されたことは、不必要になった人間を、どんどん棄てていく完全主義をにおわせる。鴨江重助は、酒場の雇われママみたいな――男だから、雇われパパか。いわば、おもてむきのボスでね。黒幕は、はなから、あんただったんじゃないんですか、長井さん」

「さあ、どうかな。しかし、変じゃないか。前のほうの仮説によると、わたしらはずいぶん、手のこんだことをやってるね。そんな必要は、ないように思うがな。わたしは、きみらを殺そうとしてるんだぜ」

「あのときは、そうじゃなかった。芹沢が死ねば、ぼくはあきらめて、手をひくだろう、と考えたんじゃないんですか？　友子さんは、死体をかつぎこまれて、ふるえあがる。ぼくに相談するか、あんたに泣きつくか、どっちにしても、おとなしくなるだろう。沖田は、埼玉県の土にしてしまう。最後に、土方を片づける、という予定だったんでしょうがね。三人が三人、なかなかしぶとい。しょうがないから、いっしょくたに殺してしまおう、ということなんじゃないのかな？　つまり、打った手がむだになった、というわけですよ」

「まあ、意見は自由さ。とにかく、きみのこじつけかたは、総理大臣より見事だったよ」

長井は、立ちあがった。小野崎も、ゴールデン三九Aをかまえて、立ちあがった。黒ちゃんたち五人が、ベンチをかかえあげた。

「みなさん、ご静聴を感謝します。蛍《ほたる》の光は、歌ってくれないほうがいいな。涙がとまらなくなると、いけない」

近藤が、あたまをさげた。坂本剛太はあたまといっしょに、目玉をキラッと光らして、戸口からふりかえった。

「わしゃ、贋幣《がんぺい》をつくりたいなんて、思ったこともないぞ。だが、本物をつくりたい、とは思ったな。だから、凹版、凸版、写真版、必要な版はのこらずつくった。あんたに見せたのは、できそくないのとちゅうでやめた版だ。けれども、わしはぜんぶ揃《そろ》ったその版を、他人に利用させたくはなかった。長井さんは、その気持をわかってくれた。だから、手を握ることにしたんじゃ。わしらは、贋幣をつくるんじゃない。わしの版で、印刷局の用紙に刷れば、これはあんた、本物ですぞ」

ちっぽけな老人のすがたが、見るみる戸口を圧して、大きくなったように見えた。

「なるほどね。すると、ぼくの想像は、あたっていたわけだな」

と、近藤はいった。ゆっくりドアから出ていきながら、長井がいった。

「あたまの中身だけ、おれのと取換えてから、殺したいくらいだよ。こんな地下室で、きみがくたばらなきゃならないのは、いくらいいあたまでも、つかいかたが悪けりゃなんにもならないって、見本だな」

ふたたび、ドアはしまった。

c

「きみは、こんな仕事をするより、私立探偵《たんてい》になったほうが、よかったんじゃないかな」

ドアがしまると、土方がいった。

「事務所をひらく金がない。それに、♨マークのまわりをうろついて、どこかの旦那さまが、女の子といっしょに出てくるのを待ってるなんぞ、おれの柄じゃないよ」

と、近藤はいった。

とたんに、友子が大きな声をあげた。

「あんたたち、のん気なことといってないで、なんとかする気ないの？　いつガスが入りこんできて、みんな死んじゃうかもしれないのよ」

「さわぐな、さわぐな。きみとは、水めしのわかれがすんでるじゃないか。ガスが入ってきてから、覚悟をしても遅くはないさ」

近藤がいうと、土方もうなずいて、

「そうだな。早くしてくれると、覚悟も早く、できるんだが……」

「臭《くさ》いわ。ガスよ。ガスが流れこんでくるのよ。あたし、死にたくないわ。どうしたらいいの？」

友子が、さけんだ。鍵穴《かぎあな》のあたりで、シュルシュル音がしはじめた。硫黄くさいにおいが、鼻をつく。

「ねえ、どうしたら、いいのよ」

「こうすりゃ、いいのさ」

近藤は、ぱっと両手をのばした、いつの間にか、縄《なわ》がほどけている。両足を縛られたまま、両手をつかって、壁ぎわに走った。泣きぼくろが吐きだしたチューインガムを、ひろいあげる。くるっところげて、ドアの下へきた。手をのばす。ガムを鍵穴へおしこんだ。

「これでいい。縄はすぐ、といてやる」

近藤は、自分の足首をほどきはじめた。

「ご婦人は、ぼくがひきうける」

土方の声に友子が顔をむけると、もう両手を自由にして、足首の縄も、あらかたほどいたところだった。

「あんたがた、サーカスで縄抜け奇術かなんか、やってたんじゃない？」

友子が、うれしそうに声をあげた。近藤は立ちあがって、沖田を自由にしてやった。

友子は土方に縄をといてもらうと、

「これから、どうするの？」

「それが問題さ。さっきあずけた拳銃《けんじゅう》をよこせ」

と、近藤は友子の腰に手をまわして、

「武器といったら、これ一丁。しかも、弾は二発しかない、ときてやがる。これだけで、どうやってやつらをダウンさせるか？　こりゃあ、むずかしいなあ。相手は八人。一発を三つに切っても、間にあわないぜ」

「しょうがない。私の秘密を公開するか。お女性の前で、失礼だが――」

土方は、ズボンのポケットへ、手をやった。ジッパーの音がして、ズボンのわきがひらいた。小児麻痺《まひ》のコルセットらしい白いものが見えた。土方の手は、白いものの内がわから、ゆがんだ三角形の黒いものと、黒い羊羹《ようかん》みたいなものを、三棹《みさお》ばかりとりだした。ジッパーをしめると、くるりとまわって、床からステッキをとりあげる。

「お前、びっこじゃなかったのか……」

と、沖田が目をまるくした。近藤は、土方の手をゆびさして、

「そりゃあ、銃床と挿弾子みたいだな」

「そうだよ。こうすると、オートマチック・ライフルが一丁できあがる。すごく金をかけて、特別につくらしたんだがね。実際につかうのは、きょうがはじめてだ」

「ほんとかな。射ちゃしなかったが、おれのあたまをなでたろう、その銃床で」

「さあね。だれも見たことのないものを、見せてやるんだから、黙ってろよ」

土方は、ステッキのにぎりをはずして、ポケットに入れた。次には石突きをはずして、ポケットに入れた。のこった部分を、灰褐色《はいかっしょく》の革の鞘《さや》からぬきだして、銃床にあてがうと、すばやくねじこみながら、

「うまく、できてるだろう？　ところで、どうやって部屋をでる？」

「錠前は、おれがひきうける。ちょっとのあいだ、息をつめててくれ」

近藤はめがねのつるから、鉄のピンをぬきだすと、ドアに走りよった。鍵穴につめた

ガムを、ほじくりだす。とたんに、ガスが流れこんだ。近藤は息をつめて、ピンを鍵穴へさしこんだ。

「そら、あいた」

「わあっ、助かった!」

友子がドアから、走りでようとした。土方がその腕をつかんで、

「大きな声をだすなよ。ひょこひょこ飛びだしたら、命がなくなる」

「だれかきたぞ。みんな、壁ぎわへよれ」

近藤が低い声でいって、ドアをしめた。鍵穴に耳をよせながら、コルトを逆に持ちかえた。足音がちかづいて、

「ちえっ、どうも臭いと思ったら、はずれてやがる」

という声が、鍵穴にちかづいたのは、しゃがんでガス管をひろいあげたのだろう。近藤は、さっとドアをあけた。ガス管を片手に、しゃがんでいたのは、赤いポロシャツの黒ちゃんだ。ぎょっとして、包帯だらけのあたまを、あげようとする。そこへ、拳銃の台じりがふってきた。げっといって、黒ちゃんは、部屋へころげこんできた。近藤は首をふって、

「かわいそうに、ふた晩つづきのご災難か。みんな、そとへでろ。まず元栓《もとせん》を見つけて、ガスをとめるんだ。階段へは、ちかづくなよ」

土方は、カートリッジを一本、銃身にさしこんで、さきに出た。つづいて、友子がとびだした。

「元栓は、あたしが知ってるわ」

沖田は、黒ちゃんのからだを、すばやくさぐった。

「ちえっ、飛びだしナイフしか持ってねえや」

「早くでろ」

近藤は廊下に出て、ドアをしめた。鍵穴にピンをさしこむと、たちまち錠がかかった。ガス管は、セロテープでとめてあったらしい。近藤はゴム管をひろいあげて、ガスのとまったのをたしかめてから、鍵穴にのこっているセロテープで、もとどおりにおさえつけた。

「階段の上に、見張りが立ってるぜ」

土方が小声で、近藤にいった。

「どうする？　音を立てれば、上まで聞えるおそれがあるな」

近藤は、土方の銃を見ながら、いった。

「おれが、やろうか」

沖田が、飛びだしナイフを、つきだした。刃を立てて、投げる手まねをする。土方は、オートマチック・ライフルをかまえたまま、首をふって、

「見張りのいる場所が悪い。階段をあがってったんじゃ、だめだな」

「エレベーターは？」

と、友子がいった。近藤は、廊下のまんなかにあるエレベーターを、ふりかえってみた。扉《とびら》があいて、ケージは地下へおりている。

「よし、それがいい」

d

「じゃあ、電源を入れてくるわ」

と、友子が廊下のおくへ、走ろうとした。

「待てよ。このエレベーター、大きな音がしやしないか」

と、近藤がいった。旧式な五、六人のりで、ケージのドアは、片すみへちぢまる鉄格子だが、外がわは内部のみえない鉄の扉だ。

「かなりひびくわよ。やっぱり、だめね」

「だめじゃないよ。みんな、エレベーターへ入ろう」

「よし、わかった」

土方は函《はこ》へ入ると、銃のさきで天井をついた。修理用のトラップドアが、ぽこんとあいた。

「なるほど、ここから一階へあがろうてえんだな。いい考えだ」

と、沖田がいった。

「きみ、ちょっと、これを持っててくれ」

土方は、ライフルを友子にわたすと、天井の穴にとびついた。鉄棒の要領で、たちまち上半身が、ケージの上へ消えた。つづいて、下半身が消えると、穴から片手が舞いおりてきて、

「銃をくれ、ぼくが上からひっぱってやるから、だれかに抱いてもらって、手をのばしなよ」

「大丈夫、ひとりであがれるわ」

友子は、銃を土方にわたすと、たちまちトラップドアにとびついた。スラックスの足が、宙におどった。と思うと、すぐ友子のからだは、函の上に消えた。沖田はあたまをかいて、

「おれはとても、あんなぐあいにゃいかないよ。上から、ひっぱってくれ」

トラップドアから、銃がおりてきた。沖田はそれにつかまって、壁に足をかけた。近藤が、尻《しり》をおしあげてやった。沖田はどうやら、函の上へあがった。最後に近藤が、あまりスマートではなかったが、とにかく自分ひとりであがった。トラップドアをしめると、シャフトのなかは、まっ暗だった。土方がいった。

「函の上に、機械がついてる。ぶつかるなよ」

「ドアに、手がとどくか」

と、近藤が聞いた。

「機械に足をかければ、とどくよ。すこし、あけるからな。のぞいてみてくれ」

ドアがすこしあいた。近藤がささやいた。

「だめだ。しめろ。ひとがいる」

「ちえっ、ロープをつたって、二階へいくか」

「あたしが、のぼってみるわ」

友子がワイアロープに、つかまろうとしたときだ。上のほうで、ドアのあく音がした。外がわから、金てこかなんかで、こじあけたのだろう。無理やりあけたのだから、音も大きい。シャフトに、光がさしこんだ。と思うと、

「はっはっは、なるほど、大きな鼠《ねずみ》がいるぞ」

大声がひびきわたった。あいたのは、四階のドアだった。土方は反射的に、オートマチック・ライフルをかまえた。けれど、射つべき相手のすがたが見えない。

「畜生、長井だな」

近藤は、トラップドアをあけて、ケージを見おろした。だが、あわてて蓋《ふた》をすると、

「下にもいる。顔をだしたら、目鼻がなくなるしかけだよ。拳銃かまえて、ねらってや

がる」

「いっぱい、くったか。だれだ、エレベーターなんていいだしたやつけ！」

と、沖田がいいながら、一階のドアをガタガタいわせた。ドアのすぐむこうで、

「入ってるよ」

と、返事があった。沖田はうなった。

「馬鹿にしてやがる」

「落着け！　これで、上から狙《ねら》われたら、どうしようもないぞ」

近藤がいったとたん、上から光が落ちてきた。大型懐中電灯の光だ。土方はあわてて、光のそとへとびだした。

「射ってくるぞ」

声がおわらぬうちに、ライフルの銃声がひびきわたった。近藤は友子をかかえて、ドアのほうへからだをよせた。同時に土方は、銃声にむかって、発砲していた。すぐ折りかえし、銃声がした。土方をねらったのだ。だが、もう土方は身軽にはねて、反対がわの壁に身をよせながら、射ちかえしていた。

シャフトのなかに、銃声がこもって、耳がつんぼになりそうだ。友子は、耳を両手でふさいだ。

「動くな。ここがいちばん、射ちにくい場所なんだ」

と、近藤がさけんだ。

「どうして、こんなことになっちゃったのかしら。あたし、エレベーターなんか、思いつかなければよかった」

「きみの責任じゃない。あのガス・チェンバーの壁の、上のほうにくっついてたまるいやつ。あれが、きっとB氏の話にあったような、新式の盗聴マイクだったんだよ。やつら、おれたちの声を聞いてやがったんだ」

懐中電灯の光が、シャフトのなかを、ぐるぐるまわった。土方は、その光をねらった。命中して、あたりは暗くなった。上からつづけさまに、銃声が起った。土方は、慎重にかまえて、射った。悲鳴が、上からふってきた。つづいて、死体がふってきた。

「気をつけろ！」

土方がさけんだ。死体は、包帯だらけのあたまで、小野崎と知れた。落ちながら、ワイアロープにあたって、イレギュラーバウンドした。ライフルも、いっしょにふってきた。それが、ケージの上に落ちると、沖田は手さぐりでひろって、四階のドアの隙間《すきま》の光へむかって、引金をひいた。だが、銃声は起らない。

「ちえっ、弾がねえ」

上からも、射ってこない。いつの間にか、四階のドアはしまっていた。とつぜん、ロープがふるえだした。友子がさけんだ。

「エレベーター、動きだしたわ！」

「やつら、ライフルがなくなったんで、おれたちをちかづける気だぞ」

と、土方がいった。ケージは静かに、あがりはじめた。

e

近藤は、沖田の耳に口をよせた。それから、友子の耳に口をよせた。土方にも、小声でいった。

「いいだろう。なにもしないより、ましだ」

土方は、銃にカートリッジをさしかえながら、小さくうなずいた。

「いいか。やるぜ」

近藤は、トラップドアを、はねあげた。拳銃をかまえた男が、すぐ下に見えた。その瞬間、沖田の手から、ナイフがとんだ。ナイフは、男の心臓につっ立った。男は拳銃を一発、天井に射って、床にたおれた。もうそのときには、沖田が身をひいて、かわりに近藤のコルトをもった手が、ケージをのぞきこんでいた。運転をしていた男が、近藤の弾をくらってたおれたとき、もう友子は、とびおりて、エレベーターをとめていた。

つづいて、三人がケージへとびおりた。土方が、トラップドアをしめた。ケージは二階と三階のあいだに、とまっていた。近藤は、運転していた男から、拳銃をとりあげた。

沖田は、自分がたおした男の拳銃をとりあげた。どちらも、オートマチックの二五口径だ。近藤は、一発のこった弾をだしてから、指紋をふいて、前の拳銃をすてた。手にのせた一発は、沖田へさしだして、

「口径は、おんなじだ。これで、そっちの拳銃をいっぱいにしとけ。ナイフの指紋、消すのを、わすれるなよ。これで、拳銃弾十四発が、味方になったわけだ。いまみたいなチームワークでいけば、うまくいくぞ」

「相手が、八人だとすると、屋根の上にいる殺し屋を入れて、四人、片づいたわけだな。のこり四人なら、大したことはないんだが……」

と、土方がいった。近藤は首をふって、

「もっと、いるかもしれないぞ。覚悟はしといたほうがいいな」

「どうするの、このまま、籠城《ろうじょう》するつもり?」

と、友子がいったとたん、ケージのなかのあかりが消えた。電源をきられたのだ。同時に三階のドアが、ガリガリガリッとあいた。隙間からスナブノーズがのぞいて、長井の声がした。

「武器をすてろ!」

「やれやれ、自分のビルだからって、そんなにぶちこわすことは、ないだろうがね」

と、近藤がいった。

「武器をすてろ、といったんだ」

「わかったよ」

土方利夫は、カートリッジをつけかえたばかりのオートマチック・ライフルを、いさぎよく床へすてた。沖田も、近藤庸三も、拳銃をすてた。

「ひとりずつ、上の穴から出てくるんだ」

「しょうがない。だれか、手を貸してくれ」

と、土方がいった。近藤は、土方の足もとに、四つんばいになった。土方が、その背に土足でのぼって、トラップドアをあけた。まず沖田が、近藤の背と土方の肩を足場に、ケージの屋根へでた。友子がつづいて足をかけると、

「助けてくれ。背骨が折れるよ」

近藤は悲鳴をあげて、つぶれそうになった。友子はあわてて、足をおろした。

「大丈夫？　あたし、ひとりであがるわ」

「いいから、いいから。女性は、男を踏み台にするのを、ためらっちゃいけない」

と、土方がいった。長井の声も、鉄格子のあいだから、せきたてた。

「なにを、ぐずぐずしてるんだ。馬とびをして遊べなんて、だれもいわなかったぞ」

友子は、トラップドアへはいあがった。土方がそれにつづいて、下から手をおろした。その助けで、近藤はケージの屋根へあがると、小野崎の死体をまたぎながら、

「こんどは、おれがさきに出るぞ」

「だれからでも、こっちはかまわない。ひとりずつ、手をあげておりてこい」

廊下で、長井の声がした。半びらきのドアのかげへ、友子と沖田をおしこみながら、見おろすと、リボルバーをかまえた長井をまんなかにして、漏斗《じょうご》あたまと泣きぼくろがならんでいる。漏斗あたまが持っているのは、沖田の軍用オートマチックだ。それにくらべると、泣きぼくろの二五口径は、いやに小さく見えた。三人のうしろには、坂本剛太が鷲《わし》づかみにしたベレで、つるつるあたまの汗を、しきりにふいている。

「いま馬をつとめたんだから、さきに出さしてくれても、いいだろうな、土方」

近藤がふりかえって、念をおした。土方は、トラップドアのわきまで、さがった。

「どうぞ、おさきに」

近藤は屋根から廊下へ、とびおりる姿勢を見せると、

「おりるから、射たないでくれ。もう降参だ。射つなよ」

といったとたん、膝《ひざ》をばねにして、逆にとびあがった。馬になったとき、たおれている男の胸からぬいたナイフを、長井に投げつけて、沖田と友子のいるドアのかげへ、とびこんだのだ。同時に土方は、トラップドアからケージへとびおりていた。オートマチック・ライフルをつかむが早いか、鉄格子のあいだから、ドアの空間めがけて、乱射した。

射ちつくすと、土方は、運転装置のところへからだをよせて、カートリッジをさしかえた。もちろん拳銃の応酬もあったはずだが、ライフルの連続音がとだえたいま、廊下にはなんの物音もしない。

「もう、いいぞ。あがってこい」

頭上で、近藤の声がした。土方が穴をあおぐと、沖田の手がのびて、銃をうけとってくれた。土方が、身軽に屋根へはねあがってみると、もう近藤は、廊下へとびおりていた。

廊下には、長井とふたりの手下と、坂本老人が折りかさなって、たおれている。長井のからだは空気がぬけたように、くにゃりとして、悪魔みたいな両耳と、左胸にささっている飛びだしナイフの柄だけが、ぴんと尖《とが》っていた。漏斗あたまは、いびつになって、血がどんどん漏れている。泣きぼくろの顔からは、泣きぼくろがなくなっていた。かわりに、穴があいている。老人のからだは、いちばん下になっていて、片手しか見えない。その手は、ぴくりとも動かなかった。

近藤は、死体から目をあげて、穴だらけの壁を見つめた。友子は、まっさおな顔をしかめて、両手で口をおおったまま、三人を見まわした。

「どうするの、こんどは？」

「どうするも、こうするもないさ。ずらかるより、しょうがない」

と、一本調子に、土方がいった。沖田は、花火みたいな舌うちの音を、廊下にひびかせて、

「なんてこった。もとでをかけて、けっきょく十円の得にもならねえ」

「ことわざにいわく、船頭多くして、船、山へのぼる。おれひとりなら、もうすこしなんとかなったものを、きみたちがわりこんできたから、いけないいんだ」

と近藤はいって、またケージへはいあがった。顔の汗をふきながら、沖田が聞いた。

「なにをする気だよ?」

「ずらかるのさ。その前に、指紋をふいとかないとね。ナイフはいまふいたから、拳銃やトラップドアだ。きみのも、ふいといてやるぜ」

「いや、おれも入る。あんたは、信用できねえ」

沖田もシャフトへ、逆もどりした。友子は、ケージのなかをのぞきこんで、

「あたしは、信用するわ。運転装置のハンドルも、ふいといてね。下で待ってるから」

と、近藤に声をかけると、口に手をあてたまま、階段のほうへ走っていった。

土方は、オートマチック・ライフルを分解して、銃床をズボンのなかへしまいながら、

「からのカートリッジが落ちてるから、ひろってくれないか。お嬢さん、だいぶこたえたらしいぜ。階段で、吐いてるんじゃないかな」

「無理もないさ。おれも、こんなひでえ死体は、はじめてだよ。長井のやつ、川獺《かわうそ》さま

に見はなされたらしいや」

近藤は、鉄格子のあいだから、カートリッジをさしだした。それをうけとりながら、土方が聞いた。

「川瀬さまって、なんだい?」

「やつが信仰してた焼酎《しようちゆう》のすきな神さまだ。もうちょっとましなのを拝んでりゃ、こんな死にかた、しなかったろうに。あの子、だいじょぶだろうか?」

「さきへいって、介抱してやるよ。じつをいうと、ぼくも吐きたいくらいなんだ」

土方は、もとのびっこにもどって、灰褐色の革鞘を、銃身にはめながら、階段へ急いだ。

f

ひと足おくれて、近藤と沖田が階段をおりていくと、一階の廊下へあと二、三段というところに、土方と友子が立ちどまっていた。土方のステッキには、まだ握りも、石突きもついていない。近藤は声をかけようとして、息をのんだ。わきで沖田が、

「畜生!」

と、うめいた。廊下のうす暗がりに、人間のかたちをした白いものが立っている。曲線にとんだ輪郭は、目をこらすまでもなく、女とわかった。上から下まで、ささやかな

三角形をのぞいて、まっ白けなのは、上から下まで、なにも着ていないからだ。さらに沖田には、目をこらすまでもなく、それが高原洋子とわかったらしい。友子をおしのけて、とびだそうとした。

「動くんじゃない。動くと、別嬪《べっぴん》さんのからだに、穴がひとつふえるからね。それも、大きいのが」

ヌードのうしろで、しわがれ声がした。聞きおぼえのある声だった。高原洋子は、近藤と初対面のときにくらべると、首から下はほぼおなじだが、首から上はかなり感じがちがっている。初対面のときには、目を見ひらいて、怒りに紅《あか》くもえていた顔が、いまは目をつぶって、恐怖に青くゆがんでいる。ちかくで見れば首から下も、メロン・シャーベットみたいに鳥肌《とりはだ》立って、ふるえているにちがいない。ウエストにくいこんだ拳銃が、それだけの相違を、惹起しているのだ。

「AさんにBさんにCさん、みんなそろったら、こっちへ出といで。その娘をまんなかに、一列横隊になるんだよ」

また、しわがれ声がいった。近藤は舌うちした。土方が目顔で、問いかけてきた。

「坂本剛太のかみさんさ。馬鹿にできないばあさんだ」

と、ささやいてから、近藤は声を大きくして、

「これは、奥さん、あんたがいるのをわすれてましたよ。ぼくがここへくるのを、あん

たが察して、長井に電話したんですね」

「猫《ねこ》なで声はおやめ。おじいさんはどうなったの？」

「お気の毒だが、なくなりました。ご遺体は、三階の廊下にあります。ぼくたちが、遺体になるかどうかのさかい目だったんで、やむをえず……」

「歯がいいっちゃ、ありゃしない。いつでも、口さきばかりなんだから。あたしがきて、よかったわけか」

おばあさんの声は、男のように歯ぎれがよく、自信にあふれていた。

一列横隊で廊下にならびながら、沖田がいった。

「ばあさん、その女をどうする気なんだ？　そいつはよ、車んなかに待たせてあったくらいで、いわば、みそっかすじゃねえか」

「悪党のあらそいに、みそっかすもないもんだ。でも、安心おしよ。別嬪さんだけ、殺しゃしないから。弾は七発、あるんだからね。のこった二発を、なんにつかおうか、いま考えてるとこさ」

ヌードにかくれて、顔が見えないせいか、ばあさんの声は、いやに人間ばなれして、聞えた。

「おれたちを殺して、紙をひとり占めしようってのか。女ひとりで贋札つくりは、荷が重すぎるぜ」

と、沖田がいった。ばあさんは、うしろ手にしばった洋子をひきずりながら、あとじさって、

「変なところへ、手を持ってくんじゃないよ。オートマッチなんか、ポケットに呑《の》んでるんなら、棄てておくれ」

「あのばあさん、本気だぞ。ガンさばきは大したもんだった。早まるなよ」

近藤が小声で、沖田にいう。それが、年よりの早耳で、聞えたらしい。

「本気だともさ。でも、あたしゃあ、じいさんのつくった版を、とりもどしたいだけだよ。あれを彫る気にさせるには、ずいぶん骨を折ったんだし、ここにのこしておいたら、じいさんの仕事だって、すぐわかっちまう。名人の名に、傷をつけたくないからね」

「ご主人おもいですな。しかし、ぼくらも、片っぱしから射たれるんじゃ、不公平だ、と思いますね。ガンマンの掟《おきて》にも、はずれやしませんか。こっちからも、女性をだしますから」

と、近藤は友子の肩に手をおいて、

「ここはひとつ、ご婦人同士の決闘、ということにしたら、どうでしょう？　代表が負けたら、ぼくらもあきらめて、いさぎよく弾丸をあびますよ。できるだけ派手なたおれかたを、ご覧に入れます」

「おもしろいわね。ガンはあるの？」

「三階にころがってるから、とってきましょう」

「それにゃ、およばねえよ。おれが一丁、持ってきた」

と、沖田がいった。近藤は舌うちした。さっきの伝で、飛びだしナイフを、長井の胸からぬいて、拳銃といっしょに、持ってくるつもりだったのだ。

「では、ぼくが介添役をつとめよう」

土方がホンバーグ帽をとって、ていねいに一礼した。洋子の一メートルちかいバストのうしろから、ばあさんの小ぢんまりした顔がのぞいて、

「まず、ルールをきめとくれ」

と、いった。土方は、壁のスイッチに手をのばして、

「もちろん、あかりをつけます。距離は現在のまま、ぼくがゆっくり、十までかぞえる。かぞえおわったら、射ってください。何発、射ってもかまいませんよ。射てるものならね」

「いいでしょうよ。早くガンを、その子にわたしなね。用意ができるまで、あたしゃ、この女をはなさないから」

9

「だめだわ、あたし、ピストルの射ちかたなんか、わからないもの」

と、友子がいった。近藤は、沖田に手をつきつけて、

「拳銃をだせよ。きみが口走ったおかげで、むずかしいことになっちまったんだぞ」

と、文句をいいながら、うけとったコルト二五口径を、友子のふるえる手に握らせた。安全装置をはずして、引金をひくばかりにしてやってから、

「いいかい。落着いて、運を天にまかせるんだ。しっかりにぎって、ばあさんの膝をねらえ。反動で、銃身があがるからね。ひくくかまえて、ゆっくり引金をひくんだ」

「こわいわ」

友子は、こんにゃくになったみたいにふるえる両手で、拳銃をにぎりしめると、まっすぐつきだした。ばあさんは、高原洋子をつきとばした。もんぺをはいた小さなからだが、電灯《でんとう》の光をあびて、右に左に拳銃を手玉にとりながら、立ちはだかった。洋子は壁にぶつかってから、ずるずるすべって、すわりこんだ。首がもちあがらないところを見ると、気をうしなったらしい。沖田がちかよろうとすると、ばあさんは、くるっと拳銃をまわして、

「決闘がすむまで、動くんじゃないよ」

「早くすましてくださいよ。迫力がありすぎて、息がつまりそうだ」

と、いいながら、近藤はネクタイをといて、シャツの襟《えり》をひらいた。コーヒーいろの細い革ネクタイは、外国製よりも、ずっと長い。裏へまわる部分のさきのところには、

鉄片が縫いこんである。近藤は壁に背中をつけたまま、そのネクタイで渦巻《うずまき》をこしらえた。

「用意ができたら、数をかぞえますよ」

土方は、ばあさんと友子を、見くらべた。ばあさんは、拳銃をにぎった右手を、だらんとたらしたまま、うなずいた。友子は、両手をふるわせながら、泣きそうな顔で、近藤を見た。

「ちょっと待った。おれたちは、銃豪ふたりのまんなかにいたほうが、いいんじゃないかな？　それ弾があたらないように」

と、近藤は玄関を背にしたばあさんと、裏口を背にした友子との、ちょうど中間に位置をうつした。玄関にむかって右の壁には、ばあさんよりに洋子がうずくまり、友子よりに土方が立った。左の壁には、ばあさんよりに近藤、友子よりに沖田が立った。

「用意、いいですね？」

土方は帽子をかぶると、右手に持ったステッキで、左の手のひらをかるく叩《たた》いた。

「ひとぉつ」

ばあさんは、しっかり口をむすんで、友子を見つめた。拳銃は、たれたままだ。土方のステッキが、左手を叩く。

「ふたぁつ」

友子のひたいは、もう汗で光っていた。ばあさんの小鼻が規則的に、ひろがったり、つぼまったりしている。

「みいっっつ」

近藤は、渦巻にしたネクタイを両手でにぎって、ばあさんの右手から目をはなさない。

「よぉっつ」

友子の頬《ほお》は、汗の縞《しま》をのせたまま、こわばってきた。ばあさんは鼻で呼吸しながら、もんぺの両足をすこしずつひらいた。からだが、低くなってくる。

「いつつ。むっっつ」

ばあさんの目が、つりあがってきた。その右手から、近藤は目をはなさない。土方はステッキで、左の手のひらを叩いた。

「ななぁっつ」

ばあさんの目は、ますますつりあがった。沖田は、汗で光った顔を、ばあさんにむけ、友子にむけた。友子の胸が、大きく波うっている。

「やぁっつ」

ばあさんの右手が、あがりはじめた。近藤は壁から、背中をはなした。とおの声を聞いた瞬間、ネクタイのおもりの入ったはじっこを、ばあさんの手首へかみつかせる気だ。

「ここのぉつ」

ばあさんの右手が、じりじりあがる。とつぜん、両手で拳銃をにぎりしめたまま、友子がさけんだ。

「だめよ。射てないわ。射てないのよ」

「とおっ」

同時に、土方の声が短くあがる。このときだけ、ステッキは、左手を叩かなかった。近藤の右手から、ネクタイが、さっと走った。だが、おもりを縫いこんだ先端は、むなしく床をうった。

拳銃をにぎったまま、友子がよろめく。沖田がとびついて、だきとめた。ばあさんは、両足をひらいて、右肩を落したまま、前かがみの姿勢をたもっていた。右手は拳銃をにぎったまま、だらんとたれている。

近藤は、銃声が一発も起らなかったことに、気がついた。よく見ると、ばあさんの右手首には、針みたいなものが、つきささっている。

拳銃が、床に落ちた。ばあさんは、尻もちをついてから、あおむけにたおれた。近藤は、走りよった。手首にささっていたのは、細くするどい、まっ黒な吹矢だった。近藤が、ふりかえる。土方は、うなずいた。握りと石突きのないステッキを、口にあててみせてから、帽子をとってさしだした。その内がわをのぞきこんで、近藤がいった。

「なんだ。セクシーな禿《はげ》よけのおまじないなんか、してないじゃないか」

そのかわり、金属の細い筒が二本、山のくぼみに縫いつけてある。一本はからだが、一本には吹矢がおさまって、円錐形《えんすいけい》の黒いしりを見せていた。

「なるほど、こいつを見せたくないんで、エロ刺繡《ししゆう》うんぬんの嘘を、ついたんだな」

「ライフルが間にあわないときの用意だよ。矢のさきに、クラーレが塗ってある。人間をねらったのは、はじめてだがね。練習しといてよかった」

土方は、右足を横にのばして、かがみこんだ。目をつりあげたまま、天井をにらんでいるばあさんの手首から、吹矢をぬきとった。

くちびるをゆがめて、近藤がいった。

「怨《うら》めしそうな顔をしてるじゃないか。ぺてんにかけられたんだから、無理もないかな。きっと化けて出るぜ、きみのところへ」

h

「畜生、あの紙、もったいねえなあ。なんとかならねえか、三人で共同してよ」

沖田は、裏口を出てからも、四階の窓をあおいで、未練がましくいった。

「まだあきらめないのか。命のかかったことなら、気もそろえるが、金もうけで協力する気は、ないね。一ダースもの人間が、この紙の罠《わな》にかかって死んだんだぜ。こんな殺伐なことにはならないもうけ口を、ぼくはさがすよ。じゃあ、おやすみ」

近藤は友子をいたわって、新橋駅のほうへ歩きだした。土方はいつの間にか、いなくなっている。沖田は舌うちして、まだ口のきけない洋子を、シボレーにのせた。走りだしてしばらくすると、公衆電話のボックスがあった。沖田は車をとめると、ボックスにとびこんで、警視庁の番号をまわした。

「もしもし、盗まれた紙幣用紙のあるところを、知ってるんですがね。あれには、賞金はかかってないんですか」

「そちら、どなたです？　いましがた電話をくれたひととは、ちがうんですか」

沖田はあわてて、受話器をかけると、ボックスから飛びだした。

「思いきりの悪い男だな」

いつきたのか、土方がシボレーのわきで、笑っている。

「ちえっ、あんたが知らせたのかよ」

「警察に協力するのは、市民の義務だからな。それはまた、税金のむだづかいをふせぐ方法でもある。じゃあ、ご機嫌よう」

土方は、びっこをひいて、歩きだした。駅のちかくで車をひろうと、高輪までいって、エジンバラ・キャスルふうの古い西洋館の前でおりた。門の表札に、土方とは書いてない。塀《へい》の一部分をこわして、新しくつくったガレージのシャッターが、すこしあがって灯《ひ》がもれている。土方はため息をつくと、門のくぐり手をきしませて、庭へ入った。

玄関を入ると、うす暗いホールのすみに、古ぼけた長椅子《ながいす》があって、毛布がたたんでのせてある。土方は、服をぬぎ、ワイシャツをぬぐと、かたわらのまるテーブルにのせた。いちばん上に、銃床をおさめたコルセット・ケースと、ステッキとホンバーグ帽をのせて、長椅子に横になった。たちまち、かぶった毛布の下から、寝息が聞えだした。

だが、しばらくすると、ホールに光がさしこんで、毛布をゆすぶる手があった。土方はあわてて、起きなおった。顔の長い白髪の老人が、金のかかった和服に、貧弱なからだをつつんで、立っていた。

「あとを、たのむよ。例によって、あれはまだ、満足していないようだ」

と、老人がいうと、土方はあかない目をこすりながら、

「ぼくも、だめですよ。今夜は、大活躍しましてね。へとへとなんだ」

「わたしだって、ひるまのあいだに、一億の利益をあげている。若いものが、弱音をはいちゃいけないな。なんのために、オモチャをあてがって、ここにおいてあるんだ」

老人は、まるテーブルに、長い顎《あご》をしゃくった。土方は長椅子から、足をおろした。

「わかりましたよ」

奥の部屋から、光が帯になってのびている。その戸口に、《バラバ》のマダムの裸形が、目測八八、五五、八三くらいのみごとなシルエットになっていた。胸に時計のペンダントだけが、光を吸ってかすかにきらめいている。土方は、アンダーシャツとパンツ

の手足をのばして、関節のはずれそうな大あくびをした。

沖田は、東両国の店の二階で、洋子の枕もとにすわっていた。洋子はひどい熱をだして、たえず寝がえりをうっている。そのたびに、ベッドへおちる濡《ぬ》れ手ぬぐいを、沖田はひたいにもどしてやった。

「いつだって一銭にもならないのに、いつだってあたしをこんな目にあわして、ひどいわ。もういやだわ」

洋子のうわごとは、そんな意味らしかった。沖田は、ため息をついて立ちあがると、アイスピックをにぎって、金だらいのなかの氷を、やけにくだいた。洋子がまた、寝がえりをうった。沖田は、濡れ手ぬぐいに片手をのばしながら、大あくびを片手でおさえた。

友子は、銀座通りで近藤とわかれて、神田のアパートへもどった。蒲団はしいたが、ねむる気になれない。新生を一本すったら、おなかのすいているのが、気になりだした。シャボン臭いのをがまんして、コロッケを頬ばったとたん、死顔がつぎつぎに目さきへ浮かんで、胸が悪くなった。しかたがないから、蒲団にもぐりこむつもりで、立ちあがったとたん、ドアにノックの音がした。

「どなた？」

「ぼくだよ」

近藤の声だった。ドアをあけると、ボストンバッグをさげて、近藤が入ってきた。

「きみはたしか、ぼくの弟子になりたい、といったね？」

「いったけれど、あきらめたわ。弟子はとらない主義なんでしょう？」

「特例をもうけてあげても、いいんだがね……住みこみでよかったら」

「こんなボロアパートに、未練はないけど、奥さんが白い目で見ないかしら」

「女房なんか、いないよ」

「だって、そういったじゃない。あれ、うそだったの？」

「アパートへ帰ってみたら、女房はいずくともなく、引っこしたあとでね。もう別のひとが入ってたんだ。このバッグが、管理人にあずけてあったよ」

「なあんだ。住みこみってのは、先生のほうが住みこみってことだったの？」

友子はケラケラ笑いながら、手をだした。

「部屋代半分、持ってくれるんなら、住みこみの先生でも、いいわ」

「いいとも、月謝でさしひきにしておくよ」

近藤は、電灯の光が胃袋にまでさしこみそうな大あくびをして、畳へあぐらをかいた。

NG作戦

I

競歩というのは、十八世紀、イギリスにはじまり、一九〇八年、ロンドンにおける第四回大会からオリンピックの種目にもなった陸上競技で、あっさりいえば、早いが勝の歩きっこだ。けれど、その反対、遅いが勝の歩きっこがあるとしたならば、この女は、そいつの練習を、しているにちがいなかった。

新品らしい黒の旅行かばんを、それほど重くはなさそうに、右手にさげて、ひとけのすくない裏通りを、慎重にえらびながら、千代田《ちよだ》城の大奥と、間ちがえてるようなすり足で、ゆっくりゆっくり、歩いていく。

くちびるが白くなるほど、口もとをひきしめて、目を大きくすえた顔は、化粧をしたら、かなりの美人になるだろう。だが、うしろから見えるのは、手入れをおこたった茶っぽい髪と、昆布みたいにだらんとした、黒のレインコートと、早春の埃《ほこ》りにまみれた二本の足と、汚れた黒のロウヒールだけだ。おまけに、からだの動きは不活潑、ときてるのだから、尾行する身としては、楽ではあっても単調すぎて、その退屈を、目の保養でまぎらわすこともできない。

そうとうな間隔をおいて、尾行しているレインコートの男が、そう思っている、と推定するのは、警官という名誉ある職業に対して、失礼にあたるだろう。だが、そのまたうしろを、歩いていく近藤庸三《こんどうようぞう》、そう思っていることは、たしかだった。なにしろ、東京駅のロッカー・ルームから、深川《ふかがわ》くんだりまで、かたつむりのお供をさせられたのだから、無理もない。

それでも、一ぬけた、という気が、近藤にないのは、女が貸ロッカーから、後生大事に持ちだした黒いかばんのせいだった。使いふるしで番号もばらばらの、一万円札、五千円札、千円札をとりまぜて、手つかずならば五千万、欠けてもわずかにちがいない額が、そのなかに、ぎっちりつまっているはずなのだ。しかも、その正当な所有者は、女でもなければ、尾行の終点にいるはずの、たしか名前を横田貞次《よこたていじ》という男でもない。

こう条件がそろっては、よろずトラブル引きうけ業、日本で一番めか、たまには二番めに、スマートな男をもって、みずから任ずる近藤が、黒いかばんを横取して、手数料天引の上、正当な所有者に、かえしてやりたくなるのも、あたりまえだろう。それを、すぐ実行に移さないのは、あいだに刑事という障碍物《しょうがいぶつ》が、あるからではない。

やはり日本で二番めか、たまには一番めにスマートな男で、悪意銀行という、知恵と技術の融通機関の設立者、土方利夫《ひじかたとしお》が、女にやとわれているからだ。女には、警視庁捜査一課本班の荒垣《あらがき》刑事が、すれちがいメロドラマにふさわしい顔立ちと、まさに裏腹なエネルギーを発揮して、すれちがうことなく、へばりついている。彼からいえば、指名手配の強盗殺人犯、彼女からいえば、夫の横田貞次のもとへ、金をはこべば、その場所に、たちまち刑事が参集することは、テレビのスイッチをひねれば、画面があかるくなるように、明白なのだ。

しかし、テレビも故障することがある。左足の負傷で、動きのとれない横田貞次に、女と金をわたした上で、首尾よく逃がす離れ業《わざ》が、土方利夫にできるかどうか、ぜひお手なみが拝見したい。それを楽しみに、近藤は、単調な尾行をつづけているのだ。

「それにしても、スローモーションだな。こいつも、土方の指示にちがいないんだが、スタイルをよくする運動じゃあるまいし、なんだって、こんなに、のろのろ歩いてやがるんだろう？」

近藤は油じみたベレをかぶり直しながら、腹のなかでつぶやいた。タートルネックのだぶついたスウェーターと、片手にかかえた分厚い画集で、貧乏絵かき、といった感じをだしている。画集には、雰囲気をだす以外の実用性もあって、しおり紐《ひも》をひっぱると、薄刃のナイフが一寸、その背の内がわから、抜きだせるようになっている。備えあれば、憂いなし。だが、そんな細工がしてなければ、いきなり、荒垣刑事を追いこしていって、

「こうすれば、だれも変な目で、見なくなるぜ」

と、女のあたまへ、その画集を、のっけてやりたいところだった。

Ⅱ

この蝸牛《かたつむり》行進には、ものすごい意味が、隠されていた。深川もはずれの、ごてごてした露地のおくの簡易宿泊所に、女が入ってから、一時間たらずで、それがわかった。とつぜん、二階の窓がわずかにあいて、新聞をじょうご形にまるめたメガフォンが、つきでてきたのだ。

「デカさんたちよ。かくれんぼやめて、出てこねえか。話があるんだ」

大声が、露地にひびきわたって、豆腐屋の自転車や、晩めしの買いものにいくかみさんの足もとをみだした。横田貞次の声だった。十日ほど前、いったんは横田の手首を、つかむところまでいった荒垣刑事が、それを確認した。

「いいか。いま、このドヤにゃあ、客と経営者ひっくるめて、十三人ばかり人間がいる。そいつをそっくり、おれは人質にしたぜ。踏んごむつもりなら、女房がとどけてくれたものを、見てからにしな」

ひと息つくと、またすこし窓があいて、そこに女が立ちはだかった。あせたグリーンのスウェーターを、ふくらませている乳房のあいだに、しっかり両手で支えているのは、茶いろがかった広口壜《ひろくちびん》。ウイスキイのポケット壜より、すこし小さいぐらいで、なかには、透明な液体が、入っているようだ。

「わかるかね？　NGだ。ニトロだよ。三硝酸グリセリン。これだけありゃあ、たった一秒で、このドヤそっくり、分解掃除ができるぜ。二度と組みたてられねえけどよ。それだけですみゃあいいが、ご近所も二、三軒、おつきあいねがうことになるんじゃねえかな」

女の腰のあたりから、目のつりあがった男の顔が、ひょいとのぞいた。足の負傷で、立てないのだろう。窓から顔をつきだすと、新聞のメガフォンを口に、大声をあげた。

「近所のやつら、聞えるか、ニトロといっても、わからねえかもしれねえが、この壜のなかの油みたいなものはな、ニトログリセリン、略してNG、ダイナマイトのもとになる爆発物だ。しかも、ダイナマイトほど、安全じゃねえ。ゆすぶっただけで、ドカンとくる。命の惜しいやつは、家からでるな。おれは強盗犯人の横田貞次だ。そこらへんにいるはずの荒垣ってデカに、足を射たれてよ。動きがとれねえで、やけになってる。ついでに、おれが淋しがり屋だってことも覚えといてもらおう」

すこし前から、一泊百円より、と看板のかかった二階屋を荒垣の電話で駈《か》けつけた刑事たちが、取りかこんでいた。もちろん、目立たない恰好で、目立たない場所に、陣どっているが、およそ六、七人だいたいの配置も、近藤には、見当がついた。

簡易宿泊所は、電車通りから、大どぶへぬけるせまい通りの、まんなかへんにある。それと平行に、もう一本、せまい通りがあって、そのなかほどは、屑屋のしきり場だった、この二本の通りをむすぶ露地が、ちょうど宿泊所の前から、直角にのびて、しきり場のトタン塀に、つきあたっている。警視庁から駈けつけた福本《ふくもと》警部は、まず露地の角で、荒垣刑事の説明を聞いた。

「たしかに、横田はいますよ。あの二階の正面の窓が、そうらしいんです。女が入っていって間もなく、松葉杖をついたおやじさんが、出てきたんで、聞いてみたんですがね。個室から一歩もでない、足に包帯した男がいる。というんです」

家出したいとこをさがしている、という口実で、荒垣が松葉杖の男から、話を聞きだそう、としているところは、近藤も見ていた。あやうく、吹きだすところだった。穴のあいたスキイ帽を、耳あてをおろして、かぶった上から、汚れた手ぬぐいで、頬かむりしたおやじ殿は、いかにも、こういう場所の住人らしく、はじめは首をふるばかりだった。けれどタバコをせがんで、一本せしめると、無精鬚《ぶしょうひげ》がタワシのような顎《あご》をゆるめて、ぼそぼそ話した。話しおわると、またタバコをねだり、けっきょく箱ごと巻きあげて、

「これで、買わねえですむが、せっかく出てきたのが、むだになった。なんなら、あの若いのに声をかけとこうか」

「いいよ、いいよ。どうもおじさんのいう顔立ちだと、ぼくのいとこじゃないようだ」

と、荒垣がいうと、おやじは、なんとなくうなずいて、日露戦争の負傷兵から、ゆずりうけたみたいな松葉杖で、ぴょこりんぴょこりん、宿泊所へもどっていったのだ。荒

垣が気づかないのも、無理ないけれど、これが、土方利夫だった。

きのう新宿の喫茶店で、女から相談をうけていたときには、真紅《しんく》の裏地がちらちらするる、薄手の黒いスプリングコートの襟《えり》もとに、白の濃淡でペルシャ模様を織りだしたシルクマフラーを、金のリングでまとめ、灰褐色の皮をかぶせた太めのステッキに、黒のホンバーグ帽という、こっちが気恥ずかしくなるようなスタイルだった土方が、こんな恰好、よくまあ、する気になったものだ。

それでも、偽びっこだけは、つづけているところを見ると、あまり実用的とも思えない組立式オートマチック・ライフルを、あいかわらず、ギプスに似せたケースにおさめて、腿《もも》につけているらしい。ステッキに見せかけてある銃身も、きょうは松葉杖に、変装させているのだろう。

とすると、すでになんらかの手をうって、横田をどこかへ、運びだしてあるかもしれない、と、近藤は心配しはじめたのだが、その予想はさいわい外れて、文字どおりの爆弾宣言がはじまったのだ。

Ⅲ

屑屋のしきり場のトタン塀のなかでは、荒垣刑事が、腕の短かさをなげきながら、拳骨《げんこつ》をふりまわしていた。

「畜生、あの女、ニトロを運んでやがったのか！　それであんなに、のろのろ歩いてたんだな。横田のやつ、ぶんなぐってやりたい」

「まあ、待て」

福本主任は、二重にたるんだ顎の肉を、ひっぱりながら、露地へ出ていった。背は低いが、肥ったからだにふさわしい大声で、

「横田、馬鹿なまねはやめろ、どうしたって、逃げられる可能性はないんだぞ」

「そう思ったら、踏んごんできなよ。区画整理のてまがはぶけて、区役所から感謝されるぜ。大声をあげると、傷が痛むから、もうやめるがね。最後に、取りひきがしたいんだ。午後八時きっかりに、調子のいい車を一台、玄関の前につけてくれ。ガスをたっぷりくわして、キイをさしたまま……運転は女房がするから、ショウファーはいらねえ。それだけ……心配してくれたら、NGは爆発させない。あんまり、人間のNGをだすと、監督のあんたが……プロデューサーに睨《にら》まれて、気の毒……だからな」

横田は、なんども息をついて、ひたいの脂汗を、苦しげに手でぬぐった。その顔を、女は、心配そうに見おろしながら、けれども、両手は壜をしっかりささえたまま、そろそろとしゃがみこんだ。窓がしまった。

「主任、どうします？」

菜食主義に転向したドラキュラ伯爵みたいな瘠《や》せた男が、レインコートのすそをなび

かせて、走ってきた。大どぶのほうに待機していた、勿来《なこそ》部長刑事だ。

「めんどうなことになったな。いちおう、本庁と所轄署に連絡して、応援をたのもう」

と、福本が、いった。部長刑事は、宿泊所の二階を睨みながら、

「でも、ほんとにニトロですかね。あれ？　あの女、どこで手に入れやがったんだろう」

「きのう喫茶店であった男からですよ、きっと」

と、荒垣刑事が、口をはさんだ。

「さっきロッカー・ルームで、また会ってましたからね。きのう頼んで、きょう受けとったんでしょう。あそこを出てから、ここまでずっと、お能の橋がかりみたいな歩きかたできたんですから」

「本物かどうか、確かめようにも、方法がないな。あのドヤから、働きに出てる連中がもどってきて、人質がふえると、ますますやりにくくなる。すぐ応援をたのんで、交通を遮断しよう。だれも、あすこへ近づけるな」

と、福本はいった。刑事になったばかりの若い小野田が、公衆電話のあるタバコ屋へ、走っていく。警部のまわりには、半纏すがたやジャンパーすがたの、福本班の刑事たちがあつまっていた。

「交通を遮断して、どうします？　あたしなら、顔《めん》がわれていないから、なんにも知ら

ないで泊りにきたようなふりができる。入ってみましょうか」

檜山《ひやま》という、年のいった刑事が、福本にいった。

「そんなことをしても、人質がふえるだけだ。とにかく、八時まで待とう。車の手配もしておかないと、いけないいな」

「横田のいいなりに、なるんですか？　せっかく、ここまで追いつめたのに」

と、荒垣はくやしそうだ。

「だから、確実な方法をとりたいんだ。やつだって、死にたくてしょうがないわけじゃ、ないだろう。このへんは、道がわるい。電車通りは、舗装してあるといっても、穴だらけだ。軌道内の敷石も、でこぼこだ。車はゆれるにきまってる」

「ニトロはおいてくだろう、というわけですか。しかし、やつは拳銃を持ってるはずだし、ひとりかふたり、人質をつれていく可能性もありますよ」

と勿来部長刑事がいう。福本警部は、顎の肉をひっぱりながら、

「拳銃の弾は、いちどに一発ずつしか、飛んでこない。ひとり、あるいはふたりの人質なら、救うチャンスも多いが、十三人いっしょでは、手のだしようがないだろう」

「ちぇっ、あのニトロが本物かどうか、簡単に確かめられたらなあ」

と、荒垣がいった。汚れた半纏に、ゴム長すがたの檜山が、また口をだした。

「だから、あたしがいってみる。近くから観察すれば、ホシのそぶりでわかる、と思う

んだ」

「だめだ。八時を待とう。ドアの両どなりと、露地の両角の家のものを、避難させておいたほうがいい。万一ということが、あるからな。横田が窓から、たぶん見張ってるだろう。気づかれないように、裏口から避難させるんだ」

福本警部は、たるんだ顎をひっぱりながら、いった。二重になった肉は、もう赤くなっている。

Ⅳ

たしかに、福本主任がいう通り、チャンスは、横田が女といっしょに、自動車にのるとき、見いだされそうだった。逆にいえば、土方の立てたＮＧ作戦の弱点が、そこにあるわけだ。

しかし、土方のことだから、弱点と見せかけたところに、トリックがあるのかもしれない。さもなければ、用心ぶかい横田が、作戦にのってこないだろう。横田の慎重さは、悪意銀行への依頼方法でもわかる。最初に土方がうけとったのは、差出人名のない封筒で、なかには鍵がひとつ、入っているだけだった。番号がうってあるが、なんの鍵ともわからない。

近藤は、ちょうどそのとき、西銀座も京橋よりの、裏通りにある悪意銀行に――といっても、おもてむきは《バラバ》という酒屋だが——いあわせて、こいつはおもしろいことが、起りそうだぞ、と思ったのだ。目を離さずにいると、あくる日、横田の女房が、電話をかけてきて、土方は、新宿まであいにでかけた。つまり、横田は、どうして知ったかはわからないが、難題であればあるほど、熱心になる土方の性質を、利用したらしい。

女房には、かばんのおいてある場所だけ教えて、鍵はわたさなかった。ということは、土方も、女房も腹の底から、信用はしていない。ことに女房には、警察の目が光っているること、承知の上だが、自分は動きがとれない以上、女房に金を持ちにげされないように、土方に牽制《けんせい》させながら、潜伏場所に呼びよせるより、しかたがない。かばんと女を手もとにおいて、ひと安心した上で、みずから招いた脱出不可能な状況を餌《えさ》に、土方の知恵をしぼりだそう、という腹なのだ。

「きっと、そういう食えないやつにちがいないぞ、横田ってのは」

屑屋のしきり場のトタン塀のなかで、福本たちの話に、聞き耳を立てながら、近藤は、考えた。

「とすると、車を都合しろというのは、ブラフと考えたほうが、よさそうだ。こいつは、目が離せないな」

トタンの隙間《すきま》からのぞいてみると、刑事たちは、近隣の住民を避難させるために、散ったらしい。荒垣のうしろすがただけが、簡易宿泊所の二階を、あおいでいる、近藤は、そっと声をかけた。

「荒垣さん、荒垣さん、ちょっとこっちへ、入ってきていただけませんか」

「なんだ、きみは？」

しきり場へ入ってくると、荒垣刑事は、近藤を睨みつけた。

「あたしゃあ、餓鬼んときから、虫を起しやすいたちなんですよ。そんな怖い顔、しないでください。おたくのほうじゃ、ご存じなくとも、こっちはよく存じあげている。トップ屋の近藤です。よろしく」

ベレ帽をはぎとって、ぺこっとあたまをさげてから、近藤は、早口でつづけた。

「横田の女を、荒垣さんが張ってるって、嗅ぎつけたもんですからね。辛抱してりゃ、いいネタがつかめるだろうと、この二、三日、あたしゃ、おたくを張ってたんですよ。でも、たいへんなことに、なりましたな」

「それだけ知ってりゃ、話すことはなにもない。邪魔しないでくれ」

「話すことは、こっちにあるんですよ。あれが本物のニトロかどうか。やりかたしだいで、あるていど確かめられる、と思うんですがね」

「どうやって？　コンクリートの防壁つくって、公開実験を要求する時間的余裕は、ないんだぜ」

「でも、簡単な公開実験なら、できるでしょう？　絶対確実なところはわからなくても、あるていどの目処《めど》はつく、と思うな」

「どんなことだ？」

「人質のひとりに、毒見をさせてみるんです。たしかNGってやつは、甘ったるい、焼けつくような味が、するはずなんだ。ただし、毒性を持ってますからね。たくさん嘗《な》めさせると、本物だったら、死んじまうおそれがある。ちょっとだけ」

「なるほど、やってみる価値はあるな」

荒垣はうなずいて、露地へ出ていった。そのすがたはしばらく見えなくなったが、福本主任を説きふせたらしく、ふたりでもどってくると、宿泊所の二階へ、声を張った。

「横田、相談したいことがある。返事をしてくれ。さっきのお前の申しいでに、答えたいんだ」

二階の窓には、西日があたって、曇りガラスがまぶしく光っている。ところどころ、板きれで補修してある齣《こま》が、歯のぬけたあとみたいだった。その窓があいて、女が顔をだした。手にはなんにも、持っていない。

「いま、横になってるんだから、静かにしてよ。返事はうかがわなくても、きまってるんじゃないの？」

「そうかもしれない。申しいでは承知するが、その前に、確かめたいことがある。そこにいるだれかに、ニトロをちょっぴり、嘗めさせてみてくれないか？」

女はいちどひっこんで、また顔を見せた。横田と――いや、近藤にだけはわかるが、土方と相談したのだろう。

「毒見をさせて、ほんとにＮＧかどうか、確かめよう、というのね。でも人質じゃ、あてにならないいんじゃない？　横田はピストルも持ってるのよ。そいつをつきつけて、どんな返事だって、させられるわ。いっそ、刑事さんが、お毒見したら？」

土方らしい返事だ、と思って、近藤は、にやりとした。

「けっこうだ。いまそっちへ、あがっていく。拳銃はこの通り、主任にあずけていくから心配ない」

と、荒垣がいった。

Ⅴ

窓の女のうしろから、横田貞次の声がひびいた。

「そんなの、だめだ。おれはお前に、しかえしがしたくてよ。尺取虫みたいに動きだす人さし指を、さっきから、なだめるのに骨折ってるんだ。きさまがおなじ部屋の畳を踏んだら、どうなるか、自信がねえ」

女の顔がひっこんで、すぐに出てきた。

「となりにいる主任さんは、背は低いけど、だいぶ力がありそうね。荒垣さんを肩車に、のせられないかしら。そしたら、お毒見させてあげるわ」

「しかたがない。荒ちゃん、おれの肩にのれ」

警部は、荒垣に背をむけた。刑事が肩にのると、福本の顔は赤くなった。それを、女は金太郎飴をもらった子どものように、よろこんで見おろしながら、

「ちょっと、ひっこむから、庇《ひさし》につかまって、待っててね、西日で壜があたたまって、爆発したらたいへんでしょう?」

と、いって、部屋のまんなかにもどった。坊主畳のいちばん平らなところをえらんで、安置してある広口壜を、そっと両手でつかんだ。そこは、横田が借りている個室ではなかった。一泊百円の客が、ざこ寝する十畳間だ。経営者の中年夫婦をはじめ、人質にされた男女が、すみに寄りあつまって、からだをかたくしている。

女は、両膝をついたまま、壜の栓に片手をのせた。緊張にくちびるが乾くのか、しきりに舌を走らせながら、片手でしっかり壜の胴をつかみ、片手で栓をしずかにねじる。目は、手もとから、離れない。みんなの目も、壜にそそがれていた。ガラスの栓が、ようやくぬけると、底に附着した液体がたれないように、逆に持ってから、女は、大きな息をついた。みんなの吐息もあつまって、遠い汽笛のように聞えた。

「ちょっと、あんた、足もとに気をつけて、ここへきてよ。その赤いカーディガンの」

　女は、まだ壜の胴をつかんだまま、人質の前列に、顎をしゃくった。色あせたカーディガンに、ジーパンの女は、売笑婦らしい。化粧をしていない、青砥《あおと》いろの顔をふって、いやいやした。

「くるんだったら！　蓋《ふた》をあけっぱなしにしとくと、あぶないからね。しっかり押さえてるんだよ」

　カーディガンの女は、おそるおそる匍《は》いだした。ジーパンの尻を高くあげ、両手をいっぱいにのばして、みょうな恰好で、壜をつかんだ。

「お待ちどおさま」

　ガラスの栓を持った女は、窓ぎわにもどった。荒垣刑事は、両手で庇をつかんで、のびあがろうとしている。

「さあ、得心がいくまで、味わってよ。手前どもでは、決して非良心的なものは、あつかってませんわ」

　女は、手をおろした。荒垣が、そっと舌をだして、鼻さきにある栓の底にふれる。たちまち、顔をしかめるのを見て、女はいった。

「もういいわね？　じゃあ、八時に車、たのむわよ」

　ゆっくりと、窓を離れる。庇の下で、荒垣の声がした。

「甘ったるいような、舌がちりちり焼けつくような、みょうな味です」

「じゃあ、やっぱり」

と、警部がいっている。女は鼻のさきで笑いながら、人質を見まわして、みんなの顔がいちだんと、恐怖にこわばったのを確かめた。慎重に壜にちかづいて、栓をすると、カーディガンの女にいった。

「もういいわよ、気をつけて、もとのところにおすわんなさい」

ジーパンの尻を持ちあげたまま、女は両手のあいだに顔をうずめて、しばらく動かなかったが、やがて、姿勢はそのまま、後退しはじめた。

「おい、銀子《ぎんこ》」

細めにあけた唐紙のかげから、横田の声がした。銀子は、窓をしめてから、襖《ふすま》のあいだをのぞきこむと、低い声で、

「なにか用？　目測どおり、部屋のなかはのぞかれなかったわ。お腹のへった鮒みたいに、口をぱくぱくさせて、のびあがってね。あんたにも、見せたかった」

横田か、あるいは、土方か、なにかいったらしいが、銀子の声より低くて、人質たちには、聞きとれなかった。女はうなずいて、部屋のまんなかにもどると、ゆっくり広口壜を持ちあげる。壜をささげた両手の指を一本だけのばして、

「あんた、もういちど、手つだってくれないかな」

と、赤いカーディガンを、ゆびさした。両手をにぎったり、ひらいたりして、緊張を

ゆるめていた女は、さっきより激しく、首をふって、

「どうして、あたいばかりに、いいつけるんだよ。堪忍しとくれよ」

「そんなに首をふると、空気が震動して、こいつが爆発するよ」

と、銀子は壜をつきつけて、

「おとなしく、立ちな。ここにいる女のなかじゃ、あんたがいちばん美人で、利口そうだから、たのんでるんじゃないの」

女はまた首をふりながら、立ちあがって、両手をのばした。

「こんどは、壜じゃないんだよ。あすこのすみへいって」

と銀子は、窓からいちばん離れた、個室よりの壁ぎわをゆびさして、

「裸におなり」

「裸に？」

「みょうな顔、しなくてもいいでしょ。あんたの商売じゃ、裸になるのは、序の口じゃないの。ただでぬげ、とはいってないわ。ストリップで稼げりゃ、楽でしょう？」

女の足もとへ、千円札が一枚舞いおちた。反射的にひろいあげたとたん、女の目から涙がひとすじ、不健康な頰に流れた。

「だって、あたい、踊れないもの」

「そんなこと、だれも命令してやしないわ。ここで踊れるのは、死神だけじゃないの」

「わかったわよ、ぬぎゃいいんでしょ」

女は、涙の浮いた目で、銀子を睨みつけながら、カーディガンの胸に手をあげて、

「たんと馬鹿にしなよ。でけえつら、しやがって、あんたたち、ここは逃げだせたって、どうせ落ちつくさきは、モンキイハウスだ。新聞に写真がでたら、そいつで尻をふいてやるからね」

「おだまり!」

銀子の声が尖る。その手が、ふるえた。みんなの目が、壜を見すえて、恐怖の息をのんだ。女も青くなって、あわただしくカーディガンをぬいだ。下はすぐ、黒ブラジァに青白い素肌で、それが見るみる鳥肌立った。ブラジァをはずし、ジーパンをぬいで、黒いパンティに、女が手をかけようとする。

「それだけでいいね。ぬいだものを、こっちにわたして——そう、ひとまとめにして、あたしの腋《わき》の下へ、はさんでちょうだい」

女がまとめて、さしだしたやつを受けとると、銀子は、両手に壜をささげたまま、唐紙のあいだから、横田のいる部屋へすべりこんだ。

VI

都電の通りから、大どぶへぬける小路には、簡易宿泊所の前の一本からも、屑屋のし

きり場の前の一本からも、完全にひとけがなくなった。しきり場の塀から、宿泊所の玄関を見とおす露地にも、猫いっぴきいない。両がわの家には、あかりがついているが、住人は避難して、だれも残っていないのだ。小路のうすくらがりに、ときどき刑事のすがたが、うごめくだけだった。

だが、宿泊所の二階の窓には、壜をささげた女のかげが、映っている。もう六時をまわって、深川の煤《すす》けた空は、日の名残りをかすかにとどめているばかり。

しきり場のなかで、近藤は、耳をすました。すこし離れたところで、福本主任と荒垣刑事らしい声が、なにかぼそぼそ話しているけれど、まるっきり聞えない。塀のそとへ出てみようとしたとたん、急に荒垣の声が、大きくなった。

「横田、どうして八時でなければいけないんだ。車なら、いますぐまわしてやるぞ。こんなことをつづけたら、そこにいるひとたちが、精神的にまいってしまう」

横田からの返事は、なかった。デカさんたち、しびれを切らしてきたらしいな、と思いながら、近藤がのぞいてみると、二階の窓の女のかげが、ゆっくり首をふっている。交渉に応ぜず、というわけらしい。

「もっと暗くなるのを、待っているのかな、いなかならとにかく、都内なら八時だって、いまだって、それほど変りはないのに」

と、近藤はつぶやいた。それとも、八時にこだわる意味があるのか。あたまをひねったが、見当もつかない。また十五分ばかり、なにごともなく、時間がすぎた。宿泊所のあかりは、二階についているだけなので、窓が宙に浮いているように見える。とつぜん、暗い玄関から、ひょろりとひとの影が、よろめきでた。

手ぬぐいで頬かぶりして、松葉杖をついた男だ。ふらふらして、二階を見あげながら、こっちへ近づいてくる。二階の窓がすこしあいて、女のかげのわきに、男のあたまだけが黒く、手のさきがそとにつきでた。拳銃をにぎっているらしい。荒垣が走りよった。

「おい、どうした?」

松葉杖の男は、おびえたように、地べたに紙きれ一枚、ほうりだして、ひきかえそうとした。足がもつれて、松葉杖が一本、ぼきっと折れる。男は、みょうな声をあげて、横っとびに、都電の通りのほうへ、からだをふりふり、駈けこんだ。荒垣がさけんだ。

「あぶない!」

二階の拳銃が、逃げた男のほうへ、むいたからだ。女の声が、ヒステリックにあがる。

「やめて! いいじゃないの、ひとりぐらい逃げたって。まだ人質は、一ダースもいるのよ!」

荒垣刑事は、ほっとして、足もとの紙をひろった。見おぼえのある横田の手で、大きく五行、マジックインクの文字が、ならんでいる。

〈熱があって、口をきくのもたいぎだが、からだを動かさなくても　腹はへる/お前のところのチャーハンで我慢するから　二人前とどけろ／ひとつは女房の分だから　腹も身の内などというなかれ／代金はデカに請求せよ　出前持は人質にしない　階段の途中において帰れ／病人はいたわるべし／角のラーメン屋どの　強盗殺人犯人横田貞次〉

「なんだ、めしの注文か。ずうずうしい野郎だな」

勿来部長刑事が、荒垣の肩ごしにのぞいて、舌うちした。この様子を、トタン塀のあいだから、見まもっていた近藤は、思わず声を立てそうになって、口をおさえた。たちまち、あたまがフルスピードで、廻転しはじめる。横田が、動けない、ということを、強調しすぎるのに、気づいたのだ。

ほんとに動けないものならば、刑事を案内してくること明白な女房を、なぜ呼んだのだろう。ことによると、傷はもうなおりかけて、松葉杖の一本もあれば、歩けるていどになってるんじゃないか。そう考えたとき、近藤のからだは、動きはじめていた。しきり場の裏へぬけて、電車通りへ大まわりする。露地口をかためている巡査に聞いてみると、

「ショックで口がきけないくらいで、ブン屋さんに松葉杖をふりまわしたりしますんで、交番で保護してありますす。奥で寝かしてあるはずですが、ああいう連中ですからね。警戒心が強い上に、おどかされてるから、いまいっても、なにも喋《しゃべ》らんでしょう」

と、教えてくれた。近藤を本庁の刑事と間ちがえたらしい。そんなところに、ぐずぐ

ずしているはずはないから、交番のうらのほうの露地を、あっちこっち、さがしてみると、両国《りょうごく》の駅のほうへ、ひょこひょこ急ぐうしろすがたが、見つかった。わき道を走って、さきまわりすると、近藤は電柱のかげから、声をかけた。

「横田さん、悪意銀行のものです」

Ⅶ

車は午後八時きっかりに、簡易宿泊所の前にとまった。運転してきた警官がおりると、勿来部長刑事が、二階へ声をかけた。

「用意ができたぞ」

「いま、おりてくわ。あんたがたは、むこうの通りまで、ひっこんでてね。すこしでも近づいたら、壜を投げつけるわよ。通りの出口がふさいであったりしたら、やっぱりドカンよ。いいこと?」

窓をあけて、銀子がいった。刑事たちは涙をのんで、しきり場のトタン塀まで、後退した。しばらくすると、うすぐらい玄関から、帽子をまぶかにかぶって、外套《がいとう》の襟を立てた男が出てきた。

「畜生、横田のやつ！」

と、檜山刑事がつぶやいた。つづいて、レインコートの襟を立てた銀子が、片手に拳銃、片手に茶いろい広口壜をささえて、よれよれのコートを羽織った若い女を、追いたてながら、あらわれた。

「このひとだ。人質につれていくわよ」

疳高《かんだか》い銀子の声が、刑事たちの耳にひびいた。

「あんたが尾行してこなけりゃ、一時間ぐらいで、このひと、どこかへおろしてあげる。尾行なんかしたら、地獄の底まで、いっしょにきてもらうからね」

「ちぇっ、やっぱり人質をつれていく気だ」

と、荒垣刑事は歯がみした。歯が一本のこらず折れて、口からとびだしそうな音がした。

「しまったなあ。ぼくなら、からだが小さいから、あの車のトランクに、もぐりこんどきゃよかったですね」

と、若い小野田刑事がいった。福本警部は、その肩をたたいて、声をひそめた。

「くやしがらなくても、ちゃんともぐりこんでるよ、もっと小さいのが」

「だれです、そりゃあ？」

と、荒垣が聞く。

「人間じゃない。特殊電波の発信機だ。そいつを頼りにしていけば、ぜったい気づかれずに、尾行ができる」

「でも、大丈夫ですか？　とちゅうで、人質を殺すようなことは……」

「やつらにしてみれば、あの人質が頼りだ。もうおいそれと、代りは手に入らないんだから、約束の一時間たたないうちに、殺すようなことは、まずないだろう」

福本主任は、自分のことばを信じこもうとするように、大きくうなずいた。

宿泊所の前では、銀子が、通りの出口のふさがれていないことをたしかめてから、広口壜を、玄関の敷居の上に、おこうとしていた。いよいよ最終段階だ、車を走りださせたら、大川をわたって、山の手のほうへむかう。目白への急な坂の上で、速度を落して、レインコートをぬいで、とびだすのだ。

刑事たちが、尾行してくるのは、わかっている。レインコートの下にきているものは、人質につれてきたパン助のものと、着がえておいた。自分がとびおりたら、刑事たちは、人質がおろされた、と思いこんで、車に追いすがるだろう。だが、車にのっているのは、横田の外套をきて、帽子をかぶった、アル中らしいじじいと、パン助と、どちらも運転など、できはしない。急坂をいせいよくおりた車は、たちまち衝突して……。

それには、人質もフロントシートに、のせておいたほうがいい。さいわいこの車は大きいから、三人ならんで、前にのれる。銀子は拳銃で、人質の背をおして、ハンドルの前にすべりこんだ。車は調子よく、露地口さして走りだした。

その瞬間、一台のライトバンが、すっと出てきて、出口をふさいだ。銀子はあわてて、ブレーキを踏んだ。人質の女が、悲鳴をあげた。銀子は、車からとびだして、拳銃をふりまわした。

「早くどけないか！　この車、なにしてるのさ」

ライトバンは、動かない。運転手がいないのだ。荷台に積んであるのは、不吉な白木の棺桶だった。いまにもずりおちかけていたのが、どすんと落ちると、なかからみょうな物音がした、めりめりと蓋があいた。だが、銀子はそれを見ていない。ふりかえって、刑事たちのすがたを見ると、教えられた通り、拳銃を操作して、引金をひいた。けれど、弾丸はとびださない。だれかが、弾をぬいたのだ。

「銀子、いったい、こりゃあ……」

めんくらったような声に、銀子は顔をむけて、棺桶から立ちあがる夫のすがたをみとめた。そのふたりへ、刑事たちが殺到した。荒垣が壜のことを思いだしたのは、手錠をかけおわってからだった。

「ニトロは？　壜はどうした？」

みんな、ぎょっとして、宿泊所のほうを見た。そこには、解放された人質たちが、青ざめた顔つきで、地面を見つめていた。ひとりがおそるおそる、ころがっている壜をひろいあげた。小野田が走りよって、それをとりあげた。

「ころがっても、爆発しなかったな」

と、つぶやいて、小野田は、ガラスの栓をとった。においを嗅いだ。そっと指をつっこんだ。とろりとした液体をすくって、口へ持っていった。だれも、なにもいわない。おそろしいほどの静けさだった。急に小野田は、泣き笑いに似た声をあげた。

「こりゃあ、水飴だ。水飴にタバスコソースかなんか、まぜたもんですよ」

Ⅷ

そのころ、両国橋上に停滞する車のむれのなかに、年式は古いが、モダンなシルバーグレイに塗りあげた、コンバーティブルの外車があって、ふたりの男が、夜の川風に肩をすくめていた。

「あすこから、だしてしまえば、あとはぼくの知ったこっちゃない。きみが目を光らしてることは、気づいてたからね。例の読みの深さで、肩代りしてくれる、と思ったんだ」

「それで、おれが声をかけても、横田のやつ怪しまなかったんだな」

「しかし、あいつがよく、棺桶のなかに入ることを、承知したね。きみはこんなあぶなっかしい商売をやめて、保険の外交になるべきだな」

「葬式がだせないから、千葉医大へ解剖用に死体を売りにいく、ということにして、千葉街道へでるのが、いちばんだって、説得したんだ。八時前に、あのドアへ棺桶をかつぎこめたら、さぞ愉快だろう、と、胸をわくわくさせてたんだが、交通遮断で、どうにもならなかった。ところで、きみはやつから、いくら手数料をとった？」

「しぶいもんですよ。たったの三十万さ」

「十万ぐらいは、おれによこすだろうな」

「きみはきみで、やつから巻きあげたはずだがね」

「急いでたんで、三万しか出させてないよ。葬儀屋に棺桶代と、ライトバンの借り賃はらったら、足代にもならねえ」

「それは、きみの経営方針がわるいんで、ぼくの責任じゃないようだよ」

「そんなことというと、横田を豚箱から助けだしてきて、けしかけるぞ。あいつ、かんかんになってるはずだからな」

「それも、なるほうが悪いのさ。ぼくは最初から、ちゃんと断っといたはずだ。この作戦は、ＮＧですよって」


（長編『第二悪意銀行』中の一挿話）

桃源社版『紙の罠』あとがき

ことしの四月から、三ヵ月のあいだ、隔週刊の雑誌に、「顔のない街」という小説を、連載しました。それが、この本の原型です。

推理小説には、ちがいないけれども、ひとつのなぞを、追いつめて、とくおもしろさを、狙ったものではありません。ひとつの大きな事件のなかで、主人公が、つぎつぎに出あう小さな事件を、どう切りぬけていくか、そのおもしろさを、狙ったものです。だから、場面ひとつひとつの、趣向と扱いかたしだいで、出来、不出来は、きまりましょう。こんど、本にするとき、扱いかたの悪かったところは、ぜんぶ、書きあらためて、新しい趣向の場面も、百枚ばかり、書きくわえましたから、おもしろさも、倍増したはずだ、と希望的観測をしています。

もともと、アクション小説を、という註文で、書いたものですが、まともな大活劇は、「ゼンダ城の虜」や、「スカラムーシュ」の古くから、エリック・アンブラーや、イアン・フレミングの新しいところまで、読むのは大好きでも、書くのはがらにあいませんので、読者の手に、汗をにぎらせることよりも、顎をゆるめさせることに、力をそそぎました。あきれかえっての笑いでも、うれしくなっての笑いでも、読者がにやにやしてくだされば、作者は本望です。

じつは、この作品のすぐ前にも、「飢えた遺産」というナンセンス・アクションを、書いていますので、こんどは、すこし傾向をちがえて、専門語をつかうと、オフ・ビート・アクションといったところを、試みました。オフ・ビートというのは、英米のいちばん新しい傾向で、推理小説ばかりでなく、西部劇などにも、ぽつぽつあらわれています。よぼよぼの拳銃つかいを、主人公にしたものなどがそれで、ひと口に、しかも、鹿爪らしく説明すれば、逆手をつかいつくしたミステリや、アクション・ドラマの、洗練されたかたちでの定石復帰運動、ということになるでしょう。ですから、この作品にも、強きをくじくヒーローや、それを助ける美女や、ヒーローの窮地にかけつける義侠の士や、悪玉や、その背後の大悪玉などが、アクションものの定石どおり、登場いたします。ただ、そのあらわれかたが、読者をあきれさせるだろう、と思いますが。

推理小説のさかんなことでは、いまや、イギリスをもしのごう、という日本です。それなのに、この新傾向、あちらにあって、こちらにない、というのは、いかにも、癪ですから、愛国運動の一環として、これを、書いてみたわけです。

「顔のない街」という題を、「紙の罠」にかえたのにも、もちろん、理由があります。去年、書きおろした二冊の本は、どちらも題名が、八字でした。そのあと、週刊誌に分載した中篇「札束がそこにあるから」と、長篇「なめくじに聞いてみろ」は、ともに十字です。雑誌にのせた短篇には、じつに二十二字という、長たらしい題名もあって、さきごろ、それらをまとめた短篇集は、「いじわるな花束」と、どうやら、七字におさえましたが、ほうっておくと、題はますます、長くなりそうです。しまいには、本の背中に、おさまりきらない長さになって、表紙から、見かえし、ついには扉まで、題名がつづいているような本も、できかねません。

「なめくじに聞いてみろ」に、手をくわえて、本にするとき、急にそれが、気になりだして、「飢えた遺産」という、字かずも半分、意味のわかりやすさも、以前の半分がた、ましな題名に、あわてて、とりかえました。それが、固定観念になってしまったらしく、なんでも、かんでも、短かくしたい。「顔のない街」は、五字ですから、気にすることはないし、きらいな題でもないのですが、急場しのぎにつけたものなので、どうも、内容にそぐいません。しっくりした題と、つけかえるついでに、二字へらした、というしだいです。

自作解説的な、したがって、必然的に、手前みそ的なあとがきを、書きおえたいま、この本に関する作者の作業は、すべておわりました。あとは、この不細工な紙の罠が、みなさんを、できるだけ、楽しませられるように、心配しながら、祈るばかりです。

一九六二年七月

都筑道夫

(『紙の罠』より　桃源社　一九六二年)

「近藤＆土方コンビ」あとがき

このふたりのトラブル・シューターは、長篇小説のために、こしらえた。だから、短篇はこの作品しかない。

主要人物の名を考えるのが、ひどく億劫だった時期で、なんとなく新撰組の局長、副長の名をつかった。ナンセンス・アクションの長篇を書きたかったので、アナクロニズムは気にならなかった。当時はまだナンセンス・ミステリイはすくなかったが、アメリカのスラプスティック・コメディ映画で育った私は、ギャグの連続の小説が書きたかった。

しかし、時期尚早だったらしい。あるいは私がせっかちすぎたのか、長篇をふたつ書いただけで、あとをつづける気がなくなった。いわゆる本格の謎とき小説の場合は、中心になるトリックがひとつ、サブのトリックがふたつぐらいあれば、長篇小説が一本、書ける。ナンセンス小説だと、場面ごとにコミカルな状況を考え、ギャグをいくつか、つくらなければならない。

だいぶ損なわけだが、そんな損得勘定で、やめたつもりはない。ギャグを考えるのに疲れた、というのが、正直なところだろう。

（『都筑道夫名探偵全集Ⅱ』より　出版芸術社　一九九七年）

【巻末資料】「日活映画ストーリー」より

総天然色　危いことなら銭になる

解説

ニセ千円札の贋造名人をめぐり、エースのジョーが暗黒街のボス始め非情の殺し屋と対決する痛快なハード・ボイルド・タッチに溢れた娯楽アクション大作。

キャストは、拳銃無敵の腕前ながらガラスを擦る音には全く弱いガラスのジョーに宍戸錠、パリの柔道教師を夢みる柔道二段、合気術三段の女子大生に浅丘ルリ子が、野心的アクションをめざす才人中平康監督作品に初共演するほか、計算尺で行動する計算機の哲に長門裕之、贋造名人に左卜全、非情の殺し屋コンビに郷鍈治、平田大三郎、さらに藤村有弘、草薙幸二郎、井上昭文、浜田寅彦、武智豊子といった豪華多彩なメンバー。

スタッフは企画久保圭之助、原作都筑道夫、脚本池田一朗、山崎忠昭、撮影姫田真佐久、照明岩木保夫、録音福島信雅、美術大鶴泰弘、編集丹治睦夫、音楽伊部晴美、助監

督曾我仁彦、製作主任園山蕃里、スチール井本俊康。

物語

トルコ風呂の一室で、臨時ニュースを聞いたガラスのジョーこと近藤錠次は、お色気をスパークさせるトルコ嬢しり目に、部屋を飛び出した。造幣局の千円紙幣印刷用のスカシ入りミツマタ和紙十億八千万円相当が強奪されたという。運転手は二人殺された……

同じころ、〝週刊犯罪〟の編集長、通称〝計算機の哲〟は、そのニュースを聞くや、〝週刊犯罪〟の古いグラビアをにらんでいた。そこには〝名人達人〟の表題のもとに〝贋金づくり日本一、坂本名人〟のしわだらけの顔があった。

もうひとり、都内のジムでバーベルを持上げたまま、耳にトランジスター・ラジオのレシーバーをつめこんだ男がニヤリと笑うと、表に飛び出した。通称ブル健こと芹沢健である。三人の目的は明らかであった。スカシ入りの紙を盗だ連中に、ガンペイの名人坂本老人を高く売りこむことだ。肝心の坂本名人は二日後に東南アジアから帰国予定だった。その日、羽田空港にはガラスのジョー、計算機の哲、ブル健の三人が集まった。お互いに顔なじみの三人は一瞬ギョッとしたが表面は素知らぬスタイルだ。拳銃をとっては無敵のジョーも、ガラスの音に弱い秘密を二人に握られていた。ところで漸く飛行機から姿を現わした坂本名人は、ただならぬ気配を察したが、突如、拳銃をふところに現われた二人の男によって、車に押しこまれてしまった。ポーカーフェイスの秀、ビッグの修という二人の殺し屋だ。秀と修は果物を切るように、和紙輸送の運転手と助手をナイフで刺し殺した張本人。ジョーたち三人はそれぞれ、愛用の車、メッサーシュミット、セドリック、ダンプカーに飛び乗ったが、すでに秀たちの車は走り去ったあとだった。ジョーの手がかりは、秀の持っていた特殊拳銃だ。早速、ハマの拳銃の展示即売会に現われたジョーは、売人の政から、秀のいそうな場所を訊き出した。秀の尾行から、ジョーは、平和ビルの一室をつきとめたが、そこに乗りこんでみると、意外にも、秋山とも子という若い美人がひとりいるだけだった。とも子はアルバイト学生で電話の取り次ぎをしているだけである。折も折、電話がかかった。「おい羽田の邪魔者君」、男の声はすでにジョーののりこみを探知していた。「ボデイ・ガードにやとったらどうだ。名人は、さらわれるぜ」ジョーの言葉に相手は「折角だがことわる。ついでに、女の子もクビだと伝えてくれ」ケンもほろろの挨拶だ。一方、とも子は「おかげでパリーに行く貯金が出来ない」とジョーにからむ始末。

講道館二段、合気術三段のとも子は、大学の仏文に通うかたわら、新聞広告で電話番をしていたのだった。「あなたのおかげで失職したってこと忘れないで！　どこまでもついていくわ」さすがのジョーもがっくりだ。そのビルの管理人長井は、すでにボスの指令を受けていた。長井はジョーに、ハマのキャバレー「アカプルコ」にいけば手がかりがつかめると話した。

ここ「アカプルコ」の秘密の地下室では妙なガラスばりのなかで坂本名人がせっせと銅版をほっていた。ガラスの向うには強烈なお色気にあふれたストリッパの踊りが逆さに映っている。「お色気がないと芸術的気分が湧かない」という坂本名人の注文をボスの土方が渋々承知したのだ。そのアカプルコの周辺には、黒ずくめの殺し屋が目だたないようにそこかしこにひそんでいた。ジョーが強引に助手台に坐ったとも子と少し離れた車のなかから様子をうかがっていると、何とブル健がジャリを満載してダンプカーで店先に飛びこんだ。その夜、結局、どさくさにまぎれて名人をかっぱらったのは計算機の哲だった。始めはジョーが名人をかっぱらったが、ガラスに〝キイッ〟と音をたてられ、ジョーがひるむ隙に連れていったのだ。「計算の結果、ジョーが敵地にのりこんで、名人を奪い、あとは、オレのところに転がりこむ、という寸法だ」得意の計算尺をみせながら、哲はニヤリとした。その哲は百%間違いなしとばかり、警視庁のロビーで、名人の引き渡しをボスに約束した。契約値段は百万円。

翌日、秀、修たちは何喰わぬ顔でロビーに出かけた。哲は名人を色気でつって、ロビーに連れていった。まさに、名人が修たちに引き渡されようとするとき、警視庁の玄関前で、広報車のスピーカーが流れた。「こちらは、東京精神病院でございます。本日午后一時頃、非常に兇暴性をおびた一人の患者が当病院から脱走致しました。特徴は……」ジョーはひそかにテープに声を吹きこむと、無人の広報車に仕掛けて哲に復讐した。そのため哲の計画は失敗に帰した。

ところで千円札の用紙は長井が平和ビルのなかで管理していたが、ふとしたことでとも子にかぎつけられた。とも子は得意の合気術で長井を倒すと用紙を長井のワゴンに積んで逃げ出した。そんなこととは知らないジョーは、ボス土方に名人を百万円で引き渡すことを約束したが、とも子の事件のため御破算になった。土方はジョーに、用紙を返さなければ、契約に応じられないとひらき直った。ジョーは直ちにとも子と連絡を取った。とも子は何も知らずに、そのまま平和ビルに戻ってきたが、土方の子分にかこまれた。一方、ジョーは計算機、ブル健と組むはめになり、三人協同で平和ビルにのりこんだが、土方の謀略にかかって地下室に監禁された。土方の子分ナキボクロは直ちにガスの元栓をひねり、ゴム管をドアの鍵穴にさしこんだ。「畜生！　土方の野郎はアイヒマンみてえなことをするな」口惜しがるジョーたちの耳にはシューッというガスの流れる音が聞こえた。ジョーはしばらく考えたすえ、ネクタイ・ピンを使ってそっと鍵穴に差しこんだ。ドアがあくと、見張りの男の胸にナイフがグサリと刺さった。拳銃がジョーたちの手にわたると、あとは筆では書けない凄惨な死闘が展開された。文字通りの皆殺しである。とも子は天井から降ってくる血の滝と屍体に吐き気をもよおした。別の地下室では、すでに印刷工程に入ったニセ千円札が何千枚と刷り出されている……ジョーたちは狂喜乱舞しながら、そのニセ札を土方の計画通り、三国人の王とドル交換するつもりだったが……………

◇ スタッフ ◇

企画……久保圭之介
原作……都筑道夫（『紙の罠』より）桃源社版　週刊実話特報所載
脚本……池田一朗
　山崎忠昭
監督……中平康
撮影……姫田真佐久
照明……岩木保夫
録音……福島信雅
美術……大鶴泰弘
編集……丹治睦夫

音楽……伊部晴美
助監督……曾我仁彦
製作主任……園山蕃里
スチール……井本俊康

◇　キャスト　◇

近藤錠次（ガラスのジョー）……宍戸錠
沖田哲三（計算機）……長門裕之
芹沢健（ブル健）……草薙幸二郎
秋山とも子……浅丘ルリ子
坂本名人……左卜全
婆さん……武智豊子
土方（ボス）……浜田寅彦
長井（その部下）……山田禅二
ポーカーフェースの秀（〃）……平田大三郎
ビッグの修（〃）……郷鍈治
紺野（バセコン）（〃）……野呂圭介

ノッポ（〃）……………………………………榎木兵衛
クロちゃん（〃）……………………………黒田剛
ナキボクロ（〃）……………………………玉村駿太郎
チビ（ポンコツ置場の作業員）…光沢でんすけ
政（拳銃の売人）……………………………井上昭文
木島（ワゴンの運転手）………………野村隆
武井（　〃　助手）……………………………大路達三
ミス・トルコ…………………………………北出桂子
ポーカーの相手A……………………………八代康二
　　　〃　　B……………………………瀬山孝司
　　　〃　　C……………………………小柴隆
交番の警官……………………………………玉井謙介
トラックの運ちゃん…………………………晴海勇三
喫茶店Kのボーイ……………………………川村昌之
銀行員…………………………………………山岡正義
車のセールスマン……………………………三笠鉄郎
運動具屋の主人………………………………市原久照

王……………………藤村有弘
金……………………河合英二郎
技斗…………………渡井嘉久雄

（「日活映画ストーリー　NO.669」）

日活 日活 日活 日活 日活 日活 日活 日活 日活 日活 日活 日活 日活

日Ⓚ活

危いことなら銭になる

総天然色

りの銃弾！　痛快！

かますみな殺しの歌!!

解説　ニセ千円札の贋造名人をめぐり、ニュースのジョーが暗黒街のボス始め非情の殺し屋と対決する痛快なハード・ボイルド・タッチに溢れた娯楽アクション大作。

キャストは、拳銃無敵の腕前ながらガラスを擦る音には全く弱いガラスのジョーに宍戸錠、パリの柔道教師を夢みる柔道二段、合気術三段の女子大生に浅丘ルリ子が、野心的アクションをめざす才人中平康監督作品に初共演する他か、計算尺で行動する計算機の哲に長門裕之、贋造名人に左ト全、非情の殺し屋コンビに郷鍈治、平田大三郎、さらに藤村有弘、草薙幸二郎、井上昭文、浜田寅彦、武智豊子といった豪華多彩なメンバー。

スタッフは企画久保圭之助、原作都筑道夫、脚本池田一朗、山崎忠昭、撮影姫田真佐久、照明岩木保夫、録音福島信雅、美術大鶴泰弘、編集丹治睦夫、音楽伊部晴美、助監督曽我仁彦、製作主任園山蕃里、スチール井本俊康。

物語　トルコ風呂の一室で、臨時ニュースを聞いたガラスのジョーと近藤鍛次は、お色気をスパークさせるトルコ嬢しり目に、部屋を飛び出した。造幣局の千円紙幣印刷用のスカシ入りミツマタ和紙十億八千万円相当が強奪されたという。運転手は二人殺された……

同じころ、〝週刊犯罪〟の編集長、通称〝計算機の哲〟は、そのニュースを聞くや、〝週刊犯罪〟の古いグラビアをにらんでいた。そこには〝名人達人〟の表題のもとに〝贋金づくり日本一〟坂本名人〟のしわだらけの顔があった。

もうひとり、都内のジムでバーベルを持上げたまま、耳にトランジスター・ラジオのレシーバーをつめこんだ男がニヤリと笑うと、表に飛び出した。通称ブル健こと井沢健

講道館二段、合気術三段のとも子は、大学の仏文に通うかたわら、新聞広告で電話番をしていたのだった。「あなたのおかげで失職したってこと忘れないで！どこまでもついていくわ」さすがのジョーもがっくりだ。そのビルの管理人長井は、すでにボスの指令を受けていた。長井はジョーに、ハマのキャバレー「アカプルコ」にいけば手がかりがつかめると話した。

ここ「アカプルコ」の秘密の地下室では妙なガラスばりのなかで坂本名人がせっせと銅版をほっていた。ガラスの向うには強烈なお色気にあふれたストリッパの踊りが逆さに映っている。「お色気がないと芸術的気分が湧かない」という坂本名人の注文をボスの土方が渋々承知したのだ。そのアカプルコの周辺には、黒づくめの殺し屋が目だたないようにそこかしこにひそんでいた。ジョーが強引に助手台に坐ったとも子と少し離れた車のなかから様子をうかがっていると、何とブル健がジャリを満載してダンプカーで店先に飛びこんだ。

その夜、結局、どさくさにまぎれて名人をかっぱらったのは計算機の哲だった。始めはジョーが名人をかっぱらったが、ガラスに〝キイッ〟と音をたてられ、ジョーがひるむ隙に連れていったのだ。「計算の結果、ジョーが敵地にのりこんで、名人を奪い、あとは、オレのところに転がりこむ、という寸法だ」得意の計算尺をみせながら、哲はニヤリとした。その哲は百％間違いなしとばかり、警視庁のロビーで、名人の引き渡しをボスに約束した。契約値段は百万円。

翌日、秀、修たちは何喰わぬ顔でロビーに出かけた。哲は名人を色気でつって、ロビーに連れていった。まさに、名人が修たちに引き渡されようとするとき、警視庁の玄関前で、

日活撮影所・宣伝部発行　東京都調布市下布田　電話（416）2110～9

日活 日活 日活 日活 日活 日活 日活 日活 日活 日活 日活 日活 日活 日活 日活 日活 日活 日活 日活 日活

日活 日活 日活 日活 日活 日活 日活 日活 日活 日活 日活 日活 日活 日活 日活 日活 日活 日活

十億のニセ札に舞うお色気旋風と銃

ろくでなしジョーが暗黒街にぶちか

である。三人の目的は明らかであった。スカシ入りの紙を盗だ連中に、ガンベイの名人坂本老人を高く売りこむことだ。肝心の坂本名人は二日后に東南アジアから帰国予定だった。その日、羽田空港にはガラスのジョー、計算機の哲、ブル健の三人が集まった。お互いに顔なじみの三人は一瞬ギョッとしたが表面は素知らぬスタイルだ。拳銃をとっては無敵のジョーも、ガラスの音に弱い秘密を二人に握られていた。ところで漸く飛行機から姿を現わした坂本名人は、ただならぬ気配を察したが、突如、拳銃をふところに現われた二人の男によって、車に押しこまれてしまった。ポーカーフェイスの秀、ビッグの修という二人の殺し屋だ。秀と修は果物を切るように、和紙輸送の運転手と助手をナイフで刺し殺した張本人。ジョーたち三人はそれぞれ、愛用の車、メッサーシュミット、セドリック、ダンプカーに飛び乗ったが、すでに秀たちの車は走り去ったあとだった。ジョーの手がかりは、秀の持っていた特殊拳銃だ。早速、ハマの拳銃の展示即売会に現われたジョーは、売人の政から、秀のいそうな場所を訊き出した。秀の尾行から、ジョーは、平和ビルの一室をつきとめたが、そこに乗りこんでみると、意外にも、秋山とも子という若い美人がひとりいるだけだった。とも子はアルバイト学生で電話の取り次ぎをしているだけである。折も折、電話がかゝった。「おい羽田の邪魔者君」、男の声はすでにジョーのりこみを探知していた。「ボデイ・ガードにやとったらどうだ。名人は、さらわれるぜ」ジョーの言葉に相手は「折角だがことわる。ついでに、女の子もクビだと伝えてくれ」ケンもほろろの挨拶だ。一方、とも子は「おかげでパリーに行く貯金が出来ない」とジョーにからむ始末。

ございます。本日午后一時頃、非常に兇暴性をおびた一人の患者が当病院から脱走致しました。特徴は……」ジョはひそかにテープに声を吹きこむと、無人の広報車に仕掛けて哲に復讐した。そのため哲の計画は失敗に帰した。ところで千円札の用紙は長井が平和ビルのなかで管理していたが、ふとしたことでとも子にかぎつけられた。とも子は得意の合気術で長井を倒すと用紙を長井のワゴンに積んで逃げ出した。そんなこととは知らないジョーは、ボス土方に名人を百万円で引き渡すことを約束したが、とも子の事件のため御破算になった。土方はジョーに、用紙を返さなければ契約に応じられないとひらき直った。ジョーは直ちにとも子と連絡を取った。とも子は何も知らずに、そのまま平和ビルに戻ってきたが、土方の子分にかこまれた。一方、ジョーは計算機、ブル健と組むはめになり、三人協同で平和ビルにのりこんだが、土方の謀略にかかって地下室に監禁された。土方の子分ナキボクロは直ちにガスの元栓をひねり、ゴム管をドアの鍵穴にさしこんだ。「畜生！土方の野郎はアイヒマンみてえなことをするな」口惜しがるジョーたちの耳にはシューッというガスの流れる音が聞こえた。ジョーはしばらく考えたすえ、ネクタイ・ピンを使ってそっと鍵穴に差しこんだ。ドアがあくと、見張りの男の胸にナイフがグサリと刺さった。拳銃がジョーたちの手にわたると、あとは筆では書けない凄惨な死斗が展開された。文字通りの皆殺しである。とも子は天井から降ってくる血の滝と屍体に吐き気をもよおした。別の地下室では、すでに印刷工程に入ったニセ千円札が何千枚と刷り出されている……ジョーたちは狂喜乱舞しながら、そのニセ札を土方の計画通り、三国人の王とドル交換するつもりだったが……

◇スタッフ◇

企画……久保圭之介
原作……都筑道夫
（「紙の罠」より）桃源社版 週間実話特報所載
脚本……池田一朗
山崎忠昭
監督……中平康
撮影……姫田真佐久
照明……岩木保夫
録音……福島信雅
美術……大鶴泰弘
編集……丹治睦夫
音楽……伊部晴美
助監督……曽我仁彦
製作主任……園山蕃里
スチール……井本俊康

◇キャスト◇

近藤錠次（カラスのジョー）……宍戸錠
沖田哲三（計算機）……長門裕之
芹沢健（ブル健）……草薙幸二郎
秋山とも子……浅丘ルリ子
坂本名人……左卜全
婆さん……武智豊子
土方（ボス）……浜田寅彦
長井（その部下）……山田禅二
ポーカーフェースの秀〃……平田大三郎
ビッグの修（〃）……郷鍈治
紺野（パセコン）（〃）……野呂圭介
ノッポ（〃）……榎木兵衛
クロちゃん（〃）……黒田剛
ナキボクロ（〃）……玉村駿太郎
チビポンコツ置場の作業員……光沢でんすけ

政（拳銃の売人）……井上昭文
木島（ゴンの運転手）……野村隆
武井（〃助手）……大路達三
ミス・トルコ……北出桂子
ポーカーの相手A……八代康二
〃B……瀬山孝司
〃C……小柴隆
交番の警官……玉井謙介
トラックの運ちゃん……晴海勇三
喫茶店Kのボーイ……川村昌之
銀行員……山岡正義
車のセールスマン……三笠鉄郎
運動具屋の主人……市原久昭
王……藤村有弘
金……河合英二郎
技斗……渡井嘉久雄

日活映画ストーリー NO. 669

「日活映画ストーリー　NO. 669」（1962年）より © 日活

編者解説

日下三蔵

都筑道夫の手がけた作品ジャンルは幅広い。《キリオン・スレイ》シリーズ、《物部太郎》三部作、《退職刑事》シリーズなどの本格推理、《なめくじ長屋捕物さわぎ》などの捕物帳（時代ミステリ）、『十七人目の死神』『悪魔はあくまで悪魔である』などの恐怖小説、『酔いどれ探偵』や《西連寺剛》シリーズなどのハードボイルド、『神州魔法陣』『神変武甲伝奇』などの時代伝奇小説、『夢幻地獄四十八景』以下のショートショート集、『蜃気楼博士』『妖怪紳士』などの少年もの、『翔び去りしものの伝説』『未来警察殺人課』などのSF・ファンタジー、『黄色い部屋はいかに改装されたか？』『推理作家の出来るまで』などの評論・エッセー、他にもシナリオ集『都筑道夫ドラマ・ランド』や昭和二十年代に様々なペンネームで発表した時代小説、推理小説、講談などを当時の名義のまま収めた『都筑道夫ひとり雑誌』（全4巻）のように類書のないユニークな著作もたくさんある。

どの一冊をとってもクオリティが高いのは驚異的だが、とりわけ凄いのが一九六一（昭和三十六）年から六七（昭和四十二）年にかけて発表された初期の長篇八作である。二十年か三十年は時代を先取りしていた実験的・独創的な作品群で、当時の著者が「前衛的な作家」と評されていたのも当然だろう。評論家の大内茂男は「推理界」六八年三月号に掲載された作家論「前衛作家・都筑道夫」で、これらの長篇をふたつの系統に分類して、それぞれを「超本格」「超アクション」と命名している。

記憶喪失の主人公を「きみ」という二人称で呼びながら進行する洒落たスリラー『やぶにらみの時計』（61年1月／中央公論社）、白紙を綴じた東見本に書き込まれた手記という奇抜な設定を最大限に活かした『猫の舌に釘をうて』（61年6月／東都書房）、二人の誘拐犯人が事件の顚末を交互に語っていく『誘拐作戦』（62年8月／講談社）、現代の東京に忍者が登場する翻訳ミステリの作中作と、それを訳している翻訳家の周囲の事件が並行して進んでいく『三重露出』（64年12月／東都書房）と、構成や叙述のスタイルに工夫を凝らした作品群が「超本格」だ。

綾辻行人がデビューした八七年からの数年間で、本格ミステリを志向する作家が次々と登場し、「新本格ムーブメント」と呼ばれることになるが、叙述トリックは彼らが多用したことで、ようやくミステリ・ファンに広く認知されるのである。それ以前に叙述トリックを多用していた作家は、辻真先と中町信くらいしか見当たらず、その辻真先は都筑道夫に影響を受けて、このスタイルに挑戦したと述べている。「超本格」の作品群が、いかに早かったかがお分かりいただけるだろう。

一方、「超アクション」に該当するのは、『なめくじに聞いてみろ』（62年7月／東都書房／初刊時タイトル『餓えた遺産』）、『紙の罠』（62年9月／桃源社）、『悪意銀行』（63年7月／桃源社）、『暗殺教程』（67年1月／桃源社）の四作。いずれもアイデア満載の活劇小説で、著者自ら「活字のジェットコースター」と称したタイプの作品群である。北上次郎は「別冊新評」の都筑道夫特集（81年7月）に寄せた「都筑道夫のアクション小説」で、主人公が肉体を駆使して危機を切り抜けるタイプのアクション小説を「真性活劇」、アイデアを重視する都筑流のアクション小説を「陽性活劇」と位置づけて対比し、日本には後者の作例が少ないことを指摘している。

北上論考から三十八年が経過した現在においてすら、真の意味で「陽性活劇」と言い得るミステリは、伊坂幸太郎の《陽気なギャング》シリーズ（祥伝社文庫）くらいのものだろう。大沢在昌『走らなあかん、夜明けまで』（講談社文庫）、志水辰夫の『あっちが上海』と『こっちは渤海』（いずれも集英社文庫）、西村健『ビンゴ』（講談社文庫）、貫井徳郎『悪党たちは千里を走る』（幻冬舎文庫）と、近い味わいの作品を数えてみても十指にも満たない。北上さんが「二十年前の都筑道夫のアクション小説が今もなお、燦然とかがやいているのである」と前記の文章を結んだのは、まったく大げさではない。

もっとも作品の内容は発表当時の時事風俗に密着しているから、例えば昭和末期あたりに本書を読んだ人の中には「古くさい」と感じた人もいたようだが、二十一世紀に入って、ほぼ二十年が経過した現在から見れば、昭和三十年代の作中風景はもはや歴史の一部となっており、古さを感じることもない——というか、古くて当たり前と認識しながら読めるだろう。作品のメインであるアクションや、裏のかき合い、騙し合いのアイデアは、むしろ新鮮に思えるくらいだ。

ここで、本書を含む《近藤&土方》シリーズの初出一覧を整理しておこう。

A　顔のない街　「特集実話特報」62年4月9日〜7月9日号（7回）
1　紙の罠　62年9月　桃源社（ポピュラーブックス）
B　悪意銀行　「週刊実話特報」63年1月3日〜2月7日号（5回）
2　NG作戦　「宝石」63年2月号
3　悪意銀行　63年7月　桃源社（ポピュラーブックス）
4　ギャング予備校　「特集ニュース特報」64年1月27日〜3月9日号（4回）

中篇Aに加筆して長篇化したのが1、中篇Bに加筆して長篇化したのが3、2が短篇、4が中篇である。今回のちくま文庫版では、本書に1と2、続刊『悪意銀行』に3と4

を収めて、初めてシリーズを集成した。AとBも併録したいところだったが、Aのテキストが一回分どうしても入手できず、今回はあきらめざるを得なかった。これに関しては、次の機会を待ちたい。

「顔のない街」は双葉社の隔週刊誌「特集実話特報」に連載された。一回分の枚数は約四十枚。七回連載された三百枚弱の原稿をベースに、大幅に加筆したのが長篇『紙の罠』である。初刊本の「あとがき」では「百枚ばかり、書きくわえました」とあるが、実際には百五十枚以上、増えているだろう。特に最後の最後に用意された意外な人物との決闘シーンは、『紙の罠』でまるまる書き足されたものだから、連載を読んでいた人も大いに満足したに違いない。

連載と単行本では、登場人物の名前が変わっており、「顔のない街」では近藤庸三が近藤幸治、土方利夫が沖田、坂本剛太が坂本剛造、沖田が芹沢、芹沢が土方に、それぞれなっていた。

『紙の罠』は桃源社の新書判叢書〈ポピュラーブックス〉の一冊として、真鍋博の洒落たイラストで刊行された。ポピュラーブックス版カバーそでの内容紹介文が面白いので、ご紹介しておこう。

夏の夜、灯火に群がる火取り虫のなかには、抜け目のない奴もいる……その火取り虫

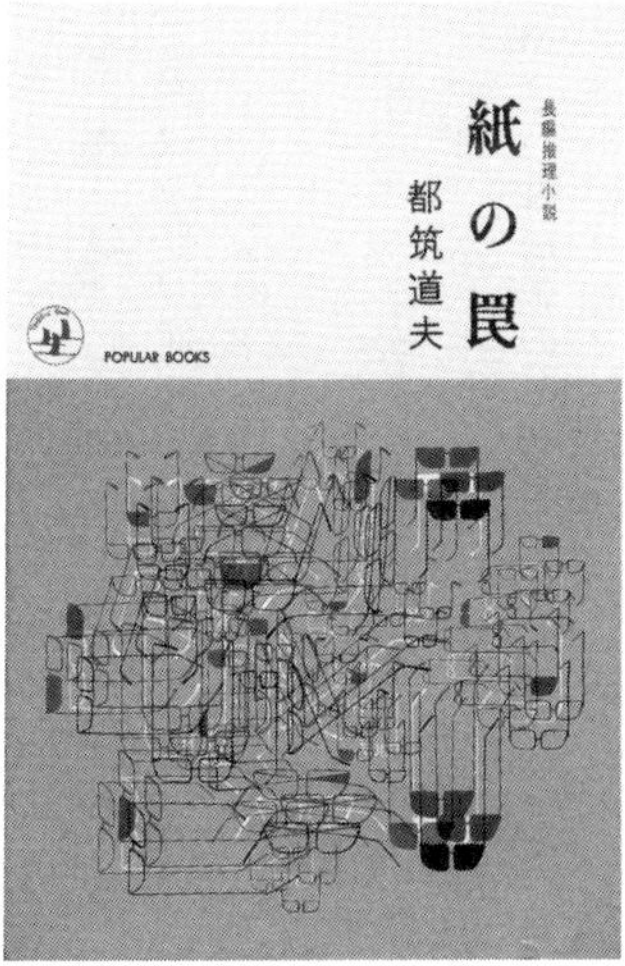

桃源社〈ポピュラーブックス〉版

真鍋博の挿画による扉

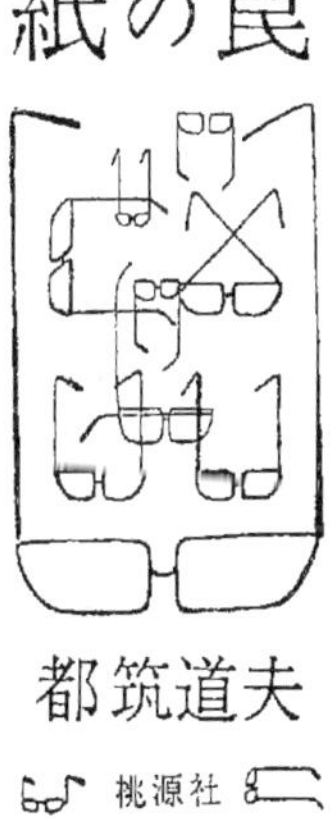

真鍋博による都筑道夫のシンボルマーク
「木のないキツツキ」＝「ツヅキ」の洒落

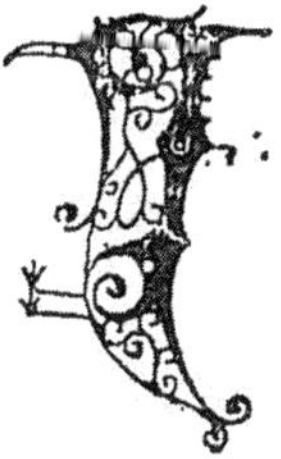

のような連中が、贋幣というエサに飛びついて、そのエサの一人じめをもくろんでは、次々と身を滅ぼしてゆく……。

逆転、逆転、逆転、逆転、逆転……とサスペンスとナンセンスを織りまぜたオフ・ビート・アクション・ミステリの野心作。


山藤章二が著者の似顔絵で表紙と裏表紙を飾った三一書房の〈都筑道夫異色シリーズ〉では、六八年七月に刊行された第四巻に、続篇『悪意銀行』との合本で収められた。この三一書房版の「あとがき」は、ちくま文庫から続けて刊行される『悪意銀行』の方に収録する予定である。

七八年十二月に角川文庫に収められた。七九年六月に再版、八〇年六月に三版、八一年七月に四版が出ているところまでは確認できているから、まったく売れなかった訳ではないだろうが、角川文庫の都筑作品の中では、比較的早く絶版になっている。

八三年の春から都筑道夫の作品を集め始めた私の体験では、その時点で新刊書店で買えなくなっていた文庫本は、『キリオン・スレイの復活と死』『キリオン・スレイの再訪と直感』『紙の罠』『感傷的対話』の四冊だけであった。特に『紙の罠』が読みたくてたまらず、それまで縁のなかった古本屋に足を踏み入れたのは、今にして思えば人生最大の転機であった。

角川文庫版

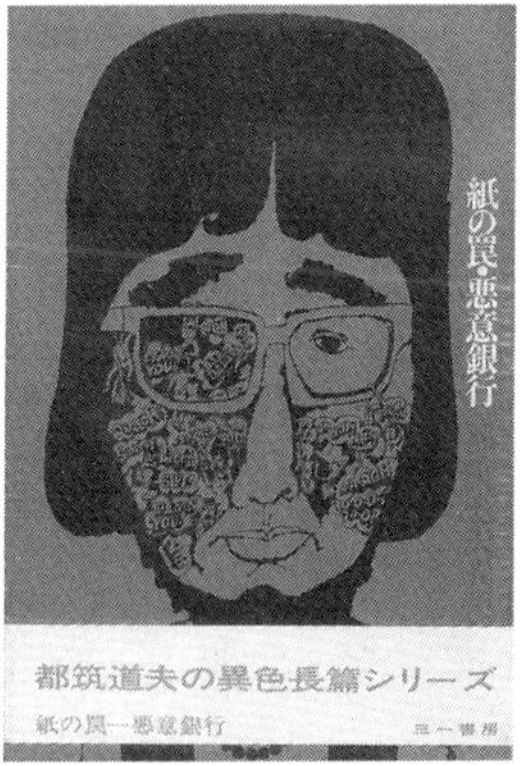

三一書房〈都筑道夫異色シリーズ〉

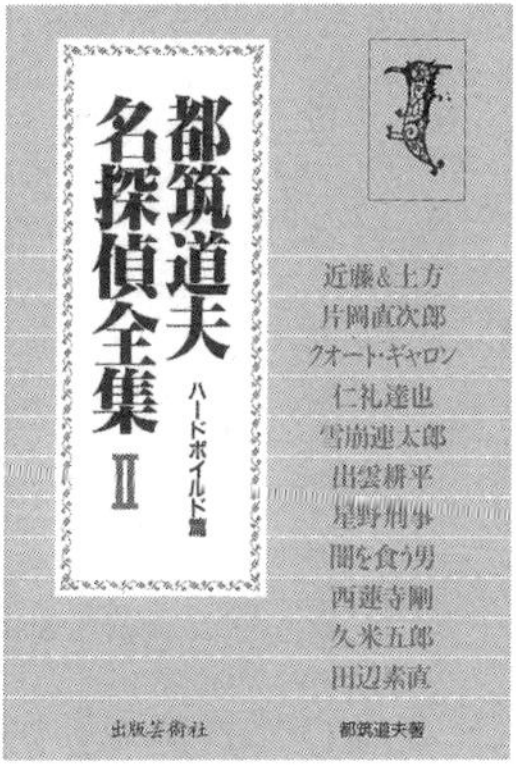

『都筑道夫名探偵全集 II　ハードボイルド篇』出版芸術社

上記の表４

私事はともかく、『悪意銀行』がポピュラーブックスで三回、三一書房版と角川文庫版の後にも光文社文庫『都筑道夫コレクション《ユーモア篇》悪意銀行』(03年5月)に表題作として収められ、合計六回も刊行されているのに対して、内容的に遜色があるとは思えない『紙の罠』が三回しか出ていないのは、どうにも不思議である。『悪意銀行』に比べて『紙の罠』というタイトルから、ストーリーを想像しにくいのが原因だろうか。いずれにしても、今回のちくま文庫版で、久しぶりに二作が同じレーベルで揃うことを喜びたい。

なお、『紙の罠』は日活で「危《ヤバ》いことなら銭になる」のタイトルで映画化され、六二年十二月一日に公開されている。これが都筑作品の初の映画化である。監督は中平康、脚本は池田一朗、山崎忠昭、配役は、近藤錠次(ガラスのジョー)に宍戸錠、沖田哲三(計算機)に長門裕之、芹沢健(ブル健)に草薙幸二郎、秋山とも子に浅丘ルリ子、坂本名人に左卜全、婆さんに武智豊子という布陣であった。近藤の名前が錠次に変えられているのは、主演の宍戸錠を作中で「ジョー」と呼ぶためだろう。脚本の池田一朗は後の時代小説作家・隆慶一郎である。

また、光文社文庫版『都筑道夫コレクション《ユーモア篇》悪意銀行』の解説で新保博久さんが指摘している通り、キャストのネーミングが『紙の罠』とはズレているから、桃源社版の刊行を待たずに「顔のない街」の方を下敷きにして、製作を始めたものと思われる。

映画出版社の月刊誌「映画評論」の六三年二月号に載った水野和夫の「作品評」には、「このところ低調をきわめている日活アクションの中で、この映画は久方ぶりに痛快な面白さを見せてくれた」「おつきあいパートである浅丘ルリ子がすごくいい」「ナイフ探しのエロチシズムが下劣にならなかったのも彼女のうまさだし、柔道　合気道に通ずる女傑という張りの中に、食べ物の寝言を云う愛らしさの同居など、まさにこの女優独自の魅力である」とあった。

二〇一一年に「日活100周年邦画クラシック「GREAT20」」シリーズの一本としてDVDが発売された。なお、本書には日活のご厚意で、公開当時の宣材チラシ「日活映画ストーリー」のテキスト部分を、資料として再録させていただいた。あらすじは、かなり終盤までのストーリー展開を明かしているので、映画を未見の方は、その点ご注意いただきたい。

併録した短篇「NG作戦」は、宝石社のミステリ専門誌「宝石」六三年二月号に掲載された。初出では末尾に（長篇『悪意銀行』中の一挿話）との注が付されており、『悪意銀行』に取り込む構想だったことが分かるが、結局、『悪意銀行』には使用されず、長篇刊行後に「宝石」六三年十月増刊号（現代オール推理作家傑作集）に再録された際には、末尾の注記が（長篇『第二悪意銀行』中の一挿話）に変更されている。

長らく単行本未収録であったが、シリーズキャラクターの登場する短篇を一本ずつ収めた変則的な短篇集『都筑道夫名探偵全集Ⅱ　ハードボイルド篇』（97年5月／出版芸術社）に初めて収録された。本書にも収めた「《近藤&土方》シリーズあとがき」は、同書の刊行時に新たに執筆されたもの。さらに光文社文庫版『都筑道夫コレクション《ユーモア篇》悪意銀行』に収録され、本書が三度目の刊行となる。

ミステリの才人が細部まで工夫を凝らして作り上げた「活字のびっくり箱」を、どうか最後までじっくりとお楽しみください。それでは、ちくま文庫版『悪意銀行』の解説で、またお目にかかりましょう。

本書はちくま文庫のためのオリジナル編集です。

各作品の底本は以下の通りです。

角川文庫『紙の罠』一九七八年　表題作
光文社文庫『悪意銀行　都筑道夫コレクション〈ユーモア篇〉』二〇〇三年五月「NG作戦」

本書のなかには、今日の人権感覚に照らして差別的ととられかねない箇所がありますが、作者が差別の助長を意図したのではなく、故人であること、執筆当時の時代背景を考え、該当箇所の削除や書き換えは行わず、原文のままとしました。

資料協力
北海道立図書館　双葉社　日活

新版 思考の整理学　外山滋比古
「東大・京大で1番読まれた本」で知られる〈知のバイブル〉の増補改訂版。2009年の東京大学での講義を新収録し読みやすい活字になりました。

質問力　齋藤孝
コミュニケーション上達の秘訣は質問力にあり！　これさえ磨けば、初対面の人からも深い話が引き出せる。話題の本の、待望の文庫化。（斎藤兆史）

整体入門　野口晴哉
日本の東洋医学を代表する著者による初心者向け野口整体のポイント。体の偏りを正す基本の「活元運動」から目的別の運動まで。（伊藤桂一）

命売ります　三島由紀夫
自殺に失敗し、「命売ります。お好きな目的にお使い下さい」という突飛な広告を出した男のもとに、現われたのは？（種村季弘）

こちらあみ子　今村夏子
あみ子の純粋な行動が周囲の人々を否応なく変えていく。第26回太宰治賞、第24回三島由紀夫賞受賞作。書き下ろし「チズさん」収録。（町田康／穂村弘）

ベルリンは晴れているか　深緑野分
終戦直後のベルリンで恩人の不審死を知ったアウグステは彼の甥に訃報を届けに陽気な泥棒と旅立つ。歴史ミステリの傑作が遂に文庫化！（酒寄進一）

向田邦子ベスト・エッセイ　向田邦子　向田和子編
いまも人々に読み継がれている向田邦子。その随筆の中から、家族、食、生き物、こだわりの品、旅、仕事、私……、といったテーマで選ぶ。（角田光代）

倚りかからず　茨木のり子
もはや／いかなる権威にも倚りかかりたくはない……話題の単行本に3篇の詩を加え、高瀬省三氏の絵を添えて贈る決定版詩集。（山根基世）

るきさん　高野文子
のんびりしていてマイペース、だけどどっかヘンテコな、るきさんの日常生活って？　独特な色使いが光るオールカラー。ポケットに一冊どうぞ。

劇画 ヒットラー　水木しげる
ドイツ民衆を熱狂させた独裁者アドルフ・ヒットラーとはどんな人間だったのか。ヒットラー誕生からその死まで、骨太な筆致で描く伝記漫画。

ねにもつタイプ　岸本佐知子
何となく気になることにこだわる、ねにもつ。思索、奇想、妄想はばたく脳内ワールドをリズミカルな名短文でつづる。第23回講談社エッセイ賞受賞。

TOKYO STYLE　都築響一
小さい部屋が、わが宇宙。ごちゃごちゃと、しかし快適に暮らす、僕らの本当のトウキョウ・スタイルはこんなものだ！　話題の写真集文庫化！

自分の仕事をつくる　西村佳哲
仕事をすることは会社に勤めること、ではない。仕事を「自分の仕事」にできた人たちに学ぶ、働き方のデザインの仕方とは。（稲本喜則）

世界がわかる宗教社会学入門　橋爪大三郎
宗教なんてうさんくさい!?　でも宗教は文化や価値観の骨格であり、それゆえ紛争のタネにもなる。世界宗教のエッセンスがわかる充実の入門書。

ハーメルンの笛吹き男　阿部謹也
「笛吹き男」伝説の裏に隠された謎はなにか？　十三世紀ヨーロッパの小さな村で起きた事件を手がかりに中世における「差別」を解明。（石牟礼道子）

増補　日本語が亡びるとき　水村美苗
明治以来豊かな近代文学を生み出してきた日本語が、いま、大きな岐路に立っている。我々にとって言語とは何なのか。第8回小林秀雄賞受賞作に大幅増補。

子は親を救うために「心の病」になる　高橋和巳
子は親が好きだからこそ「心の病」になり、親を救おうとしている。精神科医である著者が説く、親子という「生きづらさ」の原点とその解決法。

クマにあったらどうするか　姉崎等　片山龍峯
「クマは師匠」と語り遺した狩人が、アイヌ民族の知恵と自身の経験から導き出した超実践クマ対処法。クマと人間の共存する形が見えてくる。（遠藤ケイ）

脳はなぜ「心」を作ったのか　前野隆司
「意識」とは何か。どこまでが「私」なのか。死んだら「心」はどうなるのか。――「意識」と「心」の謎に挑んだ話題の本の文庫化。（夢枕獏）

しかもフタが無い　ヨシタケシンスケ
「絵本の種」となるアイデアスケッチがそのまま本に。くすっと笑えて、なぜかほっとするイラスト集です。ヨシタケさんの「頭の中」に読者をご招待！

落穂拾い・犬の生活　小山清

明治の匂いの残る浅草に育ち、純粋無比の作品を遺して短い生涯を終えた小山清。いまなお新しい、清らかな祈りのような作品集。（三上延）

須永朝彦小説選　須永朝彦　山尾悠子編

美しき吸血鬼、チェンバロの綺羅綺羅しい響き、暗い水に潜む蛇……独自の美意識と博識で幻想文学ファンを魅了した小説作品から山尾悠子が25篇を選ぶ。

紙の罠　都筑道夫　日下三蔵編

都筑作品でも人気の〝近藤・土方シリーズ〟が遂に復活。贋札作りをめぐり巻き起こる奇想天外アクション小説。二転三転する物語の結末は予測不能。

幻の女　田中小実昌　日下三蔵編

近年、なかなか読むことが出来なかった〝幻〟のミステリ作品群が編者の詳細な解説とともに甦る。夜の街の片隅で起こる世にも奇妙な出来事たち。

第８監房　柴田錬三郎　日下三蔵編

剣豪小説の大家として知られる柴錬の現代ミステリ短篇の傑作が奇跡の文庫化。〈巧みなストーリーテリング〉と〈衝撃の結末〉で読ませる狂気の８篇。

飛田ホテル　黒岩重吾

刑期を終えたやくざ者に起きた妻の失踪を追う表題作など、大阪のどん底で交わる男女の情と性。直木賞作家の傑作ミステリ短篇集。（難波利三）

『新青年』名作コレクション　『新青年』研究会編

探偵小説の牙城として多くの作家を輩出した伝説の総合娯楽雑誌『新青年』。創刊から101年を迎え新たな視点で各時代の名作を集めたアンソロジー。

ゴシック文学入門　東雅夫編

江戸川乱歩、小泉八雲、平井呈一、日夏耿之介、澁澤龍彥、種村季弘――。「ゴシック文学」の世界へと誘う厳選評論・エッセイアンソロジーが誕生！

刀　東雅夫編

名刀、魔剣、妖刀、聖剣……古今の枠を飛び越えて「刀」にまつわる怪奇幻想の名作が集結。業物同士が唸りを上げる文豪×怪談アンソロジー、登場！

家が呼ぶ　朝宮運河編

ホラーファンにとって永遠のテーマの一つといえる「こわい家」。屋敷やマンション等をモチーフとした逃亡不可能な恐怖が襲う珠玉のアンソロジー！

太宰治全集（全10巻）　太宰治

第一創作集『晩年』から太宰文学の総結算ともいえる『人間失格』、さらに『もの思う葦』ほか随想集も含め、清新な装幀でおくる待望の文庫版全集。

宮沢賢治全集（全10巻）　宮沢賢治

『春と修羅』、『注文の多い料理店』はじめ、賢治の全作品及び異稿を、綿密な校訂と定評ある本文によって贈る話題の文庫版全集。書簡など2巻増巻。

夏目漱石全集（全10巻）　夏目漱石

時間を超えて読みつがれる最大の国民文学を、10冊に集成して贈る画期的な文庫版全集。全小説及び小品、評論に詳細な注・解説を付す。

芥川龍之介全集（全8巻）　芥川龍之介

確かな不安を漠然とした希望の中に生きた芥川の全貌。名手の名をほしいままにした短篇から、日記、随筆、紀行文までを収める。

梶井基次郎全集（全1巻）　梶井基次郎

「檸檬」「泥濘」「桜の樹の下には」「交尾」をはじめ、習作・遺稿を全て収録し、梶井文学の全貌を伝える。一巻に収めた初の文庫版全集。（高橋英夫）

中島敦全集（全3巻）　中島敦

昭和十七年、一筋の光のように登場し、二冊の作品集を残してまたたく間に逝った中島敦――その代表作から書簡までを収め、詳細小口注を付す。

ちくま日本文学（全40巻）　ちくま日本文学

小さな文庫の中にひとりひとりの作家の宇宙がつまっている。一人一巻、全四十巻。何度読んでも古びない作品と出逢う、手のひらサイズの文学全集。

内田百閒　ちくま日本文学

花火　山東京伝　件　道連　豹　冥途　大宴会　流渦　蘭陵王入陣曲　山高帽子　長春香　東京日記　サラサーテの盤　特別阿房列車　他　（赤瀬川原平）

阿房列車　――内田百閒集成1　内田百閒

「なんにも用事がないけれど、汽車に乗って大阪へ行って来ようと思う」。上質のユーモアに包まれた、紀行文学の傑作。（和田忠彦）

小川洋子と読む
内田百閒アンソロジー　内田百閒　小川洋子編

「旅愁」「冥途」「旅順入城式」「サラサーテの盤」……今も不思議な光を放つ内田百閒の小説・随筆24篇を、百閒をこよなく愛する作家・小川洋子と共に。

教科書で読む名作
羅生門・蜜柑 ほか
芥川龍之介

表題作のほか、鼻／地獄変／藪の中など収録。高校国語教科書に準じた傍注や図版付き。併せて読みたい名評論や「羅生門」の元となった説話も収めた。

現代語訳
舞姫
森鷗外
井上靖訳

古典となりつつある鷗外の名作を井上靖の現代語訳で読む。無理なく作品を味わうための語注・資料を付す。原文も掲載。監修＝山崎一穎

こころ
夏目漱石

友を死に追いやった「罪の意識」によって、ついには人間不信にいたる悲惨な心の暗部を描いた傑作。詳しく利用しやすい語注付。（小森陽一）

続 明暗
水村美苗

もし、あの『明暗』が書き継がれていたとしたら……。漱石の文体そのままに、気鋭の作家が挑んだ話題作。第41回芸術選奨文部大臣新人賞受賞。

今昔物語（日本の古典）
福永武彦訳

平安末期に成り、庶民の喜びと悲しみを今に伝える今昔物語。訳者自身が選んだ155篇の物語は名訳を得て、より身近に蘇る。（池上洵一）

恋する伊勢物語
俵万智

恋愛のパターンは今も昔も変わらない。恋がいっぱいの歌物語の世界に案内する、ロマンチックでユーモラスな古典エッセイ。（武藤康史）

百人一首（日本の古典）
鈴木日出男

王朝和歌の精髄、百人一首を第一人者が易しく解説。現代語訳、鑑賞、作者紹介、語句・技法を見開きにコンパクトにまとめた最良の入門書。

樋口一葉 小説集
樋口一葉
菅聡子編

一葉と歩く明治。作品を味わうと共に詳細な脚注・参考図版によって一葉の生きた明治を知ることのできる画期的な文庫版小説集。

尾崎翠集成（上・下）
尾崎翠
中野翠編

鮮烈な作品を残し、若き日に音信を絶った謎の作家・尾崎翠。時間と共に新たな輝きを加えてゆくその文学世界を集成する。

川三部作
泥の河／螢川／道頓堀川
宮本輝

太宰賞「泥の河」、芥川賞「螢川」、そして「道頓堀川」と、川を背景に独自の抒情をこめて創出した、宮本文学の原点をなす三部作。

ちくま文庫

紙《かみ》の罠《わな》

二〇一九年十一月十日　第一刷発行
二〇二五年 六 月二十日　第二刷発行

著　者　都筑道夫（つづき・みちお）
編　者　日下三蔵（くさか・さんぞう）
発行者　増田健史
発行所　株式会社　筑摩書房
東京都台東区蔵前二―五―三　〒一一一―八七五五
電話番号　〇三―五六八七―二六〇一（代表）
装幀者　安野光雅
印刷所　信毎書籍印刷株式会社
製本所　株式会社積信堂

ISBN978-4-480-43628-3 C0193